流经存在的邂逅

if I can meet you again

苏小懒 作品
SU XIAOLAN

浙江文艺出版社

图书在版编目（CIP）数据

流经存在的邂逅 / 苏小懒著. —杭州：浙江文艺出版社,2010.10
ISBN 978-7-5339-3065-3

Ⅰ.①流… Ⅱ.①苏… Ⅲ.①长篇小说-中国-当代
Ⅳ.①I247.5

中国版本图书馆CIP数据核字(2010)第174096号

责任编辑 楼文英
特约编辑 李 鑫 罗 斐
封面绘图 幕 斯
装帧设计 80零·小贾

流经存在的邂逅
苏小懒 著

出版 浙江文艺出版社
网址 www.zjwycbs.cn
经销 浙江省新华书店集团有限公司
印刷 廊坊市兰新雅彩印有限公司
开本 880×1230 1/32
字数 150千字
印张 8
版次 2010年10月第1版 2010年10月第1次印刷
书号 ISBN 978-7-5339-3065-3
定价 25.00 元

目录

Contents

邂逅存在

文/七堇年

前些日子偶然读到“一个作家要起码结婚两次才算得上是有丰富的生活”这样一句噱头。得出这个结论的人一定没有想到《巴黎圣母院》是雨果无意之间发现了刻于教堂阴暗墙角上的ΑΝΑΓΚΗ这几个字母之后的灵感（希腊文，意为宿命），也不知道奥斯汀终生未嫁，却有描写爱情与婚姻的名著传世。

确然，对于更大多数的作者来说，阅历的确构成一个他的写作生命，而我更认为，当把这些精神收入归结于一个广义上的形式的时候，我们实际上已经偷换了写作与生活这两个概念。

和苏小懒相识不算长却也不短，最开始是通过她的书和短篇文字。我为她对于生活和情感的真挚把握而动容：以幽默的口吻书写沉重的生活，让人读得本身就很快乐；读着快乐本身——这本事在她那里炉火纯青。

聂双、周浅易、季橙、白木珊、蒋小光，这些可爱的角色们，通过小懒流利跳脱的书写，栩栩如生地凸显出纸面，勾勒出青春的真相——贫瘠而又丰饶：翠绿的青涩爱情，像夏日的树叶一样在风中抖动。他们的故事唤起了我对我自己高中时代的回忆：清晨生活老师的叫喊，百般厌恶的早操，饭菜千篇一律的食堂，压缩饼干一样的紧张课时安排，永远也睡不够的午休，没有尽头的晚自习，顶着没有月亮的夜，背着看不懂也做不完的数学题走回宿舍……

然而依然是有希望的，并且我们都如此轻易地被这缥缈的希望所引诱，用自己的青春遵从命运虚无的旨意一路前行。最终都是走过了命运的沼泽，在险些被湮没下去的关键时刻又被意志重新拉回到原来的路上——吝啬而且残忍的拯救，却毕竟是拯救。

我的青春也许乏善可陈，没有那么多值得今后一再怀念的恋情用来装点寡淡岁月，于是我是这么喜欢而羡慕那些自在的孩子们：“单眼皮，薄薄嘴唇，笑的时候眼睛眯成上弦月，露出亮白牙齿，像是刚下过雨后拂过来的第一阵风”的季橙，代表着从前那时候我对少年这个词的全部向往。而“高二的时候，她偶然在一本书里读到这首诗，深受震荡，晚上和季橙约会的时候，还同他谈起”，如此的情节，读诗的孩子，依然还在昨天。

但我知道，当时光已经远去，青春也就失去了应有的浓度。

在这本书接近末尾的地方，读完小懒以白木珊的角度写的故事，我像聂双一样感到了眼泪在即。如同小懒所说，我们爱一个人，就赋予了他伤害你的权利。

很多时候，并不是我们所爱之人的言语所为有多么的过分，而是因为我们太爱，因此再微小的事也可能是伤害。

但是，如同我们应该把轻松的留给生活，沉重的留给写作那样——如果生活本来就很吝啬，那么就不要再以太卑微的姿态去面对。在过去的成长里，我总是不断地去悲伤我已经有过的悲伤。直到今天，在我向少年时代致以诀别的时候，我才明白自己的错误。

和小懒一样，我们都收到了一些远方的读者信件，困惑的，真挚的，鼓励的……对于每一封信背后的青春和人生，我们都心生感动。也看到我们这代孩子迥异的生命个体和相似的情绪。或许热爱文字的孩子们有更多因为敏感的性情而导致的灰色心情。但是我希望彼此都能记住，自身敏感的性格不应该成为我们敷衍生命的导因。用更聪明的方式去生活，并且，让我们原谅：原谅我们的人生，没有那么多如果，却有太多的但是。

良久之前，教室里坐我后排的两个女生，总是喜欢哼唱范玮琪的歌。在我为数学题烦躁不安的时候，两个女生的浅浅声音在我身后一再重复着这样的歌词："早若知道，这世界就无所谓缘分。因为美好，心难免总会留下伤痕。我们迟早，要各自踏上新的旅程。此刻，将成永恒。"

彼时这样的吟唱听起来并无太多韵味，却也要等到了良久之后，蓦然回顾，才觉出其中的隐伤。唱歌的少年，早就不在了。

而小懒和我，还有更多的写作者，为着反反复复回味这样的歌声，着笔写字，以为那将是一个干净的世界。因为青春太美，无论怎么度过都是浪掷。

还好，还好有这样的一本书——让我们乘舟渡河，流经存在的邂逅，游望光阴，如一句散漫而伤感的诺言。诺言是幻灭的衣袂。青春更如是。我只愿从中觉出的，是年轻洁净的手指尖细细掂捏着饱满花瓣时，一声轻轻的叹气。

那是我们的少年。是候鸟般终年往返于悲喜之间的心绪，是月色之下的一叶清光。

同样全是爱，且看她以另一种方式给予我们惊喜。

也许你会愿意读到这么一本书

文/苏小懒

1.

总是会被人问到，写某部作品的目的是什么。

其实相比较写作的目的，更注重的是，我有没有让读者读懂我的表达。

年少的时候看书，最讨厌说教文字，长篇累牍中有太多的阅读障碍，在老师、长辈语重心长地教育之后，仍强迫自己坚持看下去，可惜累得眼睛酸涩，仍旧云里雾里，不知所云。

有人说，有些好书，需要合适的年龄才能够读懂并珍惜。可能当时的确年龄不对。

在寂寞而困惑的青年少年时光，我曾经很希望可以碰到那么一本书：

它所展现的，正是眼前我所经历的生活。友谊，爱情，亲情；学习，生活，娱乐。

它最好不要说教意味太重，一定不要有阅读障碍，内容应该简洁却有力，有着直指人心的力量。

它当然不能简单、空洞、荒诞、离奇，或者只是单纯地讲个故事，当然也不能要求它有太惊人的深度，但至少在我阅读的过程中以及阅读后，有一种随时想要再打开重新阅读一遍的冲动。

它让你忍不住拿起笔，在深深触动你的句子处，画上波浪线，反复诵读。把它们抄在日记本里，发到QQ空间上，做QQ和MSN的签名用。

它引起你的深深思索。

——对眼前我所经历的生活：友谊、爱情、亲情；学习、生活、娱乐……一切一切都引起你深深的思索。

把它装在背包里，等人时，坐公交车时，地铁里……所有所有空闲的时光，都有它在陪伴，每每手指触及它，就有很大的充实感和满足感。

把它放在枕边，睡前翻上几页，嘴角带着笑意，安然进入甜甜的睡眠中。

上洗手间时，如果没找到它，就算急得满面通红也不肯罢休，直到带着它踏实地坐在马桶上，便觉整个世界都在我怀中。

在寂寞而困惑的青年少年时光，我曾经迫切希望可以碰到这么一本书。

若没有碰到，那么，我很想写出这样一本书。纵然很难实现，但为此，我愿意倾尽全力。

2.

这是一部以爱情为主题的长篇小说。

是的，我喜欢写爱情类的文字，关于爱情，我有太多的东西想要表达。

我不知道，曾经，正在看这段文字的你们，有没有过那么一天，同当年青春懵懂的我，有着同样的困惑——

我遭遇一场美好的爱情。

可是。

可是，我并不知道如何开始。

3.

有一段时间，我给《读者》杂志写专栏，经常收到这样的来信：

"我爱上了一个人，我如何才能让他爱上我？"

"有个男生向我表白了，我对他有好感，但怎么判断这是不是爱？"

"我喜欢的人约我出去玩，接下来我要怎么办？"

"她生日那天请我和她一起庆祝，这代表她喜欢我吗？"

……

他星眉剑目。他气宇轩昂。他容貌俊朗。

她端雅大方。她气质高贵。她出尘脱俗。

不不，或许他只是芸芸众生中的俗人一枚。

她也不过是扔在人群里再也找寻不见的平凡人一个。

这些都没有关系，也不重要。

关键的是，我如此爱他/她。

可是，我并不知道如何开始。

我并不知道这场本该很美好的爱情，要如何开始。

爱情，实在是这世上太美好的事情。

但这些最粗浅、最基本、最简单的，同时又是最深奥、最重要、最复杂的，关系到我们未来的生活质量，关系到我们的心理健康，关系到我们的工作状况、未来和方向——爱情这门学问的要点和注意事项，从来没有人对我们讲：如何能够因人而异地、最迅速最有效地找出最佳方式，做出最明智的选择？

——我想，这其实，是我们这代人的集体困惑。

4.

古人到了适当的年龄，只要依靠媒妁之言、父母之命就简单地解决了人生大事。而随着社会的不断发展和进步，现代人有了更多的人性解放、自由和权利，但由于各种原因，现在的青少年，绝大多数人的爱情观是从图书市场上铺天盖地、形形色色的各路言情小说中得来的，是从国内外的影视剧中得来的，是从周围比自己年长或者同龄的人身上模仿得来的。

在现代化道路上大步前进的中国，几十年来，在青少年爱情观的培养上，似乎一直停滞不前。

当然这也怪不了我们的父母，他们的父母的父母的父母……更为封建和保守。几代延续下来，他们当然也没有多么成熟的爱情观，所以到了子女这里，不过是大学前严格打压坚决不可影响学习，等考上了大学，天高皇帝远——任君把恋爱谈。

可是，会不会，有些晚了呢……

身边有好多朋友，因恋爱未遂意志消沉对什么都提不起兴趣者有之；因女友变心受到重大打击长期逃课被所在大学开除者有之；因恋人脚踏两只船和情敌大打出手导致对方受到重伤连累父母赔偿十几万者有之……

当然，也有很多郎才女貌的绝佳组合，幸福地生活在一起。

可是，我想，如果各大高校，可以把"爱情"作为一门必修课开设，那么会不会缘于它的开设，就因此避免了很多悲剧，成就了很多美好的爱情？

那些为了爱情这项伟大事业而神魂颠倒的莘莘学子，会不会有很多因此而彻底改变了自己的人生呢？

当然，也许，这只是我的理想。

5.

这部小说收尾的时候，我特意在微博做了个小调查，发现大家对喜剧、悲剧各持己见。

喜欢悲剧的人说：生活中哪里来的那么多喜剧。

但是，又哪里来的那么多的悲剧？哪里动不动就死人？哪里动不动那么多的阴谋诡计？绝大多数人喜欢有情人终成眷属，但终成眷属就算得上喜剧吗?个人有个人的幸福生活与痛苦落寞，生活中所带来的各路摩擦，有失有得。

只有当事人内心自知。

作家王海鸰说，小说是很多真实片段的组合。

我想，的确是这样的。在这部小说中，你会找到很多人的影子，自己的，朋友的，同学的，甚至是父母的……不论是聂双、周浅易、季橙、白木珊还是蒋小光，他们一定在这个世界上存在着。

是你，即将经历、正在经历或者曾经经历的生活。

在写作过程中，我力求在讲述精彩故事的同时，穿插进自己对爱情的理解和看法，诸如：

“爱情之所以为爱情，在于心甘情愿陷在它里面的前仆后继的人们——在不同的家庭条件和家庭环境中长大。从不同的方向出发。形成了各自不同的性格。爱上不同的人。受过不同的伤害。拥有和积累着不同的智慧和思维方式。抓住或错过不同的机遇。磨损、消耗、积累着各自主动爱和被爱的能力与反应。经历着各自不同的人生。以不同的方式各自成长……所有的这一切不可主动操控的各种因素，影响和制约着每个人的爱情。”

“爱情是世界上最没道理的东西，它不是天道酬勤，不是你通过辛勤的努力和付出就能得到百分之百的回报；它不是数学题，只要演算方式无误就一定能找到正确的方向和出口，求得正解；它需要两个人彼此情投意合，共同努力才能持续下去——却又因为任何一方单方面的放弃，就脆弱地瘫痪到底。没人能说得清它是什么。可是，你知道的。它在那里，它就在那里。”

……

不过，有很多问题，我到现在依然很困惑。

或许你们有答案?

不如一起来探讨。

6.

这是我继出版了《全世爱》《全世爱II·丝婚四年》之后,出版的首部长篇小说。谢谢读者一直以来的等候和支持。

希望它不会让你失望。

希望它是你在当下的年轻美好岁月里,迫切希望可以碰到的一本书。

如果不,那么,好吧,哪怕只有一段话,让你产生了一定的思考,我想,它也是成功的。

写这部稿子时,正值我的孕期。一直担心宝宝会提前出生,但是宝宝很乖,似乎一直在等我把长篇写完。在此,要特别感谢宝宝呀! ^_^

感谢幕斯同学绘制的精美封面,大爱啊大爱! 谢谢你为我熬了那么多个通宵,辛苦啦!

相继会有两本书出版,一本是小说随笔集《若你转身牵我的手》,一本是《全世爱III·家有虎崽》。出版时间大概在二〇一一年的二三月份。

那么,到时再见啦!

——给所有在爱中默默受伤

也默默成长的你们

楔子

我们在一起的时候，我们像一把有用的剪刀。分手后我们重又——变成两把利刃，插入世界的肉里，各在各的位置。

——以色列诗人耶胡达·阿米亥《爱与痛苦之歌》

聂双再次见到季橙，是在五年后。

事实上，她曾经多次想象过两人重逢的情景，对重逢的场地做过不下成千上万个设想，种满丁香树的G中校园，车如流水、人来人往的大街上，装修简单却不失典雅大方的商务会所，闹哄哄的校友聚会中，环境幽闭有橘黄色吊灯的咖啡厅内……

双方都是独自一人，当然，也可能各自带着现在的“另一半”，故作平静地打声招呼，也许会微微变色但仍保持良好风度地问一句“还好吗”，不然就是举着香槟走到幽静处叙叙旧情，半幽怨半开玩笑地说上一句“你现在有没有后悔”，或者装作什么都不曾发生，爽快地来个拥抱嘴里喊着“好久不见”，当然，也有可能，迅速对视了几秒，马上转过头去，视而不见。

不论怎样，总会有见面的机会。

今天没有，或许明天；今年没有，或许明年。

她唯独没有想到，会是在那样一个尴尬的场合。

那天下了班，同事丁丁——公司唯一的一位“85”后，同时也是公司所有年轻人中最能折腾的时尚达人，偷偷把她拉到饮水间，故作神秘地说："晚上带你出去见识下。"

聂双拎着挎包，只觉上了一天班，全身都散了架，"我还是回家吧，哪里也比不过往家里的沙发上一躺，再切上半个冰镇的西瓜，给我多少钱都不换。"

丁丁哭笑不得，"姐姐，你也就比我大那么一点儿吧，怎么把自己弄得跟个老姑婆似的。别啰里啰嗦了，去嘛去嘛。"边说边拖聂双的胳膊。

聂双挣脱不过，丁丁又说："就算是你陪我啰。大家好歹同事一场，反正你回家也没什么事干。"接着施展她的星星眼，作可怜状，"求你了，小女子这么凄惨，单身这么久了，哪儿像你，有个人人艳羡的男朋友。拜托啦，大家好同事一场，你总不忍心看着我一辈子是个老姑婆吧？"

"你说蒋小光？"聂双的思维还停留在"有个人人艳羡的男朋友"上，不由得摇头，"他？哪里就人人艳羡了？"

丁丁两只手握成拳状在眼窝处不停转动，扮可爱少女哭泣样，"呜呜呜呜……不管不管，反正你有男朋友，我还是单身……你知道的，人生这么短暂，我美好的青春时光，就这样被你的犹犹豫豫消耗了。因为你，耽误了我多少分钟，眼看着我距离孤独终老又前进了那么几大步……"

再说下去，这罪名可大了。

聂双皱眉，她并没有意识到丁丁所谓的"带她见识下"和她"一辈子做老姑婆"有什么关联，见丁丁一副可怜样，只得妥协，"好啦好啦，我给蒋小光打个电话，他……"

"不行不行，不能带上他的……"

聂双掏出电话的手陡然停下，"为什么不能带他？"

"因为……因为……"一向心直口快的丁丁说话突然有些吞吞吐吐，"哎呀，到了你就知道了。"

见丁丁一脸为难状，聂双倒也善解人意，"好了，不带就不带，其实我刚才是想说他刚好在公司加班，大不了我和他说一声就是。"

丁丁等的就是她这句话，怕担心她反悔似的，抓着她的手就飞出了公司所在的大厦。

一路上，聂双问了几次目的地，丁丁只是神秘地笑，说："到了你就知道了。"

丁丁的车技一向好。红色的马自达载着两人在燕城——聂双大学读了四年的城市，兜兜转转，穿过几条胡同，驶入幽静的林荫大道，蓦地一转弯，眼前突然出现了充满无限风情的酒吧街。

傍晚的时候刚下过雨，道路两旁的酒吧，隐藏在朦朦胧胧的夜色中，湿漉漉的青色石阶上水还未干，行人稀少。酒吧的招牌前，挂满了橘黄、明黄、暗红、微蓝的灯笼，中式风格的仿明清八角窗，嵌着低调朴实的窗花，乍一打量，像是走进了旧时的民间小巷。一间间走过去，不论是低低垂下来的装饰物，还是斜靠在门前懒懒的侍者，抑或是店内风格迥异的装潢，均各有各的特色。

丁丁把车停在最末端的一家酒吧前，守候在门口的侍者正低声和同伴说着话，见有客人来，换上一个笑脸，撇下同伴走过来，熟练地指挥丁丁停车。

酒吧能有什么好玩的。聂双嘴里咕哝着，不情愿地下了车，随着丁丁一同进了这家名为"花烛夜"的酒吧。

进去，才知，真真是另外一番天与地。

进了门，首先映入眼帘的是挂在吧台前的一幅二号楷体字：坚决和陌生人说话。聂双正觉诧异，帅气的酒吧招待把两人迎至隔间内，三面半透明的玻璃隔板，没有门，可依稀看到其他隔间内坐着的客人，男男女女，穿着打扮，甚至是面部表情。若是离得近，从没有隔板的那一方望过去，对方的青春痘有几颗都数得清。

隔间内有一张墨色的长茶几，茶几两旁是明艳艳火红色的软座沙发，坐下去，整个人都陷在里面。茶几上面，放着一壶咖啡和四个澄明的淡蓝色玻璃杯。茶几的卡座两端，装了两部电话。电话旁边，有个标注"各桌号电话号码"的通讯单，一叠便笺纸，四支削好的木质铅笔。

丁丁一边用手翻着通讯单，一边四下打量，兴奋地嘟囔着："嘿嘿，看来真是名不虚传啊。"

聂双只是有些奇怪，又看不出所以然来，累了一天，也无心多想，干脆懒懒地往沙发上一倒，眯起眼睛，忍不住想要小睡。

突然听到“刺啦啦”的话筒声，接着是一个语调异常活泼的男声：

“欢迎大家来到‘花烛夜’！”

“作为因交友游戏和时尚派对而闻名燕城的酒吧，相信曾经来过我们这里的朋友们都知道，我们的口号是‘坚决和陌生人说话’。在这里，我们为了整日里忙忙碌碌的广大青年男女提供了快捷、直接而时尚的交流平台。”

聂双不可思议地睁大眼睛。

丁丁做了个“嘘”的手势，示意她认真听。

“我们为大家提供了以下几种有趣而新奇的交流方式：第一种，鸿雁传情。在桌台上，有特别为您提供的便笺纸和铅笔，大家可以在上面写上自己的简单介绍，交给主持人，或者交给我们的服务生，由您来指定把纸条交到您所感兴趣的客人手中。第二种呢，是电话传情。桌台上有我们专为大家提供的各个桌台的分机号，大家可以通过桌台上的电话联系到您青睐的异性，直接进行电话交流。最后一种，是交友箱。可能有些朋友在今天没能结识到心仪的异性，那么，您可以把您的简单资料，放在我们吧台右侧的交友箱里，等待自己的缘分。您现在也可以到交友箱中抽取三张以内的客人资料，进行单线联系。”

……

灯光渐渐变暗，主持人缓缓说道：“最后，祝各位玩得开心，早日结识自己的意中人。”

想起之前丁丁吞吞吐吐的样子，执意不肯叫蒋小光同来，聂双明白了，呵，原来是交友酒吧，难怪每个隔间内，坐的若不是单身，便全部是同性。

酒吧内定规则：不允许异性结伴而来。

* * *

“无聊。”聂双站起来，“你自己玩吧，我要走了。”

“喂，”丁丁急了，将聂双按在位置上，“聂双姐，你不要这么没趣啦。拜托，就算是为了我嘛。实在不行，就当长长见识也可以啊。”

“这么无聊的地方能交到什么朋友？”聂双被惹火了，“你不觉得是在侮辱自己吗？”

两人争吵的声音有些大，周围的人好奇地盯着她俩看。

聂双把头埋进去，压低声音，“小祖宗，拜托，我承认我老了还不行吗，你要知道，被蒋小光知道我来这种地方……”

桌台上两人的电话，这时突然齐刷刷响起来。

聂双撇过头，负气地不想讲话。

丁丁也不恼，伸手欲接电话，聂双看在眼里，当下决定，只要她接起电话，就趁她不备开溜。

不料丁丁的手停在空中一顿，却转而接听了她这端的电话，不由分说，塞到她的手中。

“你……”

“你好!”很好听的男中音。

聂双无奈，只好伸手接过，麻木地回应：“你好。”

“我在8号桌。就在你们的后面。如果不反对，我可以坐过去聊聊吗？”

什么？聂双的血液冲到头顶，倒是丁丁，站起身，打量了下身后的隔间，聂双不知道她看到了什么，只见她满意地点点头，既而坐下，抢过聂双手里的话筒，“行，你直接过来吧。”

“你……”

丁丁拉住她，“聂双姐，不要这么认真。坐一下，我以项上人头担保你今晚的安全。放心啦，我不会把你卖掉的。”

什么跟什么啊。

这几秒工夫，隔间后的男生已经走过来，绅士地敲敲玻璃隔板，问道：“请问，我可以进来吗？”

聂双用手撑着头，遮住前额，用身子挡住自己大半边脸，冲着丁丁挥另外一只手，意思是“随便你怎么着吧，反正我不想应付”。

丁丁似笑非笑地打量眼前的男生，她看人的时候，喜欢先看穿着，接着是眼睛，最后才是整个五官。

一个人的穿着，是其内在气质的外在反映，同时，也说明了他的品位和文化素养。眼睛，能帮你捕捉到眼前人内心世界的变化，甚至，可以推测出这个人的内涵几何。看过了衣服和眼睛，再看全貌，以貌取人。

精致的手工休闲西装，白衬衫恰到好处地松开了两个纽扣，看人的时候眼睛温和、诚恳，礼貌地平视着对方。脸部轮廓分明，棕褐色皮肤，略黑，精神奕奕。长得黑的人有很多，但丁丁坚持认为，漂亮的黑、低调的黑、顺眼的黑，却太少了。此时此刻，他的肤色在暧昧的灯光下倒并不惹眼。

见丁丁毫不遮掩地打量着自己，男生的薄薄嘴唇微微舒向两边，礼貌地笑。

长眉浓睫，这人，明明有一股生人勿近的强大气场，却透着几许说不出的舒服之感，若是他提出什么要求，丁丁偷笑，必然任谁都不忍拒绝吧。

她很少看到男生有这么漂亮的长睫毛，此刻又偷偷打量了下，不禁内心低呼了一声，今天莫非，捡到宝了吗？

男生倒也不动声色，大大方方站在那里，任凭丁丁的目光在自己身上流连。

不知道过了多久，丁丁意识到自己的目光有些贪婪，终于知道红脸，做了个请的手势。

男生在聂双对面坐下，像是早就做好了准备，对着她不急不缓地说道：“我听人说，一个女人向外界传达信息时，语言只占7%，声调占38%，另外的55%，只需要身体语言就能够传达了。不像男人，简单、直接用语言或手势就可以。”

聂双不为所动，手托着腮冲丁丁使了个眼色。

丁丁恰到好处地配合道：“你倒说说看，她想向外界传递什么信息呢？”

男生开心地笑，露出洁白牙齿，“你心里一定在想，这个地方实在是糟透了，给我多少钱，都不会再来了。”声调突然提高，“我说得对吧？”

聂双抬起头，似乎有些眼熟，但并没有往心里去，回道：“算你蒙对。现在呢，我在想什么？”

“现在？你在想，这个人还算有趣，且再坐一会儿，看他还能胡诌些什么？”

丁丁忍不住咯咯笑，在聂双旁边坐下，“果然有趣。”接着暧昧地冲着聂双使了个眼色，似乎在说“你可是罗敷已有夫，不要抢我锅里的肉”。

聂双别过脸，忍住笑，假装没看到。

“哎，聂双，你真的一点儿都没认出我吗？”男生有点泄气，突然开口道，“说了这么久，你对我一点印象都没有吗？”

“呃……抱歉，我，那个……”聂双有些难为情，仔细打量眼前的男生，实在没有印象，终于作罢。

“你是G中的准没错吧，我就在你隔壁班。篮球队的，我叫黎伟祺。”

“哦……黎……”

被称作黎伟祺的男生神色有些黯然，“也难怪你记不住我，那时你的眼里，只有季橙吧。”他摆摆手，“没关系没关系，季橙后来怎么样了，你们现在还在一起吗？”

已经有多少年没有听到季橙这个名字了？

聂双的心瞬间收紧，几年的时间过去，以为自己对这个名字已经积累了足够的免疫力，可在听到这个名字的刹那，依然像是有人拿锋利的刀刃朝已经痊愈的心脏最深处重新戳了个洞，脑袋轰隆隆响，一点理智也无，只能眼睁睁地看着鲜红的血液不可抵挡地往外渗。

一滴。

两滴。

见聂双的脸色一副惨白，黎伟祺意识到什么，聪明地转移话题，“哎，不说这个了。聂双，你什么时候戴眼镜了？刚一进门，我就觉得像你，眼下见你戴着这黑色镜框眼镜，搞得跟个保护伞似的，我都不敢认了。”

总算有些恢复理智，聂双下意识地回应，“前一阵新配的。”

一旁被冷落的丁丁不乐意了，“聂双，瞧你们俩，聊得这么热乎，眼里哪里还有我。要是嫌我这个电灯泡碍事，我可提前撤了。”

黎伟祺微微有些脸红，表情讪讪的。

聂双不以为意，岔开话题：“今天的主持人，主持风格，还蛮到位的。”

“哪里比得上你啊……”黎伟祺忍不住，“聂双，我还记得你这个当年最著名的校园DJ呢！我们学校，那时候好多人，经常搬出板凳，听你播音……现在想想，已经八年了吧，有没有？”

并不等别人回答，他自顾自会心地笑，“你是所有播音员里，唯一一个不按播音稿播音的人，似乎每天都是由着自己的性子来，经常临场发挥，还时不时加上自己俏皮的小评论。那时候大家都觉得，听你播音，是很奇妙的享受。你看的报纸、杂志很多，其他播音员以为自己拿到最新最全的资讯播出稿子，实际上，你一周前就已经播过了。奇怪啊，那时候，你们每周每人负责一天三次的播音，似乎彼此间从来不沟通，两年多的时间，一直播你播过的新闻，难道就没人告诉他们吗？”他沉浸在以往的时光中，神情有些陶醉。

没想到他一直记得，聂双莞尔。

“那时候最喜欢你在广播里讲笑话，一直好奇，绝大多数笑话我们都没听过，不知道你从哪里找来的？有好几次，吃着饭，听到你的笑话，差点喷出来。哦，还有，你还经常搞恶作剧，大中午的，我们正在吃饭，你偏偏在那个时间给你的一个朋友点了一首刘德华的《马桶》，哈哈……我到现在，连你朋友的名字都记得，蒋小光是吧？”他突然轻轻哼唱，“我的家有个马桶，马桶里有个窟窿，窟窿的上面总有个笑容，笑人间无奈好多。每个家都有马桶，每个人都要去用，用完了以后逍遥又轻松……”

“我们宿舍的人啊，有一半人都吃不下去了，我那天吃的什么来着，哦，土豆焖牛肉……全吐出来了。”他把左手放在嘴前轻轻咳嗽，极力掩饰自己压抑不住的笑意。

丁丁听得目瞪口呆：“聂双姐，敢情那时候你那么坏啊……”

“还好吧……”聂双不好意思地承认，“这么说，是没错了……”

黎伟祺忍不住继续爆料，“我还记得你最糗的一次。”

“最糗的一次？”

“是在晚上，你说有位朋友过生日，送给她一首歌曲，祝福的话刚说完，音乐声调大，‘祝你生日快乐’只唱了一句，却是尾声，紧接着放的却是《春天的故事》。‘一九七九年，那是一个春天，有一位老人，在中国的南海边画了一个圈。神话般地崛起座座城，奇迹般聚起座座金山。春雷啊唤醒了长城内外，春晖啊暖透了大江两岸。啊，中国，中国……”

“太搞了。”丁丁笑得上气不接下气。

“你那时候一定是偷懒了，没有倒好带，就把音乐放出去了，结果没想到那么短……”

“不怪我的。那时候不像现在用的都是CD。直接按下一曲播放就行了。学校的播音室用的是磁带，倒带键不太好使，要想速度快，只能用筷子穿在里面，手动倒……”在G中读书的学生时代，播音室里度过的日子，是聂双最为难忘也最为快乐的时光，她微笑着解释。

“听说，还有好多体育特长生去播音室偷看你。尤其是篮球队的，哎，可是有好多大帅哥的……”声音顿了顿，“只可惜，那时你的眼里只有季橙……”

丁丁敏感地捕捉到其中的言外之意，她突然发出一声惊呼，“我怎么觉得，你的醋意这么大呢？难道你……”

聂双从下面掐了她的大腿一把，示意她收敛些，不要乱讲话。

她“哎哟”叫出声，不满地说道：“聂双，被我踩到尾巴啦？就算有季橙，又算什么，谁还没早恋过啊？哼，这年头，没有早恋过的人生，不是真正的人生……对了，你叫什么来着？黎伟祺是吧？千里有缘一线牵啊，不过呢，嘿嘿，我们聂双姐可是名花有主了。”她垂下眼帘，摆出一副漫不经心的样子，故作轻松的语气，“你可以考虑下我哈！”

“呃……”很少看到这么直来直去的女生吧，黎伟祺的神色有些为难。

“喂！就算不乐意，你也用不着一副‘你杀了我’的表情吧。”

听着两人逗趣，聂双淡淡地笑，一时插不上话，眼睛不经意间扫过桌台旁边的墙壁，不知被谁贴了一张便笺纸，她忍不住伸出手，上面却是一首小诗：

我们在一起的时候

我们像一把有用的剪刀

分手后我们重又——

变成两把利刃

插入世界的肉里

各在各的位置

……

是以色列诗人耶胡达·阿米亥的《爱与痛苦之歌》。

聂双触电般呆住，高二的时候，她偶然在一本书里读到这首诗，深受震荡，晚上和季橙约会的时候，还同他谈起。那时的季橙，明眸中星光闪烁，捏她的面皮，笑她傻：“闲着没事，做什么文艺女青年。”

那时的她并没有想到，很快，他们就“变成两把利刃，插入世界的肉里，各在各的位置”。

一时间，神情有些恍惚。

黎伟祺讲起了那么多关于G中的事情，她的思绪也跟着此起彼伏。这几年，周围的朋友们几乎刻意回避了关于G中的所有话题，不外乎是怕她想起季橙，提醒她的伤心事。

自从分手后，高考时季橙远赴澳大利亚，两人便再没有了联系。其间，聂双七拐八拐偶然得到季橙的QQ，加了好友。她以陌生人的身份偶尔在网上同他搭讪，季橙的话并不多，敲过来几个字，多半是“哦”“还好”“是吗”……叫人没有任何交谈欲望的字眼。好几次想告诉他自己是聂双，每每敲上去，忍不住又删除。

不不不，算不上没有联系。

在燕城四年的大学生活，每年自己的生日，聂双都会收到来自澳大利亚的明信片，全部是手绘，除了邮戳日期不一样外，几乎是一模一样的明信片。

背景是穿着丁香紫连衣裙的少女，背对着人孤独站立。清爽的中短发被风微微吹起，裙角的下摆向右倾斜，脚底明明是一地明晃晃的绿色，不知怎地，看得人沉重的心情不断下坠。

整整四年的时间，这明信片从来没有落下过。

没有落款，没有地址。

只有简单的四个字：

聂双聂双。

她内心明了，定是季橙寄来的无疑。

那时和季橙约会，她极喜欢那款连衣裙，每每穿出去，看到季橙盯着自己失神的样子，欢喜的心情担心同好友讲出去，都怕人家妒忌。

聂双聂双。

——这也像极了季橙的语气，那时的季橙喜欢揽她在怀，嘴里轻轻呢喃："聂双聂双。"像是无意间得到的珍宝，只怕这一松手，这"无意"会变成两人再也不能在一起的"失意"。

那时的聂双不懂，以为季橙不过是单纯地喜欢叫自己的名字罢了。

后来的后来，很久的很久，她才明白，那是因为季橙，比她提早知道两人的结局。

所以，每每叫着"聂双聂双"的他，语气里有太多的不甘和失意。

后来，同蒋小光在一起，有再多的不甘心，聂双也懂得收敛。一天天，一月月，就那样浑浑噩噩地过去，接着很快毕业。聂双顺利地在燕城的一家玩具开发公司找了一份工作，公司并不大，但工作却是她喜欢的。

公司是燕城几个退休的老教授联合组建的，主要从事设计高仿真高模拟人类大脑的电动玩偶。一个个玩偶们仿若真人，在他们的设计之下，仿佛是有了生命，可以根据设定好的情景，同人类进行简单对话。聂双的工作，便是根据设计师提供的样品，如情景剧般编排出对话，甚至是简短的故事，要求简单、可爱，适宜儿童理解和接受。空闲的时候，她也会为娃娃配音。

同事们都是年轻人，很少有是非，开会的时候因意见不同吵到拍桌子，散了会照样勾肩搭背，四处寻找好去处消磨时光。

这样想着，不知道从哪里伸出一只手，握住她的手腕，诧异的声音大过激动：“聂双？真的是你？”

聂双从回忆中回过神，稀里糊涂地抬起头，全身几乎冰凉——

“季……”

居然，真的是季橙。

大学四年，每次寒暑假回老家兰城，聂双几次刻意在街上走，甚至去G中的校园里闲逛，不外乎希望可以和季橙不期而遇。虽然他去了澳大利亚，那么远，聂双想过他不会每年都回来，可至少，过年总得回来一次吧？总会回来的吧？

但每次，都是失望。

没想到，今晚居然在这里遇到。

五年没见面，昔日倔犟明朗的少年已经蜕变得健硕而磊落，当年让女生都大为嫉妒的白皙皮肤，一下子唤醒她的记忆。没错，是他。现在的季橙留起了褐色的蓬松碎发，有些自然卷，额前的碎发随意地贴在前额遮住两道长眉，看得出事先经过主人的精心打理。

他一向有着精致分明的轮廓，同现在偷偷打量他的女生一样，那时的季橙在校园，也常是风景。不过，此时的他仍然坚持着学生时代的穿着风格，磨边直筒短裤，上身套了一件白色的棉质褶皱T恤。

见他犀利的目光注视着自己，聂双慌了神，学生时代的后遗症又来了，结结巴巴地开始解释：“那个，我……”

季橙不由分说地拖着聂双往外走，丁丁面带愠色地拦住季橙，“这位先生，”她扫过季橙紧紧抓住聂双的手，“你这样，不太好吧？”

没来得及让季橙回答，黎伟祺也不动声色地站起来，“季橙，你什么时候回来的？”

季橙带着敌意的目光看了他一眼，并不领情，“阁下是哪位？”

"呃，"聂双不想事情闹大，更不愿在这样的场合成为众人的中心，"丁丁，这是我旧友。我回头联系你们。"

说完转身欲走，丁丁看出些端倪，拉住黎伟祺，"聂双，你先走，这边交给我。"

那边季橙带着聂双出了酒吧的门，黎伟祺如同被人拆了筋骨，垂头丧气地坐下，苦涩地说道："这么多年了，还是阴魂不散。"

丁丁有些意外，"啊，你知道他是谁？"

"当年暗恋聂双的人，都知道他是谁吧。"

言外之意，原来你也是聂双的暗恋者之一啊。

丁丁偷笑，他倒是一点也不隐瞒。正想问个究竟，黎伟祺站起来，掏出一张名片，"今天有事，我先走一步了。这是我的联系方式，请帮忙转给聂双。"

丁丁不满地嘟囔道："喂……我还想知道……"

黎伟祺像是没听见，心不在焉地匆匆离开。

* * *

"旧友？"季橙瞥了一眼坐在副驾驶位置上的聂双，再回头看下"花烛夜"的招牌，以颇具嘲讽的语气说道，"聂旧友，你的雅兴不浅啊。"

聂双不由得深吸了一口气。夜色里，季橙的眼神过于凌厉，即便是昔日热恋时她因为季橙有一次踢足球忘记约会时间，一气之下割破了他心爱的足球，也没见到他这么大的怒火。

见她不说话，季橙启动发动机，加大油门，黑色的牧马人越野车箭一般冲了出去。

"你的雅兴也不浅啊？许你来，就不许我来吗？"终于学会反击。

"那不一样。"

"哦，季旧友，到底有什么不一样？"

季橙压抑住心头的怒火，淡淡地看着聂双，什么时候学会这股子无赖劲儿了？

“所以，你现在如此怒气冲冲，是因为我今天出现得实在是太不识趣？实在抱歉，耽误了聂旧友交友。”

呵，他是故意的，想要激起自己的怒火。聂双低下头，不安地抠着手指，这是她的习惯，紧张不安或者不想说话时，就会反复重复这个动作。

五年的时间，发生的事情实在太多，谁都不会永远停留在五年前的时光里。

不是一直没有联系吗？就算曾经给自己寄过几张莫名其妙的明信片，又算得上什么？

聂双突然有了底气，凭什么这样指责我，你不是也去了“花烛夜”吗？再说了，好像你和我，早就没有关系了吧。

看着他一副笃定的样子，强势得像是捉奸成功的丈夫，压抑心中太久的怒火突然间爆发，聂双不冷不热地回道：“哪里，季旧友客气了，也没耽误我，好歹我还结识了‘新友’。我们彼此交换了联系方式，方便以后常来常往。不过，你就没我这么幸运了，好像你刚到，还没来得及巡视全场找到感兴趣的目标，就被我不识趣的出现给打乱了计划。”她欠欠身，“实在对不起。”

“哦，原来是这样。聂双旧友撒起谎来怎么同当年相比一点进步也没有呢？”语气突然变得平淡温和，“‘花烛夜’是我和大学同学一起开的。今天刚回来，本来是要和朋友商量事情的，刚找了个位置坐，就看到你了。你们什么时候交换的电话？要不现在我们折回去，你要是不好意思，我完全可以帮你嘛。你知道，我们‘花烛夜’的服务，顾客至上，服务一流嘛。”

汽车陡然转弯，季橙猛地来个急刹车，将车停在路边。他侧过身，目光焦灼得恨不得将眼前人熔化，强忍住内心的酸涩与愤怒，终于是他忍不住，双手扳过她的肩，发出低低的怒吼声，“……聂双，聂双，关于我们的一切，你都忘记了吗？”

她的手落在他宽厚温暖的胸前，无数次在梦中想象过两人重逢的场景，眼下终得实现，却胆怯地像个半夜偷偷潜入邻居家行窃的贼，踏进了人家的大门，因时刻惊恐主人随时醒来，蹑手蹑脚连大气都不敢出。

这的确是自己五年来，夜思梦想的季橙吗？

Chapter·01

印象中，那是聂双第一次那么慌乱地站在一群异性当中，被他们如此集中地注意和打量。所有她对异性的好奇、敏感、关注、期待、渴望、挑逗，甚至是勾引……刹那间会聚在体内的某一处，青春期的懵懂莽撞和跃跃欲试推动它们到达顶点，它们想要从她的体内破壳而出，它们是她再也无法隐藏、无法压抑和无法控制的欲望。她甚至可以听到它们在空气中碰撞时发出的噼里啪啦的声音。

那是升入高三的第一天。

下课铃声刚响，蠢蠢欲动的众人如同得到了统一行动的暗号，纷纷揣着饭盒冲出去以示响应。等到讲台前的Miss杨抬起头，“下课”的“下”字喊到一半，只看到空荡荡的教室以及被撞得歪歪扭扭的桌椅。

掉了一地的书本没人顾得上捡，被踩了几个黑糊糊的脚印。米色的轻松熊文具袋开着拉链，装在里面的橡皮、各种颜色的荧光笔、碳素笔、大头贴……被甩飞出去，摆小摊儿似的贴在地面上。

像是被台风席卷过，十足的狼藉。

——不过是食堂今天吃大虾而已。

聂双以为Miss杨会生气，虽谈不上大发雷霆，但至少会做些什么举动以示不满，没想到她只是冲聂双笑笑，颇有自嘲的意味在里头，接着便收拾好讲义镇定自若地离开。

周浅易显然并没有注意到这一点，他在后面敲桌子，问：“你今天，真的不去送季橙啊？”

“送季橙？”聂双转过身，“他要去哪里？”

“你还不知道？”他诧异的表情转瞬即逝，只是呆呆地看她。

正午的阳光透过斑驳的玻璃窗洒进来，光与影交织着，晃得人睁不开眼。周浅易用右手遮住额头，眼睛半眯着，左手食指对着她指指点点，为猜到她的心理扬扬自得，“哈，我明白了，你想掩饰自己的难过，所以在我面前演戏，装作不知道。”

“你在说什么？”

“好啦好啦，你不想送他就算啦。”他收起桌上的课本塞进书包，“我今天逃课过来找你，就是为了这事。既然你不去，干脆一起吃饭？”

聂双看着他，试图从他的面部表情里捕捉到开玩笑的信息。

良久，她终于屈服，“不要贫了。季橙到底要去哪里？”

换做周浅易凝视她，“你真的不知道？”

她抓过桌上的书砸过去，“有完没完，到底说不说？”

“哎呀，动不动就生气，”周浅易侧身躲过，书斜飞过去摊开在教室的水泥地面上，他跳出来弯腰去捡，“你说你这暴脾气，谁受得了？难怪人家季橙连转学都不肯跟你说，真是怕了你了。”

“季橙转学？”

“对啊，他爸爸昨天就把手续办好了。”他卷起袖子看表，“现在这点儿，估计连人带行李都拉走了吧？”

“转……去哪里？”

“A中啊。也就是我们学校，你知道的，转学费就三万多……哎，我还没说完呢，你去哪里，赶过去也没用，早走了。喂，一起去吃饭，等等我啊……”

*　　　*　　　*

周浅易带上宿舍门，“我就说吧，来了也没用，你还不信。这下看到空床铺，死心了？你要再不信，也可以等他宿舍的弟兄们吃饭回来再问问。不过，到时候人家拿看弃妇的眼神看你时，你可得忍着。”

“……手机借我。”

“干吗不用你自己的？”周浅易从口袋里掏出不知道被他摔了多少次的诺基亚3600扔给她。

诺基亚的黑色滑盖机身上爬满了摔痕，男生的手机果然没法看。

聂双白他一眼，把玩几下，犹豫了一会儿，终于按了那个熟稔于心的号码，手机还没接通，就听到他在边上自作聪明地嚷嚷：“别傻了。他要不想和你联络，换个号码也没用。”

真被他言中了，连拨了三四次，一直没人接听。

——看来，季橙真的是想要如此决绝地和自己分开。

“想哭就哭吧。”周浅易嬉皮笑脸地凑到她面前，“当然，你也有别的选择，比如，请我吃顿饭，说不定我一高兴，就把我知道的另外一件事情告诉你了。”

“你还知道什么？”

“反正是关于季橙的，你想不想听？”他作势要走，“不想就算了，我可是跟着你跑了半天腿，要不是怕你做什么傻事，我早吃饭去了。”

聂双叹口气，还能有什么更坏的消息？

周浅易挽住她的胳膊，“去‘君再来’吧，我都好几天没吃涮肉了，馋死我了。”

到了“君再来”火锅店，找了个靠角落的地方坐下。周浅易接过服务员递过来的点菜单，拿着铅笔熟练地在上面画了一溜对钩：“先这么多吧，不够我再叫。”

“现在可以说了吗？”

“吃完吧，现在说该没食欲了。”

“现在就有食欲吗？”聂双掩住脸，强压下来的愤怒和悲伤在这一刻土崩瓦解，“你说他为什么要做得这么绝？怕我会缠着他？还是觉得我会大哭大闹？我们在一起好歹一年多了，我在他心目中，到底是什么东西，让他这样对我？”

身体里像是突然间装了一个哭泣机，内心不断翻涌上强大的悲伤委屈愤怒，给她输送足够的马力，眼泪簌簌地流下来，止也止不住。

她边哭边冲着周浅易发泄抱怨，自己都听不清自己说些什么，桌子上很快就堆满了一团团的鼻涕纸。

“那个，反正你也这么悲伤了，不如以毒攻毒，我再告诉你最坏的消息吧。”

“……”

“我听蒋小光说，季橙早就打算走了。你在G中应该比我更清楚啊，爸妈有本事的、有钱有权的，早托关系给弄到A中了。只有爸妈没本事、学习成绩也不怎么着的，才留在这里混吃等死呢。”他说到这里，突然意识到自己的失言，“呃，那个，聂双，我不是在说你……”

“没事，你说吧，我早就不介意了。”

他“嘿嘿”笑着，“这可是你说的，别回头再秋后算账。我听说，季橙是因为跟他家老爷子赌气，这两年才一直待在这儿，这不高三了嘛，他家老爷子终于沉不住气，怕再闹下去，宝贝儿子连普通大学都考不上，这才找了关系。”

“这……算、算什么坏消息？”聂双止住哭泣，可怜巴巴又有些迷惑地看着他。

“你听我说完啊。这小子挺能保密，他所有的室友都是昨晚才知道的，蒋小光说他还傻乎乎地问季橙：‘你走了，她怎么办？’你猜他怎么说？”

“怎么说？”

“他说：‘能怎么办，到了A中再找呗。’”

“怎么可能……”

“你可以去问蒋小光，或者问他们宿舍任何一个人，那天晚上大家都在。”周浅易信誓旦旦的表情带着些许兴奋和幸灾乐祸，就差敲锣打鼓一番——

庆祝她的失恋，以及被人甩掉。

可是，之于聂双，她并不介意被人甩掉，她介意的，是他不声不响地离开。

她想起顶着一头栗色头发的季橙见到她时温情的笑容。除了他深邃的、叫人望不到底的眼睛偶尔很空洞，叫聂双觉得没有安全感，不知道他在想些什么，绝大多数时候的季橙，眉宇间有着叫人内心安定的力量。

季橙性格温和，是典型的小眼睛男生，单眼皮，薄薄嘴唇，笑的时候眼睛眯成上弦月，露出亮白牙齿，像是刚下过雨后拂过来的第一阵风，带着自然、清新的气息。不论是在校园和同学一起走路的他，约会时骑着单车的他，或者是咖啡厅中与人对坐的他，总会露出那样淡定的笑容，像是时刻准备着要把自己灿烂的心情与人分享，轻易间就把简单的快乐传递给他人。

暖暖的，又有些痒。

想到这里，眼泪又齐齐涌上来，她压低声音，“周浅易，不要玩我了。我真的，很难过。”

“你可以亲自问季橙啊，我编这个干吗？你知道的，我以前是经常捉弄你，但从来没骗过你的，对吧？”

他把牛肉一股脑儿丢到火锅里，翻滚的乳白色汤水沉下去，然而也只是一瞬，又重新达到沸点，汩汩冒出白沫儿。

* * *

聂双从来没有想过，自己和季橙之间，居然会以这样的方式分开。

——并没有贪心到奢求天长地久。

也不是没想过分手这件事。刚刚和季橙在一起时，因为觉得幸福来得太过突然，所以曾经暗暗攥紧拳头对自己说，一定会好好珍惜这段感情，至少持续到高中结束……如果分手，一定是因为高考后迫于现实情况大家各奔东西异地相恋有缘无分的情况下造成的。

他学理，聂双学文，聂双并没有被爱情冲昏头脑，坚信通过两个人的努力一定会考到同一所大学，然后继续你侬我侬甜蜜相爱的日子。

有这样的想法，实在是由于在这所二流学校就读的原因。

中考时聂双因为理科郁闷，尤其是数学——满分150分的卷子，只拿到108分。虽然大家都说那一年的中考，数学题格外简单，但在父母花了几千元为她请了家教、考前磨了几个月的刀后，她依然，只是拿到这些分数。

这成绩还不错？不不不，差得太远了，据说120分以下的都极少，毕竟，数学是一门太能拉开差距的学科，纵使她的英语和语文成绩分别是全校第一、第二，依然和A中——这所全国重点中学无缘。

周浅易说得对，只有学习成绩不好、父母没钱没权的人，才会读G中。

兰城城市不大，屈指可数的在本市市区内，一共有三所搬得上台面的所谓高级中学：A中排在第一位——全国重点中学，每年至少有十几个考上清华、北大等特别牛逼的、人们耳熟能详的重点大学；有30%被国内排行前十五的学校录取……全校应届生升学率达80%以上。

A中的学生，共分三类：以中考满分800分为例，700分以上的考生可以得到A中公费生的资格；650分以上700分以下是自费生，每年需交两万块的学费；最后一类是借读生，不限制分数，但高中三年每年都得交三万块钱在A中就读，档案也在别的学校，在高考前一个月左右进入复习期时必须离开A中，回到建立档案的中学获取高考名额，参加高考。

排在第二位的，是G中。G中每年会有十几个学生考入211工程里排名比较靠后的院校，且多半曾经在A中借读过；大概30%的学生可以被普通高等院校的一本录取；二本、三本，甚至是专科院校的加起来，在40%左右。剩下的则是复读生或直接毕业进入"社会"大学。

最后一个，是职业技术高级中学，简称Z职高。汇集了平日里吊儿郎当、父母基本不管、基本一年到头见不到人影、不想上大学、一旦参加高考不会超过300分的主儿。说好听点是可以直接学技术，毕业后直接找工作。实际上待在那里的，多半是当一天和尚撞一天钟地混日子的人。

除了市区内，也有十几所中学在几大郊区的小镇上，以当地的农村学生为主，而且大都家里比较穷，家长对教育也不重视，只等九年义务教育完成后，再读三年高中，那时身体长得也差不多，年龄也刚刚好，毕了业直接回家务农或者去市区打工。

升学率当然是低到不能再低——本市市区的学生，百分之百不会考虑。

就是因为身处G中这样一个二流学校，聂双对爱情的奢望也基本保持在二流水平线上。

或许，就读的学校起点高一点，连谈恋爱的资本和质量都会更好一点。至少，聂双觉得，如果自己和季橙都在A中，那么天长地久的爱情她还是可以奢侈地想一想的。

她曾经无数次梦到自己是A中的学生。

有时是在班级里坐着听老师讲课。在关于A中的梦里，连讲课的老师都被一团团闪闪发光的黄晕包围着。他们说话的声音格外动听，深深地吸引着聂双，醒来时她甚至记得梦中的自己因担心下课铃声提前响而心有忐忑的样子。

有时梦到自己在A中的食堂，周围挤满了打饭的同学，她越过排起的长龙，听到室友在前面喊着自己的名字，她们嘴里嚷嚷着："给你带一份，别去排了。"醒来的时候，连她们的模样都记得。

还有几次是在A中的篮球场，季橙在那里叱咤风云，她站在边上抱着他的衣裳，满脸的爱慕。梦中的季橙比现实中的头发长一些，额前的还垂到了鼻梁。他打球打累了，会一面朝她所在的方向走，一面用手背擦汗。

在A中的校门口处。

文学社内。

校园广播台里。

班主任所在的办公室外的楼道里。

做课间操的操场上。

……

很多个关于A中的梦。

弗洛伊德说，梦是愿望的达成。

真是经典。现在的聂双，唯有通过梦，才可以将自己每晚都会千思万想、百般惦念而永不可得、远不能实现的理想实现吧。

或许现在叫"梦想"更为合适些。

——也只能是梦想了。

她知道，中考成绩出来的那天，爸妈就傻了眼，他们想过她的成绩会比较差，但没想到会差到那种程度，借读费就要九万块。如果再加上其他杂七杂八的费用，读个高中，少说也要十几万。

那天晚上爸妈把所有的存折掏出来，摊开在茶几上叫她看。在家中乳白色的布艺沙发上，爸妈正襟危坐，他们已经度过了知道她的成绩后愁眉苦脸的伊始阶段，转而采取了接受现实、想办法改变现状的实质行动。

“我和你爸爸商量过，觉得还是读A中比较好。家中的存折，不论死期活期，全部取出来，应该……”

“不用啦，”聂双故作轻松地摆摆手，真佩服自己，这时候居然还可以笑出来，“你们知道，我即便去A中，也考不上重点大学的。花那么多钱也白搭，不如让我老老实实地待在G中。周围的人起点和我差不多，还能有些自信。”

“……”

“反正我就是想考个普通大学嘛。在G中也可以实现啊，浪费那么多钱干吗。”

“不要因为我一个人降低我们全家的生活水准。”

“真的不至于，这样吧——你们要是还不放心，这钱就先给我存着。等我将来实在考不上大学，就拿这钱给我买辆出租车，我满大街拉活儿去养活自己，这总行了吧？”

……

好说歹说，终是说服了他们。

于是，在聂双的坚持下，她“如愿以偿”地来到了G中。

可是，如果当初选择了去A中借读，会不会就是另外一番完全不同的天地与人生？

这些，永远不可能知道了。

她想，爸妈应该也不会太难过，毕竟除了她，他们还有周浅易可以给予安慰。

作为双胞胎兄妹，这么多年，爸妈已经习惯于从周浅易这个宝贝儿子身上收获所有种种聂双这个愚钝的女儿所无法给予他们的欣慰和喜悦。

就像聂双已经习惯于从周浅易身上收获种种她无法理解和哭笑不得的未知。

除了和季橙的相识。

*　　　*　　　*

没错，周浅易是大聂双一个多小时的龙凤胎哥哥。

聂双随母亲姓，周浅易随父亲姓——母亲说，这是生龙凤胎额外的好处。

正因为姓氏不同，除非是特别熟的朋友，在学校里，很少有人知道他们是亲兄妹——这是聂双虽然时常怀疑却始终无法否认的如同火炉般烫手的事实。用“火炉般烫手”来形容，有点不太贴切，但一时又找不到其他词语来形容，只好先将就。

身边的朋友或是同学，很少有人知道她还有个一奶同胞的哥哥。偶尔通过各种途径知道后，几乎都会说出以下几种大同小异的话来——

“真羡慕你有一哥，肯定打小就没人敢欺负你。”

“多好啊。童年生活很快乐吧，你可以跟哥哥一起疯啊。哪像我，小时候天天被爸妈关在家里。”

“要是你做了错事爸爸妈妈要打你时，你哥哥是不是特护着你？”

“要是像你有个哥哥就好了。”

但事实并不是这样的。

周浅易，作为聂双唯一的兄长——再没有比他更讨厌的男生了。

小时候她像个跟屁虫一样在周浅易后面颠颠儿跑，周浅易和伙伴把邻居家的草垛点着，边点火边问她：“小双啊，我们用草垛烤白薯，好不好？”她点头。待到邻居跑来告状，爸妈夹起周浅易，剥掉裤子揍，他眨着无辜的大眼睛，又作大义凛然样，指着聂双说：“妹妹想吃烤白薯，所以就……”

晚上被爸妈打发去商店买东西，妈妈总不忘叮嘱一句：“叫你哥跟你一起去，给你壮胆。”——哪里会是壮胆，一路不被吓死就不错了。

“鬼！”

“老鼠！”

“蛇……”

“妖怪……”

黑漆漆的夜里，周浅易凄厉的叫声时高时低，像是一盏指引方向的明灯，召唤出所有聂双害怕的事物，它们摸索着明灯指引的方向，一个个向她靠拢。

到现在都不敢一个人走夜路，就是拜他所赐。

在家里看电视，周浅易每天都要锁定体育和军事频道，趁他不备拿过遥控器换台，上来就是一记重拳，撩开衣服看，铁定一片红肿。

小学时邻座的男生在聂双铅笔盒内扔了几条毛毛虫，后座的女生见她哭得可怜，跑去找周浅易搬救兵。东找西找终于在教学楼后的狭窄过道里寻到他。彼时正在跟伙伴们玩玻璃球的他听完小女生讲述，眼内闪着兴奋的光芒，说：“其实她最怕的是蛇。”

初中时偷偷买了一管鲜红色唇膏，不知何时被周浅易翻到，吃饭的时候聂双还在啃排骨，他突然来一句：“爸，我觉得今天的排骨酱比小双买的唇膏还好，你看她的嘴，多红啊。”

周浅易不知道从哪里翻到一本杂志，在爸妈面前念：“当你的女儿突然买了性感内衣，或者突然注重化妆打扮，请家长一定要注意了，这说明，你的女儿开始有了早恋倾向……”吓得妈妈一个月内几乎每天都过来翻一遍她的衣橱。

……

聂双曾试着理解与释怀，绝大多数男生在年少时并不懂得扮演兄长的角色呵护妹妹。

可是当她逐渐长大才明白，在同等家庭环境的成长背景下，她所得到的不同待遇，才是她最为耿耿于怀的。

小学时的周浅易贪玩又调皮，从来不知道“作业”这两个字怎么写，每天放了学就叫上一帮同学出去疯跑，晚上十一点多到家跑到厨房找吃的。每次期中、期末考试分数自然少得可怜，隔三差五被爸妈一顿乱揍，依然死性不改。

等到了中学，周浅易依然是一副吊儿郎当的样子，在班级里接下茬，上课睡觉、聊天，哪个任课老师提到他都头疼。他在每个学校都有几个狐朋狗友，是方圆几百里内游戏厅和网吧的常客，尤其是台球厅的热门人物，两年下来打遍本市市区无敌手。

——整个一混世魔王。

但，偏偏学习成绩开始好得一塌糊涂，从没掉下过年级前三，这恐怕就是父母这些年来容忍周浅易诸多荒唐行为、睁一只眼闭一只眼的原因。

真是分数大过天。

确实，时至今日聂双也不清楚周浅易到底长了一颗什么脑袋，聪明、一心多用到如此地步。彼时的她，日复一日地过着按部就班的紧张学习生活：放学回家写作业，吃饭，预习第二天的课文，在父母的允许下看半个小时的电视，每晚十一点准时睡觉。每逢考试，不论大考小考，神经紧张得一塌糊涂。整晚都失眠，等到隔天拿到卷子，大脑内一片空白，不论怎么努力，终究是在中下游徘徊。

周浅易则比她充实、舒服多了，他有多种去处、玩法和乐趣。可是每次不过考前一周翻翻书，从来没有掉下过年级前三名。

因为有着聪明绝顶的周浅易频频闪着光做横向比较，又有邻家拳棒之下出成绩的小孩做纵向比较——聂双的成绩，什么时候搬出来，都会让父母失望。

所以中考成绩出来时，爸妈更为迫切地想知道聂双的成绩。他们清楚，周浅易百分之百会考上A中，就算发挥失常，考出的成绩也绝对敲得开A中的大门，除非他们的宝贝儿子没参加考试。

能有什么办法，或许正像聂双自己所认为的，或许自己终究不是学习的料吧。

很长一段时间，她都在怀疑，自己和周浅易，肯定有一个不是父母亲生的，说不定自己就是从垃圾场捡来的（小时候问父母，我们是怎么来的，他们不都是这样回答的吗）。

谁知道呢。

*　　*　　*

周浅易上小学时，已经是非常标致的帅哥坯子。初始爸爸并没在意，全家都是中人之姿，而男大十八变，等到再大一些，尤其当男生步入青春期，开始变声，长出喉结时，应该会现出原形吧？

然而出乎爸爸的意料之外，步入中学后的周浅易不但长得愈发帅气，而且聪明之极，拿考入A中来说，别人家的小孩不敢有一丝贪玩之心，终日苦读，他同对付每个学期的期中、期末考试一样，依旧是临考前一周开开夜车，顺利被A中录取。

嘴巴也甜，出去锻炼身体的大爷大妈，骑着自行车沿街叫卖鸡蛋的小贩，商场里的开电梯小姐，楼道的保洁员……他可以跟任何人找到共同话题：天气情况啦，工作烦恼啦，物价的上涨啦，对中学生不喜欢穿校服的看法啦，等等，他可以跟任何人聊得风生水起。

整个小区的邻居们都拿他做教育小孩的榜样：“你看看人家周浅易。”

看看人家周浅易。

——如果把周浅易的生活比做是七色花，那么他的生活总是一片灿烂，七种颜色他变着花样排列，花开千万朵，一簇簇，蓬勃，放肆，欣欣以向荣。

初中时的周浅易，原来的青涩少年逐渐舒展开。面部轮廓分明，铜色皮肤干净透亮，青春痘都很少长。很多女生被他浓密的眉毛所吸引，觉得两道英眉斜飞，无端地增添了些许豪迈之气。眼睛透亮，黑色眸子闪着狡黠的光，看人时目光专注，似笑非笑，常常盯得人发毛，对于异性来说，又颇有挑逗的意味在里头。

周浅易收了本校及外校的女生两年情书后，聂双才第一次有男生追求。

那年聂双正读初三，看到隔壁班的男生跟前桌借钱，因为拿不出五十块被对方揪着头往墙上撞，前桌也不敢反抗，两只手被人紧紧抓住伸在半空，胆儿吓得早就飞了，怯怯懦懦连句求饶的话都说不出。

她在一旁看不过去，说了句“他肯定没有，不然早给你了”，对方也不知道怎么想的，居然停止了打人的动作，冲他吐了两口痰后扬长而去。

其实聂双有点替这个同学难为情，长这么大还被人欺负，一点反抗都没有，难怪所有人都叫他“软蛋”。可是看着他靠在墙边上抹着眼泪，脸憋得黑紫，一副可怜巴巴的样子又有些同情。不知道她哪里抽筋，还从口袋里扯出一张面巾纸递给他，结果第二天就收到了他的情书。

也算不上是情书，不过是一句话——

“我想永远和你用同一张面巾纸。”（老实说她到现在都不明白这句话到底是什么意思。）

这句话被他用红色的荧光笔写在薄软的面巾纸上，还画了两颗小桃心，写着她和他的名字，用一个箭头串起。应该是他趁她不在位置上时，偷偷塞在了她双肩背书包的外侧口袋里。

结果那天下了入夏以来的第一场大暴雨，周浅易定好的足球赛临时取消，回家格外早。他闲着没事翻聂双的书包，先于聂双翻出了这份情书。

老奸巨猾的周浅易翻到后也没告诉自己的妹妹，更没跟爸妈声张，甚至第二天上学时兄妹俩一起出门，他都没有提这件事。等到了班级，他在六班，聂双在五班，在楼道的拐角处两人分开，他依然非常平静地、假装没有任何事情地冲聂双挥挥手，跑进教室。

中午放学，聂双骑自行车回家，看到周浅易没回家吃饭时，也依然没有联想到这跟自己有什么关系。

隔天上到第二节课，聂双发现坐在前面的男生换了人，“软蛋”坐在了与自己隔了四排桌椅的位置，此时的她仍然没在意。换桌是很平常不过的事情，眼睛近视啦，听不清老师讲课，或者是想跟学习好的学生坐一起，想同心爱的人在一起……学生或者家长随便给班主任送点“心意”，再随便编上几句理由，基本上都会如愿以偿。

她是在自习课上英语老师叫她给大家发测试卷子时才发觉“软蛋”的异常的。

聂双经过他身边，听到清晰的一声——

“哼。”

声音不大，但刚刚好让她清晰地听到——显然是冲自己来的。

他抬头盯着聂双看，一脸杀猪相，鼻孔因为愤怒撑得极大。

那天欺负他的人往他头上吐痰，也没见他这么愤怒。

在聂双丈二和尚摸不着头脑，想要问个清楚时，英语老师已经在讲台前催促：“聂双，再分给两个人跟你一起发，抓紧时间分析卷子。”

由不得她多想，迅速地把卷子分给第一排的两个女生，继续发卷子。

还是想问个究竟的，结果下了课，她作为课代表被英语老师抓过去筹备班级英语小品比赛的事情，从办公室出来时已经是六点多，班里哪还有人？

只好作罢。

骑上单车出校门时，恰巧撞到踢球回来一头汗水的周浅易，彼时的他正抓着一听可乐跟身边的球友们胡侃，隔着老远就听到他的嚷嚷声：

“我说兄弟们，下周的比赛你们心里到底有底没底啊，要能像今天这状态，冠军咱绝对稳拿。”

“说不好，我今天被你丫踹了两脚，都肿起来了。你眼神有那么差吗，我都怀疑你丫是故意的。”

“对，丫就是故意的，扁他！”

……

夏日的黄昏，下山的太阳渐渐隐去一半，橙色的阳光透过深深浅浅的云层迸发出来，像蜜糖一般覆盖着整片校园。天色并不暗，暑气也没有完全消退，晚风吹过，拂过路两旁的无精打采的垂柳，摇曳几下转瞬又归为平静。聂双穿着咖啡色的系带A字裙，只觉衣服贴在身上黏极了，恨不得马上到家洗个热水澡。

这样想着，周浅易和他的球友们浩浩荡荡地走近。

他们的人太多，聂双犹豫着是安静地回避，还是跟周浅易打招呼。他身边的男生发现了她，叫道："哎，周浅易，你妹妹。"

她只好刹车站定。

"这就是你妹？"走在最前面的季橙穿着白色曼联足球队服，饶有兴趣地盯着她看，"今天被咱们吓得半死的那个怂包，就是追她啊？"

周浅易不以为意地努努嘴，"现在，你们知道我为什么揍他了吧？瞧他那熊样，一巴掌拍不出一个屁来，敢追我妹！"

其他人跟着附和——

"早知道咱妹长这样，昨天下午下手就应该再重些。"

季橙越发放肆地走近她，刚刚还是踢球后的一脸疲态，此刻的他有些异样的兴奋。他一边用袖子抹着湿漉漉的头发一边上下打量她，说："就冲妹妹这大眼睛，我觉得，咱就应该多踢那孙子两脚。"

"就是就是。"

"就她？"周浅易拖过季橙的肩膀，伸手作势扒他的眼睛，"你什么眼神啊？别逗了，她也就黄毛丫头一个，谁看得上她！这辈子能嫁出去就不错了。"

"嘿嘿，也是，不及你的王美人啊……"

周浅易做了个"嘘"的手势，拿眼神不断示意，"在我妹面前别说这个……"

男生们七嘴八舌的言语让聂双有些拘谨。正愣神，听到周浅易吼："聂双，你干吗呢？这都几点了，还不赶紧回家！"

她慌里慌张地骑上单车，嘴里应着："知道了，就回。"

听到有男生在身后调侃，"聂双？嘿嘿，你妹妹的名字真奇怪，为什么不和你一样姓周？这到底是不是你亲生妹妹啊，别是你的情妹妹。"

“滚你丫的。”

“哈哈……”

男生们的起哄声逐渐远去。聂双骑着自行车往家赶，不知道为什么，内心突然涌起一股强烈的失落感。

印象中，那是自己第一次那么慌乱地站在一群异性当中，被他们如此集中地注意和打量。所有她对异性的好奇、敏感、关注、期待、渴望、挑逗，甚至是勾引……刹那间会聚在体内的某一处，青春期的懵懂莽撞和跃跃欲试推动它们到达顶点，它们想要从她的体内破壳而出，它们是她再也无法隐藏、无法压抑和无法控制的欲望。她甚至可以听到它们在空气中碰撞时发出的噼里啪啦的声音。

这或许就是传说中的“身体内的荷尔蒙”产生了一系列剧烈的反应？

可是，在那样一个关键时刻，聂双觉得自己表现得就像是一只傻鸟。呆板地站立着，明明内心有着无限的期待和渴望，想要抬头看看谁，想要被其中的某一位关注、吸引甚至是迷恋。心脏怦怦地跳动着，慌得怕被谁看出，怕被他们看出后，取笑自己。于是只好暗暗低着头，紧张得只晓得双手用力地抓着单车的扶手。

一定傻透了。

她懊恼极了。

——尤其，那是她和季橙的第一次见面啊。

那天晚上周浅易很晚才回来。聂双关掉台灯刚躺在被窝里，他嘭嘭敲门，又怕睡在楼上的爸妈听到，小声叫着：“聂双，聂双，你睡了吗？”

开了门，他嘿嘿笑着，从口袋里掏出一个牛皮纸信封递给她：“这好歹算是你生命里的第一份情书，虽然我把那小子狠狠揍了一顿，但我想，还是应该把它拿给你。”他冲她眨眨眼，冷不丁又拍下她的头，“还给你是还给你，但你绝对不能一点品位都没有，看上他。”

聂双隐隐约约知道了“软蛋”的事情，不禁觉得又好气又好笑，一面关门，一面嘴里应付他："知道了，知道了。"

他用手顶住门，额头和肩膀靠在门框上，"那个，还有一件事。"

"什么？快说，我要睡了。"

"蒋小光……"

"嗯。"她打个哈欠，有些不耐烦，"他怎么了？"

"他要我跟你说，他喜欢你。"

"……"

"好了，我去睡了。"周浅易说完，兔子般溜进房内，"嗒"的一声带上门，留下聂双与珠光白的黄花松木质门两两相对。

她有一阵愣神，重新爬到床上，关掉台灯。

周浅易的房间还亮着灯，有些许光亮透过卧室的毛玻璃探进来。隔着房门，她听到周浅易欢快地吹着口哨，大概过了两分钟又关灯，连带着她的房间，一起陷入浓重的、漆黑的伸手不见五指的夜里。

这个沉沉的叫人无法入睡的夜。

Chapter 02

季橙夸聂双的眼睛大。

为了他的这句话，聂双去买美瞳的隐形眼镜。戴上后不禁感叹，它或许是一个想要心上人爱上自己的姑娘发明出来的。聂双差点认不出自己：乌溜的黑色镜片，戴上后眼睛像是放大了一倍，亮晶晶的眸光，叫人不忍移开视线。再刷上纤长浓密的睫毛膏，一副楚楚可怜模样，眼中自有珠光流转，盈盈脉脉，像是有千言万语要诉说。

是的，聂双想要任何时候季橙见到自己，都是她最美丽的时刻。

诺贝尔文学奖得主——萧伯纳曾经说：在地球上，约有两万个人适合当你的人生伴侣，就看你先遇到哪一个。

萧大师认为："如果在第二个理想伴侣出现之前，你已经跟前一个人发展出相知相惜、互相信赖的深层关系，那后者就会变成你的好朋友；但是若你跟前一个人没有培养出深层关系，感情就容易动摇、变心，直到你与这些理想伴侣候选人的其中一位拥有稳固的深情，才是幸福的开始，漂泊的结束。"

真的是这样吗？

聂双一直很想知道萧大师是如何得出这个结论的，有没有充分的论据来支撑。可是没有人可以回答她。广泛传播这套理论的人对此理论深信不疑并充分运用到现实生活中进行实战：如若移情别恋，便把它作为强大借口借以避免戴上"负心人"这顶高帽；如若因为个人问题迟迟找不到良人，便把它作为贴心的安慰来温暖自己脆弱的小心脏。

聂双没能找到支撑或者反驳这套理论的论据，日子久了，反倒是自己一向坚持的"爱情唯一论"被彻底颠覆。

可是如果让她遇到季橙之前，就知晓这套理论该有多好。

或许，此刻的她，就不会像现在这么狼狈吧？

聪明如聂双，远远高估了这套理论的作用，就像一些熟悉星座理论知识的人，自以为凭借掌握一套星座理论，就可以用星座来彻底地解释人生、分析人生、指导人生。可说来说去，那么宏大的群体中，总有一些共性存在，可那不是全部，谁都无法忽略以偏概全的局限。

而爱情之所以为爱情，在于心甘情愿陷在它里面的前仆后继的人们——

在不同的家庭条件和家庭环境中长大。

从不同的方向出发。

形成了各自不同的性格。

爱上不同的人。

受过不同的伤害。

拥有和积累着不同的智慧和思维方式。

抓住或错过不同的机遇。

磨损、消耗、积累着各自主动爱和被爱的能力与反应。

经历着各自不同的人生。

以不同的方式各自成长。

……

所有的这一切不可主动操控的各种因素，影响和制约着每个人的爱情。

只是，这些，人类始终无法进行自我调控罢了。

*　　*　　*

周浅易上初中后，结识了包括本校、外校在内的无数个狐朋狗友，多到偶尔聂双和他一起逛街，十几分钟的路程，因为不断碰到他的朋友而不得不停下来打招呼，却两个多小时也到不了目的地的程度。

不过，数量再多，不外乎分为三类：拉帮结派打群架的，咋咋呼呼起哄泡妞的，吃吃喝喝打球玩闹的。

其中，常年混在一起，又打群架又泡妞又吃吃喝喝踢球玩闹的，要属本校的蒋小光、季橙和苗言东。四人同校不同班，但能挤出所有的课余时间凑在一块儿，比情侣约会还频繁。时间久了，不知道谁给他们起了个绰号，叫“同类项四人行”。

苗言东是四人中的老大。据周浅易说，苗言东从小学起，就被爸妈送到了武术学校习武，念到初一下学期，他父母不知道怎么突然间开窍，认为还是文化教育更为重要，于是叫他“弃武从文”，到了周浅易所在的五中做了插班生。

聂双没有亲眼见到苗言东跟人打架，但听说他下手快、准、狠，又因为上过武校的缘故，大家传来传去，于是在校园里便有了关于他的好几个版本的传言。有人说他曾经偷过东西，在少管所劳教过；有人说他父母吸毒，他也染上毒瘾，刚从戒毒所出来。传到后来，说什么的都有，强奸、杀人……周浅易听聂双讲这些时笑得上气不接下气，他所了解的苗言东，只是五岁时父母离异，从小被奶奶带大，无法享受正常家庭中的温暖，性格比较孤僻而已。

但聂双想，之所以有这样离奇的版本，多半和他经常板着脸有关。当然，还因为他的外貌：苗言东有着高挺而笔直的鹰钩鼻，皮肤微微有些暗沉，眼睛被零碎的削发遮住一半，透着些许寒气。老实说，他长得并不难看，但聂双并不喜欢他，因为他总是阴沉着脸，一副谁都对不起他的样子——像你是杀光了他全家还隔三差五刨坟出来逐个鞭尸的不共戴天的仇人，阴冷的目光扫过来，如同用机关枪扫射敌人。

周浅易每次提起自己和苗言东深交的原因时，总是非常动容，脸上闪烁着男生间坚不可摧的友谊之光，聂双总觉得他，有点……夸张。

聂双见了苗言东从来不打招呼，他当然也不。为此周浅易没少说聂双，要聂双下次见了他一定有礼貌些——“你不知道，其实苗言东最讲义气了，他要认准你是他朋友，豁出命地对你好。”

——聂双才不指望他豁出命对她好，聂双看到他老人家的脸就觉得无趣和阴冷，要他的命做什么？

每每这样说，周浅易便摆出一副“道不同不相为谋”的臭脸色给聂双看。在他那里，这是生死至交的朋友，是经过患难过滤和验证后的好兄弟。

是的，关于他们的那些事，聂双听周浅易讲过无数次，几乎可以背下来——

周浅易和苗言东是踢球认识的，但开始不过是点头之交，并不熟悉。

一次，踢球的队友包括本校的、外校的，认识的、不认识的，浩浩荡荡十几个人去饭店吃饭，足足坐了两大桌。人多眼杂，也不知道其中的哪一个，因为言语不和与邻桌吵起来，没说几句就拳脚相向。正是逞英雄、讲义气的年龄，在周浅易这帮人热血上涌使出蛮牛般的力气跟人死磕时，对方已经打电话叫来了帮手打群架。与之相反，这边的队伍却在不知不觉中相继溜走，等到周浅易回过神来，发现身边只剩下季橙、蒋小光和苗言东。

那是周浅易打架生涯中最为惨败的一次，对方十几个人一拥而上，分不清谁是谁。周浅易身上几处挂彩，差点被人用棍子打断肋骨。庆幸的是，苗言东早就看出势头不对及时拨打了110。而在110的警察叔叔到来之前，是他趴在了最上面，为大家抵挡铺天盖地而来的拳打脚踢。

一个月后，苗言东出院，四人便在苗言东的家里，正式结拜了兄弟。苗言东是老大，剩下的三人，按照生日先后排行。季橙比周浅易大了两个月，做了二哥，周浅易为老三，蒋晓光最末。

季橙是三人皮肤中最白的一个，因为他总是一副大少爷的臭架势，蒋小光有时候故意调侃地称呼他为“季少”，他也不恼。季橙异性缘、同性缘都特别好，尤其是异性，周浅易经常艳羡不已地说，我们找女生办点什么事，那帮黄毛丫头可摆架子了，偏偏季橙一开口，顺顺当当搞定。

如果用两种水果来形容周浅易和季橙，周浅易是熟透了的红石榴，莹莹颗粒像是红色钻石光耀夺目，所有的注意力全部为他捕捉，只需瞬间便摄人心魄，窒息般地过目难忘；而季橙，却是青色温和的番石榴，仿若番石榴特有的乳白色果肉般清洌，一点点渗透，细细思量只觉回味无穷。

是的，季橙平日里话不多，喜沉默，但一旦开口，必叫人难忘。

他是一个极有意思的人，善于从周围的人和事物中观察、提炼和总结，常语出惊人。聂双所知道的，就有好多经典的话从他那里流传开来，经由他的朋友圈向外蔓延，逐渐扩大到全班、全校，乃至邻校。

比如，三班有个男生，接连几个周末专门在学校附近拦截女生进行勒索，抢走了钱不算，还会趁机动手动脚占便宜。那些女生大多是班里的小个子，胆小不敢告状，自己吃了亏也不敢声张。季橙听说后，就拉着周浅易几个人把那小子堵在胡同巷子里，大家群拥而上打得对方半死不活，跪地求饶。就在大家决定吓唬吓唬他一走了之时，季橙用手机拍了照，拿出事先准备好的退学申请，逼着对方在上面写下“我因经常欺负女生，进行勒索和性骚扰，自感羞愧对不起同学和父母，决定洗心革面，去别的学校重新开始，现在申请退学，请批准”的字样并署名后，才喊了一声：“滚！”此举叫众人瞠目结舌，没想到季橙居然可以这么“强悍”和“歹毒”……最后还是蒋小光忍不住，问他：“季大少爷，咱吓唬吓唬人家得了呗，你这招，也忒狠了点。”不曾想季橙说：“切，为了造福人类，我们从不跟无赖讲道德底线。”从那儿以后，这句“为了造福人类，我们从不跟无赖讲道德底线”就在学校里流传开来。

季橙说自己喜欢“三好女生”，当然不是指德智体全面发展，而是“脸蛋好，身材好，性格好”。这个用法流传后，男生见面调侃时，就会神神秘秘地笑，当着女生的面也毫不避讳地说：“你最近看上了哪个‘三好’？”

冬天常有男生说自己感冒请病假，老师便在班内号召大家多锻炼身体增强体质预防流感，季橙一针见血、捅破窗户纸：“锻炼个头，我早上起不来时，都说自己感冒了。”于是班内男生不论请假理由是什么，大家都会彼此心领神会地说：“哦，又感冒了啊。”

某男生一肚子坏水，人品败坏，喜欢说三道四，周浅易一伙不屑于与他为伍。奈何该男生死皮赖脸跟在后面，死活要加入他们的足球队。于是季橙忍无可忍，说：“我们实在不能‘收留’你，因为你的体重太轻了。”

该男生傻傻没明白过来，还举起自己的胳膊展露肌肉：“没有吧，我体重还行啊，天天跑步锻炼身体呢。”

季橙一本正经、一字一顿地说：“像你这么少肝少肺的人，体重怎么会重。”

……

聂双自小深受周浅易的“迫害”，不论周浅易表现得多么优秀，给她带来的始终是无法言说的压力。同样是贫嘴，聂双只觉得周浅易是大脑粗线条，上不了大台面，顶多属于无伤大雅的调侃；而季橙虽然惜字如金，却是小聪明里折射着大智慧，千里挑一地与众不同。这个想法，周浅易当然不知道，否则必然会揪着季橙的衣领单挑，哪怕是为了“哥哥”这个身份，也要跟季橙打个你死我活。

或许。

或许，季橙和周浅易，同聂双身边成千上万个处在青春期的男生并无两样，只是深陷在爱情里的聂双，不自知罢了。情人眼里出西施不是没有道理的，相对于女生来说，是情人眼里出完人。她一眼望过去，季橙身上处处是灼灼的优点，所有人全部被他比下去，全部忽略不计，说不清的应接不暇的夺目光芒和负重爱意的丘比特之箭扫射过来，她毫无招架之力，只剩芳心大乱。

排在最末的是蒋小光，邻居蒋伯的儿子。他跟周浅易从小玩到大，包括上幼儿园到初中，两个人一直混在一起，直到高中周浅易去了A中，蒋小光落榜，和聂双一样在G中混日子，才结束了时刻亲密两人行的局面。

蒋小光的妈妈四十岁才得子，家中对他娇生惯养、宠溺到极致。又因为两家关系比较好，加上年纪相仿，蒋小光爸妈经常在忙碌时把他扔在聂双家，叮嘱周浅易好好照顾自己的宝贝儿子。

聂双想周浅易是无愧于蒋伯的叮嘱的，他走到哪里便把蒋小光带到哪里，比对聂双都要好上几十倍甚至是几百倍，倒像聂双是他的邻居，而蒋小光才是他一奶同胞的弟弟，两个人关系铁到恨不得连内裤都换着穿。

因为这层关系，周浅易的这三个狐朋狗友中，聂双同蒋小光更为熟络些。

聂双想起那晚周浅易帮蒋小光告白：“他要我跟你说，他喜欢你。”

实在是有些哭笑不得。

蒋小光在家里被父母宠坏，在学校又被周浅易宠坏。聂双不知道是不是因为这个原因，什么时候聂双看到他，都像是在看邻家的弟弟。或者说他骨子里是拒绝长大的，做小孩多好，无忧无虑，出了什么事情有什么麻烦只需往家长背后一躲，不用作任何承担和交代。

幼儿园他掉了牙齿会哭着跑回家，在家赖了一星期才肯上学。

小学时后桌男生抢他的雪糕，他会躲在周浅易身后抓着周浅易的衣襟直到周浅易把对方狠揍了一顿才破涕为笑。

六年级时偷偷穿聂双的裙子，只因周浅易说了句好看死也不肯脱。

初中时有女生提出帮他庆祝生日，他不答应也不拒绝，直到周浅易出主意他才肯回复对方。

新买的耐克羽绒服因为同桌偷偷吸烟不小心被烧了一个洞，怕回家后被父母发现唠叨，他非要周浅易去他家跟他父母谈判才成。

剪什么发型也要周浅易来帮他决定。

撒谎被老师揭穿也是周浅易教他怎么敷衍过关。

……

家里父母打点一切，校内周浅易包办一切。

纵然蒋小光有着一米八五的大个子，干净、清秀的面孔，却是永远长不大的小孩子，心安理得地享受着这愉快的没有任何烦恼的青葱岁月。

你看你看，到现在，连追求女生，也要周浅易过来帮忙转告。

聂双自然会把那晚由周浅易转达的告白认定是笑话，当做什么也没发生。

——就算女生不喜欢向自己告白的男生，至少她会欣赏向自己告白的男生的勇敢。

聂双无奈地摇头，可是蒋小光，我要欣赏你什么呢？

*　　*　　*

中考像是一场决定了整个人生输赢的分界线。周浅易、苗言东飞入华丽丽的那一头；聂双、季橙、蒋小光被淘汰、定格在这一头。

说不上是幸运还是尴尬，聂双和蒋小光又刚好分在同一班。

聂双是通过中考，第一次知道原来所谓安慰——是世界上杀伤力最强大的伤害。

得知分数的那段时间，除了害怕被人问起分数，最害怕的是问起分数的人在得知后尴尬之余所给予的安慰。那些安慰像是带着微小的肉眼看不到的刺，带着重量和方向，经由各色人等沿着你的心口一路摊撒，经血液融合，形成浓度极高的腐蚀液，一点一滴逐次渗透。

整个人被彻底腐蚀。

就连聂双初中唯一的好朋友白木珊，来看聂双时说话都变得小心翼翼，生怕触动了聂双哪根脆弱的脑神经，引起不必要的不快。

聂双不知道那一刻，白木珊的心中有没有一丝庆幸，她在安慰聂双没有考到A中的同时，会不会也在庆幸自己发挥出色能够大跨步迈进A中的大门？

有很长一段时间，聂双多疑，自卑，又极度敏感。

在开学一周后收到白木珊的来信时，聂双彻底为自己之前的肆意猜测而感到羞愧：白木珊给她寄来了高一各科所有笔记的复印件，那是聂双见过的最工整的、条理最清楚的、重点和侧重点最为明确的笔记：语文、数学、英语、物理、化学、政治、历史、地理，整整八门学科，白木珊分别装在了八个小信封中，又细心地用曲别针别好。除了铅色复印件的内容，每份笔记又都有特别标注，想是她复印后检查一遍，觉得不够详细和需要强调的部分，用红色水笔进行的补充。

还有一封简短的来信：

聂双：

认真听课，珍惜每一刻，为你亦是为我。

以后集结每周的笔记，按时寄你。纵赶不上同步，至少后期复习用得上。

紧握你的手。

木珊

聂双抱着白木珊的笔记，多日累积的泪水终于决堤，趴在桌子上哭，哭完了又笑，末了摸着这厚厚的笔记，又接着哭。同桌秦冬冬一脸的诧异和不解，但碍于刚刚认识还没熟络到无话不说的程度，好脾气地安静坐着，并没有打扰她。

等到十分钟后聂双依然是这样的状态，她终于忍不住，拍拍聂双的肩，“嘿，”聂双听到她小声地说道，“好啦好啦，就算是被男朋友甩掉他又跑来主动示好，也不至于嘛。”

聂双用手抹着脸，感受到脸颊的火热，嘴里否认着：“没有啦。”

她从包里摸索半天，掏出一包纸巾，饶有兴趣地打量着聂双。

聂双撇过头，给白木珊回信。

木珊：

不要为我担心。

现在的我，很坦然地坐在班中，心情比之以前当然有所转变。

先前，我总以为这样安排，是命运跟自己开的小小玩笑，再想一想，却是自己和自己开了小小的玩笑。

我已经想通，命运是自己安排的，如果上次是我没有安排好，那么这次，我会好好把握。

他们说，我可以安静地坐在班中就是种勇气，其实我以前从未这样想过这个问题。因为，纵然做了太多最坏的打算，但骨子里存在强大的侥幸认为考入A中是必然的。所以，需要我调整的，可能还有好多。我想我会成熟些，而所谓成熟，便是用理智和满腔热血去迎接生活中的挑战。

为你为我，好好把握。

千言万语，祝你快乐。

聂双

将贴好邮票的信扔到邮筒的那一刻，聂双听到信件落入邮筒中发出的噗的一声，宛如一颗定心丸，抚平了曾经的慌乱和不安。

那么，G中，我来了。

*　*　*

其实，支撑聂双在G中平静待下去的，除了白木珊的笔记，另外还有强大的力量，来自季橙和校园DJ的录取通知书。

在G中待了将近两个月，校广播台开始面向高一新生招聘播音员。从小就梦想成为一名主持人的聂双没有放过这个机会，凭借这些年所看的太多港澳台娱乐节目，以及初中三年的校广播员经验，她被顺利录取。

那天蒋小光执意要陪聂双去面试，他紧张得不敢抬头，只肯趴在桌子上，却警惕地竖着耳朵，生怕错过每一个细节。

聂双笃定地站在评委面前，没带任何播音稿，从容不迫、娓娓道来。主持风格时而沉稳大气，时而幽默机智，带着笑意的声音从她薄薄的嘴唇飞出来，即使闭着眼睛，也是种享受。

如果蒋小光肯抬起头，他一定会发现聂双在其他任何场合都不曾有过的那么闪亮的眸子。

那是独属于聂双的最神采飞扬的时刻。

而每每在G中见到季橙，聂双会很没骨气地庆幸自己没有考入A中。是的，纵然和季橙不在同一个班级，聂双依然非常开心和兴奋，因为，这恰恰是聂双所认为的他们之间最好的状态和距离。

聂双是个太怯懦的人，没有明恋的胆子，也做不到掩饰自己迷恋季橙的满腔热情。聂双担心在同一个班级，自己会表现得太过露骨而被其他人察觉。

那时的聂双对爱情抱着不切实际的幻想，她眼中的完美爱情，要么是一见钟情，要么是日久生情，聂双不是特别介意时间的长短，只是格外介意感情付出的先后——或许是受了古龙的影响，他说爱情就像高手过招，谁先动心谁就满盘皆输。

没错，是聂双先动了心，可聂双依然期许季橙在爱上自己之前，不会察觉到自己在爱他，不会察觉到自己是如此用力地、艰难地、全心全意地爱着他。

聂双时常在脑海里反复回放第一次见到季橙时的场景，聂双记得他走近自己，记得他刚刚踢完球后湿漉漉的头发，记得他夸自己的眼睛漂亮，他说："就冲妹妹这大眼睛，咱就应该多踢那孙子两脚。"

季橙夸聂双的眼睛大。

为了他的这句话，聂双去买美瞳的隐形眼镜，戴上后不禁感叹，它或许是一个想要心上人爱上自己的姑娘发明出来的。聂双差点认不出自己：乌溜的黑色镜片，戴上后眼睛像是放大了一倍，亮晶晶的眸光，叫人不忍移开视线。再刷上纤长浓密的睫毛膏，一副楚楚可怜模样，眼中自有珠光流转，盈盈脉脉，像是有千言万语要诉说。

是的，聂双想要任何时候季橙见到自己，都是她最美丽的时刻。

高一时分班，季橙在二班，聂双在一班，两班仅有一墙之隔。除了班主任不是同一个人，所有的任课老师都是一样的，却也正因为如此，任课老师经常拿两个班级做对比，谁谁谁上课又迟到啦，谁谁谁是这次中考班内的第一名啦，谁谁谁开学的第一天就跟老师杠上了……或许度日如年的老师们也认为上课是一件很无聊的事情，所以才会抓住一切机会收集学生的八卦，进行亲密交流？

开学的第二天，上完课间操回到教室，便从老师的口中听到季橙的八卦。

"二班有个学生叫季橙，"教语文的Miss周在讲台上摆出一副"是可忍孰不可忍"的样子，"太不像话了，开学第一天就有女生扯着他的袖子哭。才高一就谈恋爱，有你们哭的时候……"

有人阴阳怪气地接下句："老师，你落伍了，高一谈恋爱实在太晚，都赶不上早恋这班车了。"

"哈哈……"

聂双慌了手脚，季橙，季橙，有女朋友了吗？

带着无数的疑惑，她转身看向坐在自己后座的蒋小光。

他冲聂双耸耸肩，摊开手，摇头。

一股无名火腾地升起，你跟我玩哑谜啊？

等到下课，聂双转身捏蒋小光的耳朵："怎么回事？"

"大姐，你干吗？哎，有话好好说。"他把头伏在桌子上，压低声音，"就冲我曾经跟你表白过，你就不能手下留情吗？"

"少来，"聂双怒吼，"季橙到底是怎么回事？"

"你干吗那么在乎他？干你什么事？"

"我……"聂双一时理屈词穷，结结巴巴地解释，"人人都有一颗八卦的心嘛，你知道的，每次见到他都摆出一副清高的样子，装什么。"

蒋小光半带疑惑地看着聂双，"那你先松开我耳朵。"

"你先说。"

"你……"

聂双加大手指的力度同时慢慢旋转，疼得蒋小光龇牙咧嘴。

"非——礼——啊，非——礼——啊。"他高喊。

刚才还乱哄哄的教室陡然安静下来。跟同桌唾沫横飞聊天的，在过道里嬉笑打闹的，从课桌里掏出饼干大快朵颐的，趴在桌子上小睡的，站在教室门口跟隔壁班的同学窃窃私语的，甚至在前面擦黑板的值日生都转过头，齐刷刷地盯着聂双捏着蒋小光耳朵的手。

一阵沉寂后——

"啧啧。"

"瞧这小两口。"

"打情骂俏哪。"

"打是亲，骂是爱，喜欢不够用脚踹，再踹两脚嘛……"

聂双讪讪地松开手。

"什么再踹两脚？"年轻的班主任拿着讲义出现在门口。

大家很识相地不说话。

蒋小光更是吓得大气也不敢出。

见无人答话，班主任扫视了教室一圈，洪亮的声音带着某种不容抗拒的威严："你们是一个集体，要团结，不要动不动就打架。好了，现在上课。"

"起立。"班长喊道。

聂双心有余悸地偷偷瞥下班主任，见他的表情并没有什么异样，这才松了一口气。

*　　　*　　　*

——应该是很久之前的事情了。

可是聂双记得这么清楚。有关季橙的记忆，像是由纤细的丝线编织成的网，在经过了时间长河的冲刷和洗练后，有些东西漏掉了，有些东西却不可救药地截留下来，粘附在聂双那敏感且纤细的大脑中。

如果把对这些事情的记忆用在学习上，聂双一定以全国第一名的优异成绩被北京大学录取，让爸爸妈妈扬眉吐气。

不不不，谈不上许久，不过是两年前的事情罢了。那时的自己，还没有同季橙在一起。芳心大动的聂双纵然对季橙有着太多的柔情蜜意，却并不懂得如何向自己的意中人表达。

见到季橙的时候，微笑的表情都做不出。甚至恰恰相反，为了掩饰自己的心意会不自觉摆出一副冷面孔。

心跳加快。

无端地脸红。

有季橙在的地方，浑身的汗毛都竖起来，精神高度集中，敏感中带着些许警惕，像个随时准备参加战斗的战士。

每到一处都会先用目光搜罗一圈，留意是否有季橙的身影。

见到哪怕与季橙相似一点的背影，呼吸都会变得困难且急促。

甚至开始怀疑自己有臆想症。

走在街上，聂双会想：如果有一辆车冲自己撞过来，整个人被摔飞到半空，重重落地，头发贴在地面，有血汩汩流出染红石灰色地面，川流不息的车辆瞬间停止流动，身体支离破碎，命悬一线的刹那，她定会挣扎着找寻到手机——如果蜂拥而上看热闹的众人还没有将它抢走的话，她会打给季橙，一定挣扎着攒下最后一口气，说出那句在心底里沸腾过千万遍的话：我爱你，爱了很久，很久。

——真矫情。

可是——老天原谅，或许聂双只有在那种情况下，才有勇气说出这句话。

吃饭时，聂双会想：万一吃的饭菜中有着致命的残留农药，或者沾染了什么病毒误食口中，请老天垂怜我，一定不要我死得太难看，我担心长久以来留给季橙的美好印象轰然倒塌。我不希望记忆中留给他的最后印象，是我的那种濒临死亡时惊恐、不甘而求生的脸。

——啊呸呸呸，乌鸦嘴。聂双骂自己，还没有开始过一场轰轰烈烈的爱情，在臆想，自己可是已经搭进去好几条命了。

那时的聂双，陷入一场深深的暗恋中，终日里沉浸在对爱情的甜蜜遐想中，她并不知道原来攻克季橙，竟需要耗费她整整一年的时间。她更加没有想到的，是她耗费了一年的时间终于攻克了季橙，在一起又不过一年多，他会以那样决裂的方式，和自己分手。

*　　*　　*

那是在两年前。

高一。

每天放学，蒋小光都会雷打不动地跟在聂双身后。也不说话，只是可怜巴巴地看着她，像个等待大人给自己买冰激凌的倔犟的小孩，不以言语明示，只肯用眼神施以压力。

聂双从车棚取过单车，他就靠在自己海蓝色的捷安特旁边等。聂双骑车回家，他就跟在后面，保持着三米开外的距离。

骑过喧闹的市区，他才迎上去："聂双聂双，今天的答案，和昨天一样吗？"

因为和他太过熟悉，自从他让周浅易——聂双的双胞胎哥哥——他的发小，向聂双告白被拒绝后，聂双从没想过给他留任何情面。

“你明知故问。”

还是拒绝。

蒋小光耷拉着脑袋，有些沮丧。

所以聂双觉得他是小孩子——每天放学和自己回家，他都会问上这样一句：聂双聂双，今天的答案，和昨天一样吗？

他以为只要自己坚持，或许就会等到想要的答案。他以为只要努力，或许对方就会改变心意。

其实通过这点就可以得知，我们的朝气美少年——蒋小光，曾经拥有过多么美好的童年生活：那辆玩具车，今天要妈妈买，被拒绝。明天就跟爸爸要。明天不行，后天，后天不行大后天，或许大人们有了好心情，或许看在他这么喜欢的分上，或许看在他可怜巴巴的分上，会买给他的。

一定会买给他的。

可是爱情——可是爱情，蒋小光，爱情不是你的玩具，爱情亦不是凭借陷在其中的人的心情好坏就能把决定改变。

其实，恰恰相反，是爱情一直在主导心情。

你因他狂喜，欢欣，幸福，悲伤，难过，痛苦，就算是他曾经让你痛不欲生，那也是他在主导你。你不会因为他让你狂喜，欢欣，幸福，悲伤，难过，痛苦——让你痛不欲生，你就转而爱上别的人。

对不起，亲爱的蒋小光同学，我把话题扯远了。

聂双发现自己永远不必担心蒋小光，他绝对是个能够承受得住自己对他施以任何打击的人。再沮丧，也仅仅是一瞬。聂双看到蒋小光嬉皮笑脸地凑过来，他说：“聂双啊聂双，不如我给你讲笑话吧！你喜欢听什么样的？”

她假装漫不经心地说：“就说说今天语文课上，Miss周说的那个扯着季橙袖子哭的人是谁吧？”

蒋小光瞥了她一眼。

她有点心虚，生怕被蒋小光看出自己暗恋季橙的心意，正想解释，看到蒋小光拍着脑袋说：“其实说说也没关系了，可是我怕三哥会揍我哎。”

他这里说的三哥，自然是周浅易。

聂双猛地刹住自行车，心也跟着跌到了谷底，自己做得那么保密，难不成早就被周浅易发现了？

正疑惑间，蒋小光又说：“你要保证，我告诉你以后你谁都不说，要绝对保密。”

聂双鸡啄米似的点头，“我保证我保证。”

心里却在想，我保证个头，我要跟谁都不说，那我知道还有什么用——所以说，“保密”，其实是世界上最不靠谱的东西，不过是说出来糊弄泄密的人，在口头上让泄密的人不那么有负罪感，获得些心理安慰罢了。

“这件事，我向你保证，我绝对不会告诉任何人。”说这话的人，当时的语气何其信誓旦旦，但其实，这句话的潜台词是：“这件事，我向你保证，我告诉任何人的时候，绝对不会告诉你。”

所以，永远不要相信世上有秘密可言。

“今天哭着扯季橙袖子的人，其实是三哥的前女友。”

“什……什么？”

“王凝，哎，你连你前嫂子的名字都不知道啊？嘿嘿！”他坏笑着。

他的表情变化很快，聂双注意到，只是一瞬间，他又换上一副悲伤面孔：“要说我三哥，也真够坏的，王凝对他多好啊，虽然没在同一班，但至少两个人双宿双飞地考入A中啊。可是三哥这个花心大萝卜，同班有个小姑娘对他抛个媚眼，他就当机立断双面胶似的粘上去，甩掉王凝，哼哼哼，净伤害我们这些专情的人。”

“那……”聂双想笑，可是又笑不出来，“那关季橙什么事？”

“王凝是季橙的初中同班同学啊，知道他和三哥关系铁，要他帮忙找三哥回心转意。”

“哦，这样。”聂双若有所思。

“季橙这家伙，对王凝说，爱情这东西，旁人越帮越乱，爱情中的另一方已然移情，如果你依然坚持不放手，只能是让自己难堪。”

聂双想，哇，不愧是我的季橙，看看，人家说这话，多有哲理，多么清醒，多么……

“王凝见从季橙这里找不到安慰，只好哭啼啼地回学校了。”

——哼，就是，失恋就失恋了呗，凭什么从我家季橙这里寻找安慰，他又不是你们学校的心理辅导员。

“聂双，你也一副愤愤的样子对吧？我还担心三哥是你亲哥，你会站在他那一边呢。”蒋小光显然会错了意，他为聂双同他统一战线很是开心。

聂双正要回答，口袋里的手机突然响了起来，掏出看是周浅易，便没好气地按了接听。

“在哪儿呢？”雷打不动审问的语气。

周浅易，哼，周浅易，你现在就使劲儿地泡别人家的女儿吧，等你将来生了小孩，如果是女儿，你就等着天天担心别人家的男生泡你的女儿吧——好吧，聂双，你不觉得有着这样坏念头的你，很歹毒吗？拜托，他的女儿，好歹也是叫你姑姑的人啊。

——聂双晃了一下头，禁止自己继续胡思乱想，“干吗？”

“快点回家。”

“快了，”她看下表，“还有十分钟到家。”

“那个，”周浅易的声音突然有些吞吞吐吐，“你现在说话方便吗？”

“怎么了……”

“听我说，你现在只许听我说，不许重复。我，呃，出了点麻烦。有个女生……呃，那个，好了，我实话实说吧。我前女友死活不肯和我分手，现在找到咱家里来了。”

“什么？”聂双惊愕地张大嘴巴。

“都说了叫你小点声，现在嚷嚷什么？你生怕别人不知道啊？”周浅易必然憋了一肚子的火无处发泄，这时把火气撒到自己妹妹身上，“不过她没跟咱妈说是我女朋友，只说是你初中同学，很久没见了找你来玩。现在咱妈正跟客厅和她聊天呢。”

聂双的脑海里马上浮现出一幅“婆媳和睦聊天图”。

“别废话。”他在电话那一头嚷嚷，“你现在马上回家，见到她，一定要做出一副老同学久别重逢的样子，然后拉她出去吃晚饭，不许穿帮，听到没有？”

周浅易啊周浅易，你也有今天。聂双有些幸灾乐祸，“我快到门口时，打给你。”

这时，蒋小光拍了下她的自行车扶手：“三哥的电话吗？”

“嗯。”聂双纯粹想把他支开，“对了，你不要一直跟在我后面，让我妈看到，该说我了。”

“好吧。”他不情愿地应了一声，“聂双，明天见。”

见他的身影消失在视线内，聂双把电话拨过去：“我可以答应帮忙，不过，你也得帮我一个忙。”

“好你个聂双，居然跟你哥哥谈价钱，”漫不经心的语气，“什么忙？”

“你先答应，我才说。”

周浅易急了：“聂双，不要蹬鼻子上脸、趁火打劫！”

“哦，”聂双沉吟了下，继续说，“那就算了，我马上回家跟妈妈说她是你女朋友，我还告诉妈妈说她怀了你的孩子……嗯，我就说是个男孩。嘿嘿，你说妈妈得多开心啊，这么年轻就当了奶奶。”

良久。

聂双听到周浅易咬牙切齿的声音：“说吧，什么忙。”

“很简单，我要你，帮——我——追到——季橙。”

爱情是世界上最没道理的东西，它不是天道酬勤，不是你通过辛勤的努力和付出就能得到百分之百的回报；它不是数学题，只要演算方式无误就一定能找到正确的方向和出口，求得正解；它需要两个人彼此情投意合，共同努力才能持续下去——却又因为任何一方单方面的放弃，就脆弱地瘫痪到底。

没人能说得清它是什么。

可是，你知道的。

它在那里，它就在那里。

聂双第一次被人问起自己的爱情观，是在初中。那时，她和白木珊同为校广播员，每周三的早中晚值班，负责每周总计三个小时的播音。

那段时光，就算是现在聂双想起来，都像是小时候的自己在期待过年：除放寒假不用上学、大人给买新衣服外，最主要的是可以陪同父母挨家挨户拜年，得来一份份用红包裹着的压岁钱。

每每走在拜年的路上，聂双就像是打了一场大快人心的胜仗，刚从战场上归来的她，也照常精神振奋、斗志昂扬，她几乎能听到把压岁钱放在自己藏在衣柜里的储钱罐里时，发出的“噗噗”的声音。

父母一向是任由聂双自由支配压岁钱的，她可以随意地买她喜欢的任何东西。一套柏拉图对话集，一根细长的紫色莲蓬软毛笔，新上市的杂志和图书，逛街时偶遇的百褶背心裙……这些，都能让聂双开心很久。

而同白木珊在一起的播音时光，就是她钟爱的柏拉图对话集，是她喜欢的紫色莲蓬软毛笔……是她把压岁钱放在储钱罐里时发出的“噗噗”的声音。

有天晚上从播音室出来，穿过学校暗仄的食堂，聂双把手插在裤兜里，轻轻哼着歌，一旁的白木珊拉了拉她的胳膊，没头没脑地问了一句："聂双，你的爱情观是什么？"

她停下脚步，"怎么突然问这个？"

"呃……也没什么。"白木珊低着头，一副犹犹豫豫的样子。

"干吗非得我问第二遍啊，直说得了。咱天天在学校里苦读死背已经够累的了，别好朋友聊个天还让我猜半天的。"

白木珊白了她一眼，"就你嘴贫。其实我是有件事想不明白。我跟你说过我家邻居的女儿在复旦大学吧？"

"说过。叫什么来着？孙雪是吧？大学录取通知书下来的时候，她爸妈挨家挨户发糖，生怕别人不知道。你妈呢，就受了刺激，把人家这优秀事迹当成督促你好好学习天天向上的菜刀，恨不得只要你稍微偷懒下，就拿出来剁一下。"

"是啊，那一阵，她妈见到我就拉着我的胳膊说'木珊啊，以后你就叫你姐姐给你补习吧，保证你也能考上名牌大学'。现在倒好，来我家天天抹眼泪，跟我妈哭诉自己生了个败家女儿……"白木珊边说边模仿邻居说话时的神态，惟妙惟肖的样子让聂双忍不住大笑起来。

"呃……到底发生了什么事情？"聂双终于想起关键问题。

白木珊叹口气，"听说孙雪最近谈了个男朋友，开始的时候对她挺好，结果没多久对方就喜欢上了别人，单方面强行跟她分手。她不肯，于是天天到男生宿舍楼下等对方，像个奴隶似的百般讨好人家，结果不但没挽回对方的心，反倒成了全校的笑料。现在，因为逃课次数太多，被学校处以留校察看处分……"

"这，不是吧……"

"我现在看到她妈在我家客厅哭，觉得可气又可怜。有时候想一想，我又觉得这一切，其实是可以避免的。如果父母能够在我们小时候，就给我们灌输科学的爱情观……"

"科学的爱情观？"

白木珊郑重地点头，接着说："我觉得我们这代人，几乎从来没有被父母灌输过正确的爱情观。更多的是青春期对爱情懵懵懂懂时被戴上厚重的叫做

‘早恋’的大帽子——这是他们在我们这代人遭遇到爱情时第一次露面。此时他们冲在最前面，对我们进行强烈的打压。

“可一面打压，一面又不对我们进行正确地引导——只会跟盯犯人似的天天看守着，察言观色，查手机短信，甚至会放学跟踪……我想，若是有朝一日他们下岗了，随便拣家私人侦探所，个个能胜任。”

聂双听得十分专注，她微微蹙着眉头，黑漆漆的眼睛一眨不眨，看得白木珊有些失神。这是白木珊所认为的聂双最美丽时刻——她一向觉得，女生认真的时候最好看，专注的神情总能为她们增添太多闪光的魅力，远远胜过浓郁的香水、华丽的衣服，或是淡妆浓抹的姿容。

“其实之前，我并没有太在意这个，就算我们承受了太多的委屈，也不能责怪父母。一来，父母的确是为我们好。二来，其实我们的父母自己也困惑，父母的父母，大抵也如此。时代的物质一直在进步，但在灌输子女科学爱情观这个问题上，一直停滞不前。”

“有道理。”聂双干脆扯过食堂圆桌旁边的凳子，一屁股坐下来，“你继续。”

白木珊见怪不怪：“可是孙雪这件事，让我想了很多。其实一切弊端在进入大学的时候就开始一一展现了。升入大学后，绝大多数的父母抱着‘反正考上了大学，用不着管了’的念头，在子女完成了考入大学的使命后，就彻底放手了。或者说他们也不愿意放手，但天高皇帝远，想管也管不了。生活方面，学校有食堂，有澡堂，有洗衣房……这些可以‘锻炼’并保证子女的独立生活能力。但，在爱情方面呢？”

“之前不论多么好的家教，多么好的成绩，考上多么好的大学，有着多么好的未来——如果在爱情这方面遇人不淑，就会全盘皆输。因为当初无引导、无教育而缺失的爱情观会折射我们所有人的成长道路。”

月光从食堂半开的透明玻璃窗上泻进来，白木珊瘦削的侧脸仿佛被裹了一层银光，聂双看着看着，突然觉得有些不真实。

朦胧之际，她听到白木珊在说——

世上的人那么多，谁会是爱我、我也爱，我们彼此又非常适合的那一个？

我们不知道如何去爱，不知道怎样避免伤害。

当我爱的人不爱我，就像迷路的小孩始终能够找到回家的路，在爱情之路走失的我，如何找到通往我真正爱人的方向？

当我的恋人不爱我，如何像关掉台灯一样关掉我对恋人的生生不息而沸腾的爱情之火？

当我爱的人主动表白，怎样打败自己的羞怯、内向、不安等种种困扰因素去回应我对他同样热诚的爱？

当我爱的人始终不能知晓我的心意，如何冲破层层阻碍又不失女生的自尊，准确到位地传达我这满腔热情的爱？

聂双，你在听吗？

你的爱情观，到底是什么呢？

* * *

聂双到家的时候，周浅易正守在门口等待她的大驾，他像是一只被人烧了尾巴的猴子，上蹿下跳之际却又心有余悸不敢表露太多的愤怒。他凑到聂双跟前，小声说："就在客厅，叫王凝。千万别出错，不然我饶不了你。"

聂双白他一眼，心想：我还不知道她叫王凝？走到一半，她又回过头，抓住周浅易的胳膊，愤愤地悄然说道："答应我的事情，你最好说到做到，不然我一会儿就跟嫂子交换手机号，我们常来常往。"

周浅易只好闭嘴。

叫王凝的女生见聂双进屋，缓缓站起来，一个灿烂的笑脸在聂双眼前华丽盛开，"双双，你终于回来啦？好多天没见，想我没？"

一句"双双"着实叫聂双起了一身鸡皮疙瘩，但等到她的一句"凝凝"的昵称说出口，旁边的周浅易若不是躲在她身后，恐怕已经要昏厥过去。

王凝有着小巧的嘴巴，一对迷魂眼带着几许狐媚，精心修剪过的细长弯眉，薄薄嘴唇涂着淡淡的唇彩，说话的时候喜欢嘟着嘴，作可爱模样。

聂双带着挑衅的目光看向周浅易，意思是说："你有恋妹情结啊？"

这时周母端着一碗莲子汤从厨房出来，见状说道："小双，你以后请王凝常来坐啊，你也同人家学学，轻轻松松考上A中，哪像你……"

周浅易已经看到自己妹妹铁青的脸色，他担心母亲又在挖聂双的心头肉，担心聂双急了翻脸不认人，于是急忙推着她往外走，嘴里说着："好了，妈，别总是老调重弹。我们出去吃饭，别等我们了。"

王凝也识相地跟在后面，嘴里说着"谢谢阿姨的款待，我有时间会经常来看您的"。

三人出了单元楼的门，聂双全然不顾当时尴尬迥异的气氛，自顾自说着："哥，要不然咱们去吃火锅吧，前面新开的那家我还从来没……"

周浅易拉过王凝的胳膊，大步往前跨了几步，接着回过头恶狠狠地说："你先在外面溜达一个小时，或者去肯德基、麦当劳什么的消磨下时间，然后等我电话，咱俩一起回家。"

聂双不满意地嚷："你不会这么快就过河拆桥吧？"

"别跟我捣乱，老老实实找地儿待着去。"

王凝好脾气地站在周浅易身边，并不发表任何意见。

"好嘛好嘛。"聂双不情愿地往两人的反方向走，刚走几步，听到自己的双胞胎哥哥说："回来。"

"又怎么了？"

周浅易从口袋里掏出一百块钱，"别饿着。"这才拉着王凝的胳膊，迅速消失在小区前面的拐角里。

那天，周浅易过了一个多小时才回来。

一个多小时的时间，聂双不知道周浅易到底同王凝说了些什么，又或是进行了怎样的劝慰，或者是胁迫？或者是安抚？她曾经在很多个不同的场合问他，但他从来不说，要么岔开话题，要么说"小孩子家家管好自己就行了"。

总之，王凝再没来过。

倒是聂双一直惦记她，惦记那个为了她的爱情，进行垂死挣扎的女生。

她有着很好看的一对迷魂眼。

王凝事件之后，周浅易曾经找聂双深聊了一次。在季橙和蒋小光之间，他无疑是偏向他那可爱的邻家弟弟蒋小光的。他始终无法理解聂双的心意。

聂双记得李敖之女李文对理想中的爱人有八条标准：一要大气自信，二要正直有品位，三有生活格调懂浪漫，四有事业心，五有风度，六会宽容，七长得要漂亮，八比她懂中国历史。

——这些要求，未免有些过高，可是对于那么与众不同且睿智的李文来说，聂双觉得理应有同样睿智的男人与她相配，自此过上美好的幸福生活。不知道后来的她，有没有找到符合这八条标准的男人呢？

聂双对理想男友也有着自己设定的四条标准：一要幽默机智（能让自己天天开心更好），二要大方开朗（总不能谈场恋爱两人闷着头谁都不说话吧），三要比自己“海拔”高（这是肯定的，不然在一起走路的时候面对众人的目光着实自卑），四要勇敢有担当（这是作为一个男生最起码的条件吧）。

在周浅易问聂双为什么会喜欢季橙这个问题时，聂双便用了以上四个标准来回答他。

可怜的周浅易皱着眉头想了半天，终于问道：“我觉得季橙除了比你长得高之外，其他三点没什么特别突出之处啊！”

聂双拽着他的衣襟，颇有点不要脸的劲儿，说：“我觉得他有，他就有。”

周浅易不以为然地撇撇嘴。

聂双半是威胁半是哀求地环着他的胳膊，“哥，你答应过我的啊，你总不想我哪天心血来潮邀请某人来咱家和爸妈共进晚餐畅谈你的情史吧。再说了，世界上最最美丽的你最最疼爱的妹妹，好不容易动了一次心，难道你忍心看着她暗恋未遂每天流泪到天明吗？难道你忍心她最美好的青春岁月在孤零零的单恋中度过吗？本是同根生，你于心何忍！再说了，大丈夫一言既出驷马难追，你现在就失信于我，将来做了爸爸，有什么资格教育你的小孩？”

这番话噎得周浅易哑口无言，末了，周浅易终于一跺脚：“好了好了，我帮你就是。”

* * *

所谓主动追求人，当真是有技巧的。

聂双从网上搜集了一堆关于恋爱技巧的资料，联合周浅易，发动了一场对季橙同学的总攻。

她通过周浅易，得以掌握季橙的脾气、秉性、爱好……乃至每天的行踪。于是每天，她至少有三次以上的机会可以和季橙“不经意地”走个对面。

早上季橙会雷打不动地去学校商店买早点。

第二节课的时候，会上厕所。

课间操后打一会儿篮球。

午饭喜欢去第二食堂点小炒。

下午的课外活动会去足球场踢一个小时的足球。

单车停在高一区3号车棚。

放学后绝不在学校多停留，要么和周浅易、蒋小光、苗言东去游戏厅打电玩，要么回家。

聂双选择在不同的场合和时机，顶着她就算有些凌乱倒也活力十足的、有着斜刘海儿的清爽中短发，行走在季橙的必经之地。

轻轻靠在栏杆上，背对着通道，等他经过。耳朵像是长了眼睛，能从方圆几百米外迅速辨别出属于他的独特的脚步声，每走近一步都能夸张地感觉到血管里的血液在加速流动。

哄骗同桌和自己一起出去小走，假装不经意地瞥过他帅气的眉眼，稍微停顿一两秒，又迅速垂下眼睛，假装若无其事地和同桌闲聊。

拿着英语书，坐在足球场看台东面第一排位置，季橙走过来时，嘴角含笑，微微注视和打量，偶尔和他的目光对视，心里一阵阵悸动，觉得再多的挨饿受冻也值得。

天知道聂双把多少时间花费在季橙身上。正是因为年轻，有太多的时光可以任意挥霍。那时的聂双，一直以为只要有所付出，就必定会有所收获。就像相信春季播种，经过一段精心的照顾，松土、浇水、除草、灭虫……在秋季就一定有收成一样，聂双觉得经历了自己如此这般的全心投入，季橙总会知晓她的心意并迅速掌握主动权，一一回应，直到两人的关系一锤定音。

可是那只是她的一相情愿而已。

爱情是世界上最没道理的东西，它不是天道酬勤，不是你通过辛勤的努力和付出就能得到百分之百的回报；它不是数学题，只要演算方式无误就一定能找到正确的方向和出口，求得正解；它需要两个人彼此情投意合，共同努力才能持续下去——却又因为任何一方单方面的放弃，就脆弱地瘫痪到底。

没人能说得清它是什么。

可是，你知道的。

它在那里，它就在那里。

其实季橙何尝不知聂双的心意。

尤其是在周浅易整日里“我妹妹今天……”“聂双说……”“聂双觉得……”“我妹妹认为……”的碎碎念中，聂双——周浅易的妹妹，这个有着美丽大眼睛的女生，找准一切机会和自己偶遇的女生，爽朗的笑声中带着几分怯意的女生，偷看向自己慌张得会紧紧握拳的女生，着实让自己过目难忘。

周浅易的这番苦心，怕是比周浅易自己想象的还要奏效。除了思考周浅易到底有多想让自己做他的妹夫、周浅易到底欠了他妹妹多少钱之外，季橙偶尔也会想下自己和聂双发展的可能性。

说不喜欢，那是骗人的。

可每每这样的想法刚一露头，便有一种奇怪的罪孽感。

想早恋的时候，已经晚了——这绝对不是季橙想要的结果，可人尽皆知，高中时代的爱情，终归的结果，一概是毕业就分手。所以，绝对不和最好朋友的妹妹谈恋爱，是季橙做人的准则之一。

他警告自己务必做到无视聂双的情意。

杜绝一切有可能深入接触的机会。

尽量敬而远之。

面对周浅易的时候也故意假装听不明白。

——可是这准则，在聂双暗恋、明恋，以及周浅易的双重夹击下，让他动摇了，他在这冠冕堂皇的准则上站立，摇摇欲坠。

如果没有那一天，或许季橙，真的可以坚持着自己那可笑的准则，或许也会同一个女生谈恋爱，至少不会是聂双，至少不用担心，有朝一日两人分手，不必担心失去周浅易，失去周浅易这个曾经那么深深信赖的朋友。

* * *

那天是季橙的生日。

周浅易、蒋小光、苗言东早早地在G中附近订了一所酒店，叫了一起踢球的朋友，准备放学后一起庆祝。

聂双当然早就通过周浅易知道了庆祝的地点和时间，虽然很早之前就买到的礼物此刻就安静地躺在她的课桌内，在季橙没有主动邀请的情况下，她无法彻底抛却自尊，不顾一切地、没有任何身份和缘由地，出现在季橙的生日Party上。

上课的时候一直在发呆，一直持续到最后一节课。

笔记本被大脑一片空白的她划破一道道口子。

想破了头也找不到要怎样才可以名正言顺地参加季橙的生日宴，并亲手把礼物送给他。

季橙季橙季橙。

要怎么办呢？

满脑子都是你。

当聂双觉得情况有些异样的时候，几何老师已经走到她身后，趁聂双不备之际把笔记本抽了出来。

她还没来得及想好对策，听到几何老师缓缓念道："季橙。"

班里一阵哄笑。

几何老师问："二班的季橙？"

聂双羞得不敢抬头。

"聂双，我看你不如去教室外站一会儿清醒下，好好反思下，为什么你的几何从来没有及格过，'季橙'两个字却写得如此出神入化。回头我找你。"

耳朵在轰隆隆地响，聂双已经听不到周遭的同学在议论什么，只感觉自己像个木偶人一样站起来，走到班级门正对着的走廊，靠着墙根，站稳。

听不到任何声音，眼前的视线慢慢变暗，偶尔有任课老师经过走廊，用异样的目光打量着她，疑惑的目光百般探寻，比八卦记者有过之而无不及。

不知道站了多久，几何老师口中的"回头"原来竟是这般难熬的时间长度，好不容易下了课，同学们陆陆续续出了教室，看到她，想笑又不敢笑，或是想要保留聂双那可怜的自尊心，假装没看到她，渐渐逐一消失。聂双站得双腿发软，变换着双脚调整姿势时，几何老师这才出现，她以为终于可以结束了，却听到对方说："现在跟我去办公室。"

她拖着站麻了的双腿去办公室，接受几何老师长达两个小时的语重心长的、苦口婆心的、恨铁不成钢的、痛心疾首的谆谆教导后，终于在晚上七点多，重新恢复了自由身。

聂双抱着试试看、豁出去的心情拎着买给季橙的礼物赶到酒店指定的房间，却被告知十五分钟前刚刚离开，貌似去了哪家KTV唱K。

打周浅易的手机，被告知关机。她没好意思联系蒋小光——她懂得如何及时而有礼貌、有分寸地拒绝自己并不喜欢的人，也懂得绝不利用被自己拒绝过的男生为自己做任何事情。

何况严格说来，季橙还会是蒋小光的情敌。

晚上九点钟，繁华的街道车如流水马如龙，黑夜彻底覆盖整座城市，也彻底覆盖了这座城市里的人们的喜怒哀乐。

聂双把送给季橙的礼物拿出来，那是她从同学的朋友手里，花高价买来的有着球星卡卡亲笔签名的足球——那是季橙最喜欢的球星。

可是现在又有什么意义呢？只是一扬手，她不发一言地把礼物扔到了垃圾桶里，站在这家名为“接头暗号”酒店门前，号啕大哭。

等到有陌生的号码打过来，聂双没有经过任何思考地按了拒接。这时，她才发现手机已经有十几通未接来电，家里的、周浅易的、蒋小光的，还有几通就是刚刚被自己拒绝的。现在，它又开始执著地叫起来。

她终于按了接听键。

“聂双吗？”

很好听的男声，低沉的声音中带着焦急的语气。

她开了口，却发现自己的声音是嘶哑的，“嗯，是的，是我，你……”

“你的声音怎么了？你在哪儿？我过去找你。”

这个声音，跟季橙还真是像。聂双苦笑，可怎么可能是他呢，他的手机号，周浅易曾经给过自己，她早就烂熟于心，存在自己手机号码里，名字为“一”。是的，季橙对她来说，就是一，唯一，一切，排在最前面的“一”。

“你是……”沙哑的声音在这黑沉沉的夜里，自己都觉得有些可怕。

“我和你哥在一起，你在哪儿？”不容置疑的声音。

她下意识地回答：“你叫我哥过来吧，我在酒店门口。”还没说完，大滴的眼泪又“吧嗒吧嗒”掉下来，她坐在酒店招牌旁边角落的台阶上，缩成一团，像个等待家长认领回家的孩子。

五分钟。

十分钟。

十五分钟。

朦朦胧胧之中，聂双听到有人叫自己：“聂双，聂双。”

一定是在梦里的，眼前的季橙穿着JACK&JONES的黑色长袖纯棉T恤，领口的扣子开着，四颗斜排上去的白纽扣像是调皮的眼睛，此时，这眼睛的主人正扶着她的双肩，急切地盯着她看。

她努力露出一个笑容，挣扎着整理了头发。嗯，聂双，你说过的，要随时展示给他自己最好看的一面，哪怕是在梦里。

她想说的有很多，这时想起给季橙的礼物，猛地站起来，却也一下子清醒了，原来自己，并不是在做梦。在无数个梦里出现过的季橙，此刻真的在眼前出现了。

她不由分说地跑向垃圾桶，可是晚了。垃圾桶里空空如也，哪里还有礼物的影子？

季橙疑惑地跟着跑过来，还没来得及问，聂双哇的一声，鼻涕眼泪一气儿齐流，再也顾不上自己的形象。

"生日礼物……"聂双的声音越发嘶哑，"卡卡……"

聂双哭得呜呜咽咽，可是季橙揽过她在自己的怀里，把头埋在她的短发中。聂双听到季橙轻轻的叹息，他说："傻姑娘。"

聂双再一次觉得自己陷入了梦里。

她抓紧季橙的背，大胆地把下巴贴在他的肩上作出回应："季橙，我看过美国拍的一部电影，叫《逃离克隆岛》。它里面有一句经典台词：当你喜欢一样东西，闭上眼睛祈祷——不理你的那个人，就是上帝。"

季橙没有说话，他只是用手轻抚她的头发，再次抱紧她。

聂双接着说："季橙，不要不理我。不要故意忽视我的努力。"

过了很久，季橙才说："聂双，你现在的声音……真难听！"

那天的夜晚叫聂双终生难忘。她并不知道，季橙送她回家以后，在她家的门外站了很久。

聂双每次都在足球场上偷偷为他准备矿泉水，没有让他动摇。

在只要他出现的球场上大声地叫着他的名字喊着"加油"，没有让他动摇。

在他经过的地方偷偷地打量他，没有让他动摇。

在电台里匿名给他点歌，没有让他动摇。

在他课桌里塞进他喜欢的体育杂志时，没有让他动摇。

她设置的无数个“不经意的巧合”，都没有让他动摇。

但在那天晚上的KTV里，听着喝醉的蒋小光讲聂双被罚站的事情，不甘心地抓着他的衣襟大声质问“凭什么我对她那么好，聂双只是喜欢你”的时候，心中有什么东西被迅速地点燃。他顾不上许多，随手抓过一件外套冲出去，摸了半天，终于找到一部手机，总算知道她在哪里。

见到聂双的时候，才知道自己差点失去什么。

为什么自己会有那么多可笑的理由。

绝对不和最好朋友的妹妹谈恋爱？让它见鬼去吧！

在这个为了爱情勇往直前的女生面前，季橙，你为什么要显得那么可笑、无力而荒唐？

聂双，你是聂双，你是属于我的独一无二的聂双。

*　　　*　　　*

蒋小光再也不跟在聂双的身后了。

再也不跟在她的后面问：“聂双聂双，今天的答案，和昨天一样吗？”

他就坐在聂双的后桌，却再也不肯和她讲话了。聂双几次主动找话题，他也只是敷衍，多说几句，就不耐烦地站起来往外走，只肯留给她一个背影。

她终于在自行车棚那里拦住蒋小光，眼睛直视过去，大声问：“蒋小光，你为什么不理我？”

蒋小光看着她，目光有所躲闪，终于小声说：“你都已经和季橙在一起了，还管我做什么。”

“你以前和我聊天，对我好，只是因为我没有同季橙在一起是吧？蒋小光，就算没有季橙，也不会是你。一个男生，心眼这么小，算我看错了你，还把你当朋友！你放心，我再也不会纠缠你了。”

聂双说完，转头便要走。

身后的蒋小光叫住她，“聂双聂双，先别走。”

聂双回过身。

"好啦好啦。"蒋小光举起手，"是我错了，我投降。"

聂双问："还是朋友？"

蒋小光又恢复了往日嬉皮笑脸的样子，"嗯，当然是朋友。不然我的损失也未免太大了。"

聂双有些疑惑，"损失？什么损失？"

"比如我零花钱没有了，可是又很想吃烤翅。"

"呃……行，你说去哪里？"

"就海港路那里的好了。"

聂双回答着"好"，转身去取自行车，蒋小光的眼泪这时才不可抑制地掉下来。

聂双，我是不是很没骨气。看到你和季橙在一起，伤心得会哭鼻子。如果没有我那晚那么失态地质问季橙，是不是你们就不会在一起？

好像我在你的这场恋爱里，不但抓不到一点主动权，还起了催化剂的作用。

我当然不会恨你，也不会恨季橙。

我只是恨自己。

恨自己，始终无法成为你所喜欢的那一个。

那就做朋友好了。做你忠实的永远可以给你依靠的在任何时候想起我都给你力量的朋友。

至少，朋友不会分手。

白木珊的复习资料，每周坚持着给聂双邮寄过来，她的房间里，开始有一个抽屉专门放白木珊的信。

自从高中和白木珊分开，其实也不叫分开，两人从来没在同一个班级过。高中后白木珊依然不和自己同班，只是更不在同一个学校了。

这恰恰是聂双认为的女生间保持友谊的最好的距离。

女生间的友谊，像是一个充满了气的气球。任何一句无心的话、一个举动，都有可能成为细长的针，将这充满了气的气球扎破，一点点往外渗着气，直到最后彻底干瘪。

就像邻桌，因为女生不停地借圆珠笔，自己从来不买，就同人家绝交。或者去商店买薯片吃，因为没有主动邀请自己吃，就三天不同对方讲话，甚至号召周遭的同学孤立她……

想想，都觉得可怕。

白木珊是聂双最好的朋友。没有“之一”这个后缀。没有平日里的摩擦和碰撞，只是每周三播音的时候才一整天都在一起，距离恰到好处，两人又都是直性子，聚在一起的时候有说不完的话。

是以坚固的友谊通行无阻，好得真是像亲姐妹。

最近，这个亲姐妹的来信里，除了复习资料，开始频繁出现一个叫“Y”的男生。白木珊反复在信里提起他，就像当时的自己，那般迷恋季橙。

可是白木珊只有暗恋的胆儿。

白木珊在信里写：

我在篮球场见到他打篮球，看着他一个人带着球单枪匹马突围投篮，整个人便被锁住一般，动弹不得。只是，我还不知道，自己是不是在爱他？会是吗？说不好。在这么繁重的学习压力下，或许我只是想找个寄托。比如，在我出来散步的时候，目光终于有了可以搜寻的目标。是他，不是别人。

我已经打听到他的名字，偶尔匿名给他写信。他或许收到了，或许不，那又有什么关系，我只是想跟他诉说。

我们班有很多恋人。他们很和平，很融洽，很大方。班主任开班会的时候讲男女问题，他们就在下面对视窃窃地笑。下课的时候，也毫不避讳地谈“他”怎样。他们的恋情，俨然已经是结婚后的平静生活，下了晚自习，还结伴一起去厕所。

或许我已经落伍了。

有的时候，很想大哭一场，会突然莫名地讨厌自己。讨厌周遭的一切，可是自己又有什么资格呢？

现在只是高一，可是已经压得我喘不过气来。班主任说，我们在服装方面，要增加覆盖率，减少透明度。末了，他又说：这个学期要上报政教处两到三名差等生，降班。可笑吧，高中还要降班。他说这是“适者生存”。

适者生存。

我还在这里谈我奢侈的爱情。

祝好。

木珊即日

白木珊的信，第一次这么伤感。聂双躲在房间里，看了一遍又一遍，不知道要怎么样安慰她。

正在叹气的时候，耳边突然听到周浅易的一声大吼：“聂双！你个猪头，干吗呢！”

聂双吓得捂住胸口，“你出场的时候，就不能正常一点吗？”

周浅易得意地笑，“心里没鬼，怕什么。”

她合上抽屉，“找我什么事？”

“嘿嘿，这周六我们哥儿几个出去野炊。你能帮我去趟同学家，跟她爸妈说一声吗？”

“你跟你同学约会，干我什么事。”

“呃……主要是……主要是……”周浅易有点不好意思地搓着手。

“哦，是你的现任女友？”聂双抓到了他的短处。

“算是吧……她家管得太严了，平时都不让她出门。要没有女生去家里直接找她，她爸妈肯定不放行。”

“那就换呗。反正追你的女生有的是。”

“这次不一样。以前的我……就算没定性吧，以为起起哄，就稀里糊涂地反复想，久而久之，以为那就是爱了。现在的这个女生，是我一直以来都想找的，我会好好待她。”

“真酸。”聂双打了个冷战，“你要是动了真心，全国人民都笑了。”

“你爱信不信。你到底答应不答应吧。”

“那你先说说，我有什么好处。”

“好处？”周浅易冷笑，“我不向爸妈告发你谈恋爱的事情就不错了，还想着要好处。我告诉你聂双，期中考试成绩下来，你要是连中上游的名次都没保持住，看我怎么收拾你。”

聂双刚要辩解，周浅易又说：“季橙也别想好到哪里去，我跟你们俩都没完。”

他又瞥过聂双还没来得及收起的白木珊来信的信封，嘴里念叨着：“这字体，好熟悉啊。”挠挠头，“像是在哪里见过。”

吓得聂双急忙把信收起来，“熟悉你个大头鬼。你爱跟谁谈恋爱就去谈，可不准动我的好朋友。”

周浅易不屑一顾地吹了个口哨：“你那帮朋友，个个都是黄毛丫头，跟你似的，哪个拿得出手。”

“哼！”聂双有些不高兴，突然又想起什么，问道：“哥，你要是跟恋人分手，就好好跟人家说。别像王凝那样，你不爱人家了，可也别伤害人家。”

周浅易愣了下，好一会儿才说：“我知道。”

这时，他的手机响了，周浅易一看，眼睛眯得都快看不到了，“她给我发短信了。”

周浅易按了查看后，却半天都没有动静。

等到聂双意识过来的时候，周浅易的脸色已经铁青。她站起来，狐疑地靠过去，发现周浅易的手机内赫然显示着一句话：

“我想通了，我们分手吧。”

——发信人：柏灵。

我想告诉你的是，我们会在不同的阶段，包括不同的时间、心境、地点喜欢上不同的人，更会在不断成长，积累了更多的人生阅历之后，对所喜欢的人的标准渐渐变得不一样，所以，当你陷入并拥有一段感情时，好好享受就是，但不要坚定地认为此生就是他，唯一只是他。

有位情感专家在解释“人类为什么喜新厌旧”这个问题时，用了德国经济学家戈森非常著名的“戈森法则”：同一享乐不断重复而达到饱和点时，其带来的满足感将不断递减；同样的享乐不断进行，第一次和第二次获得的满足感最大。

周浅易偶然在某电视情感节目中听到，如获至宝。

他得意扬扬地把自己的理解灌输给聂双：“这恰恰说的是人的本性啊。当你爱上一个人，你和她在一起时的快乐达到最终的饱和点时，满足感就会开始递减；当两人在一起的时间足够持久，这满足感也持续递减，直到减到不能再减，甚至已经没有的时候，为什么要违背人自身‘喜新厌旧’的这个本性，继续勉强在一起呢？”

聂双被他说得气结，沉默了好一会儿，终于找到了自以为是的突破口，说道：“简直就是胡说八道。照你的逻辑来说，一夫一妻制也是违背人性的啰？”

周浅易眯着眼睛，一脸坏笑，“孺子可教也，不愧是我妹，一点就通。现在离婚率这么高，刚好证实了这套理论啊。”

“你……”

“照理说，你小孩子家家的，我不应该灌输你这套理论。不过，提前让你学习一下，也没什么不好。”他话题一转，“你现在和季橙，甜蜜得不得了吧？”

聂双没料到周浅易突然问起这个，霎时憋红了脸，手心开始冒汗。

“喊，你不说我也知道，看季橙每天神魂颠倒的样子，就知道你没少给人家灌迷魂药。上周踢球，别说进球了，传球都失误……不过话说回来，可怜了蒋小光啊，哎，对你一往情深……”

“哥，你到底想说什么？”聂双绷紧脸，不想他继续下去，“我作业还没写完呢，没工夫听你闲扯。”

“当初你要我帮你追季橙时，可不是这样的语气吧？”周浅易成心调侃自己的妹妹，没有一点儿要走的意思，反倒扯过聂双的背包，像小时候那样漫不经心地胡乱翻着。

“爸妈没告诉你，要尊重别人的隐私吗？”聂双扯过背包，扔到自己床上，“求你了，有什么正经事赶紧说吧，这作业要不写完，明天班主任肯定收拾我。你行行好吧。”

“得，你还真是狗咬吕洞宾，不识好人心。我这不是想跟你谈谈心嘛，缓解紧张学习和生活所带给你的压力……”

聂双放下手中的笔，转过头来，审视着周浅易。

周浅易终于沉不住气，“好了好了，五分钟，说完了我就走。”他扬扬眉毛，拿起聂双写字台前的一本书，卷成筒状，握在手心里转来转去，像是不知道如何开口。

“那个，我是想提醒你，恋爱这件事呢，不能看得太重。我知道我没什么资格跟你说早恋不好、影响学习之类的话，我本人并不反对早恋，恰恰反倒认为它在多年后，必将成为我们人生中最为难以忘怀的美好回忆，这也是我当时拗不过你，帮你追季橙的原因。”

“所以呢？”

“……所以，现在既然你们已经在一起了，我想告诉你的是，我们会在不同的阶段，包括不同的时间、心境、地点，喜欢上不同的人，更会在不断成长，积累了更多的人生阅历之后，对所喜欢的人的标准渐渐变得不一样。所以，当你陷入并拥有一段感情时，好好享受就是，但不要坚定地认为此生就是他，唯一只是他。”

“哥，你在跟我说顺口溜吗？你到底想说什么？”

“……哎！”周浅易深深叹口气，“我说了这么多，难道你一句也没听懂？”

“也不是，呃，听懂一点，但似乎又没完全懂。”聂双挠挠头，“我觉得你似乎在暗示我什么，可是我又不明白，到底你想暗示些什么？你知道吗？我觉得你现在说话的语气，跟我们班主任特像，他每次找我们谈话时，总是先重点讲些无关紧要的，然后趁你不注意把他最想讲的顺带着东扯一句西扯一句掺进去，什么牛顿万有引力啊，他小的时候捡过煤球啊，早上上班的时候家里的栀子花开了啊……常常是他把人叫进去，谈了两个小时，过了两礼拜，对方才知道他最终想要表达的是什么。”

周浅易再次叹气。

“哥，你说，这样说话多累啊，大把的时间，全都放在了绕弯子上，太浪费生命了。”

“好吧，其实我只是想说，学生时代的爱情最不可能有什么天长地久，如果有朝一日你和季橙分手，不要太难过。”

“啊，”聂双警觉地抬高了声调，“你是不是发现了什么？你的意思是，季橙，现在喜欢上了别人？”

周浅易总算明白了什么叫做“鸡同鸭讲”，他压抑住心中的怒火，“我是觉得季橙太过睿智，比起同龄人过于成熟，总觉得你不是他的对手。将来万一你们分了手，怕你寻死觅活。”

聂双这时才点点头，一丝不易察觉的笑在她的脸上漾开，“我明白了，你这分明是赤裸裸的妒忌，你就是看我们感情好，你受不了。”她一把拉起周浅易，推他出门，“你就别杞人忧天了，我和季橙感情好得不得了，你总不能因为自己失恋，就非得拉个人给你垫背吧，你太卑鄙了！”

“你小人之心……喂，开门，我还没说完……”

不顾身后周浅易愤怒的大呼小叫，聂双掩上门。

喜欢上一个人，想要同他天长地久，才是人的本性吧。说什么“不在乎天长地久，只在乎曾经拥有”，其实是骗人的鬼话，不然就是像班内某些同学所持有的玩玩心态，只是想在适当的时间，出现那么一个适当的人、谈一场适当的恋爱。

管那个人是谁。

他只要适时出现就好——这种情况，当然适用于周浅易的那套什么“戈森法则”。

当然不会适用于聂双——聂双是谁？聂双是那个为了爱情全身的血液都会燃烧的人啊，怎么可能发生两个人在一起时满足感会降低的情况？

聂双想起自己同好友白木珊讲起和季橙的恋爱时，映入脑海的一句话，居然是光良《童话》中的歌词，“从你说爱我以后，我的天空，星星都亮了”。

聂双翻出背包，从最里面的夹层掏出季橙送给自己的粉色羊毛手套，小心翼翼地戴在手上，顿时觉得心口一阵温热，像是有颗蜜糖贴在那里，此时软绵绵地融化开来。

季橙，从你说爱我以后，我的天空，星星都亮了。

* * *

季橙当真是一个很称职的男朋友。

刚刚在一起时，聂双心里还打着自己的小算盘——严格追究起来，毕竟还是自己先追求的季橙，会不会因为这个，在今后两人相处的过程中，因此就奠定了季橙高高在上的地位，让他吃定了自己，唯他的命令是从，百依百顺，像被抓住把柄一样，做什么都得服服帖帖呢？

可季橙很快就彻底打消了她的疑虑。

他对聂双的好，让每个看到的人，既妒忌又羡慕：每天早上骑单车去聂双家等她出来，两人一起去附近吃早点，然后一起去学校。中午的时候顾不上送她回家，可也绝对会雷打不动地在校门口等她出来说上几句话。下午上学的路上或是放学，会带聂双去吃这座城市的小吃，等到一年多的恋爱谈下来，两人几乎把这座城市的美味吃了个遍，闭上眼睛都知道哪家店该怎么走。

季橙虽然是男生，心思却非常细腻，从不爽约，承诺的事情必然会兑现。赶上球队有比赛，会提前发短信告诉聂双——爱情纵然不是生活的全部，可是所有业余时间里他如顾及不上和聂双共度二人时光，都会致歉并择日安排新的节目补偿聂双。

陆陆续续收到他的礼物，均是精心准备又有深意。公仔、影碟、CD、图书、连衣裙……而聂双所认为的迄今为止收到的最珍贵的礼物，是季橙在圣诞节时送给她的一打由季橙亲自手绘的“言出必行”卡。聂双曾经听周浅易说起过，季橙初中时曾经在美术特长班待过，后来不知道什么原因又转到普通班，但仍然画得一手好画。

在季橙送给聂双的这套“言出必行”卡上，卡片的正面，画了季橙和聂双的卡通像，十二张，代表了十二个月，十二张不同衣着和表情在不同地点的卡通像。有两人在校园寂静的小树林中亲吻的画面，聂双踮起脚尖，微闭的眼睛，睫毛闪亮。季橙揽她在怀，另一只手托起她的下巴，深情拥吻；两人去小胡同里的面馆吃面时，聂双把汤汁溅在季橙脸上，两个人正开怀大笑；在回家的路上，并肩骑着单车，聂双清爽的短发在风中飞舞，季橙满怀深情地望过来，没有任何言语，时间停留在那一刻，万籁俱静……

在每张卡片的背后，都有季橙清晰的笔迹：

季橙向聂双承诺：

限定在 ____ 年 ____ 月 ____ 日前兑现

有效期至：____________

签字盖章有效

（注：本卡片只限聂双本人随意填写，其他任何人均无效）

在“签字盖章有效”处，季橙签好了自己的名字，还盖了不知道他用什么刻的圆章“季橙言出必行章”。

聂双拿到卡片后，好久都没有说话。

站在旁边的季橙终于沉不住气：“聂双，不喜欢吗？”

聂双深深吸了口气，眼眶有些发红，她看了看四下无人，咽了口唾沫，才小声说：“如果我写，你向我承诺欠我五百万块人民币，限定在有生之年慢慢还清，是不是也可以？”

季橙满怀期待的脸此时变成了铁青色。

这还没完，聂双又说：“要是十二张我都这么写的话，天哪，天哪，那我岂不是中国超级大富婆了？”

“……”

“原来我虽然这么年轻，可是却已然这么富有了啊。”

“把卡片还给我。”季橙伸出手，几乎是咬牙切齿地一字一顿地说。

聂双把卡片小心地放进背包：“哪有送出去的礼物，还跟人索要的。”见季橙依然绷着脸，这才笑嘻嘻地说，“好啦好啦，我开玩笑的，你真的以为我会那样暴殄天物吗？这么用心的卡片，”她压低声音，“我哪里舍得用。”

她咬紧嘴唇：“除非，除非，你跟我提出分手。”

季橙轻轻捏了捏她的手：“别乱说，怎么会。”

“嗯，是不会。”像是说给季橙听，又像是说给自己听，“那我回去再好好研究怎么用。”

宠溺的语气：“好。”

* * *

同陷入热恋之中的聂双相比，周浅易的日子，的确不那么好过。

难怪会觉得自己的哥哥是在妒忌自己。

几月前，聂双想起为了爱情进行垂死挣扎、不惜去男友家里进行挽救的王凝，还免不得揶揄周浅易一番，那时的他虽然有些理亏，嘴巴上却也不肯让步，说些什么：“不可能你碰到一个人，表面浅浅地接触了，受外表印象和第一感觉影响在一起了，今后就非要捆绑在一起，郎情妾意生死永远不分离。人生苦短，我们应该尽可能多地接触更多的异性，从中找出最适合自己的那一个。”

他总有一堆歪理邪说来支持他不断另结新欢的事实——显然王凝并不是第一个，聂双是通过蒋小光，才知道其实早在王凝之前，周浅易就换了N个女朋友，本校的、邻校的，同班同学、师妹师姐，窝边草、非窝边草，没有他不敢下手的。交往时间久一点的像王凝，半年多；短一点的，三五天——当然是他这个花心大萝卜，单方面强行跟人家提出分手，可是不知道他用的什么方法，除了王凝，其他的均是安静地离开，不不不，也谈不上安静地离开，反正不哭不闹不恨也不纠缠他，见了面甚至还可以笑笑、打声招呼。

就像什么都没发生一样，继续过着各自的生活。

这就是周浅易的本事。

可是现在那么有本事的周浅易遇到了对手。

那个叫做柏灵的女生，聂双有次和同学秦冬冬在一家奶茶店里撞到过。是秦冬冬提议说有家非常正宗的奶茶店，请聂双一起去喝。那时聂双还觉得有些远，骑单车要半个多小时，只是为了一杯奶茶？耐不住秦冬冬的软磨硬泡，没想到却因此撞到了周浅易和柏灵。

秦冬冬和聂双两人对坐，斜对面隔着两个隔间，周浅易背对自己和柏灵对坐，从聂双的角度望过去，刚刚好同柏灵对视。

柏灵当然不知道频频瞥向自己的女生是谁，只是半垂着眼皮，漫不经心地啜饮着面前浓浓的奶茶。

聂双是在那一天，才深刻理解“气场”的含义。

柏灵那天穿了件粉色的V领针织衫，配小脚牛仔裤，外面套一件咖啡色PU外套，身上有着强大到你不敢正视她的气场。即便是坐在奶茶店里软塌塌的沙发座椅上，上身微倾的她仍然保持着挺直的背，瘦削的双肩骨感十足，同周浅易说话的时候下巴微抬，浓密的眉毛，只是抬眼的瞬间，犀利的目光扫过来，便气压全场。

坐在她对面的周浅易耷拉着肩，一副严重受挫的样子。

——没错，就是她了。

聂双第一次为她的双胞胎哥哥感到担心，心想周浅易肚子里那点货色，哪里会是柏灵的对手啊，周浅易啊周浅易，你也有今天。

等到后来周浅易向聂双哭诉自己第一次被人抛弃的感受，映入聂双脑海的居然是柏灵那犀利的目光。

“你说人是不是很贱，”周浅易倒在聂双房间的沙发上，“你说柏灵有什么好？对我不够热情，约会不够主动，说话不够有诚意。她过生日的时候给我打电话说，我在某某酒店，如果你有空，就来……言外之意，没空，就不要来了。你听听你听听，我是她男友哎，哪有这样跟男友说话的。”

聂双不屑一顾，“是前男友吧……她不是跟你提出分手了么？切，真看不出你还有大男子主义情结。”

“是现男友。今天下午经过我的一番努力，我们又和好了。”

“又和好了？”

“是，我发现啊，你们女生有时候很奇怪，很多时候提出分手并不是真的要分手，而是想要看到男生恐慌、害怕失去的沮丧样子，想以此测试自己在男生心中的重要性。”

“你是不是想多了，哪有人会这样。”聂双对此不屑一顾。

“柏灵就是这样的……”

“呃，没必要你们分了一次手，你就一朝被蛇咬吧？肯定是你做错了什么事，惹得人家不高兴。”

“那你知道她跟我提出分手的原因是什么么？”

“是什么？”

“她说……最近的恋爱，谈得实在太平静了。”

“……”果真是大跌眼镜的答案，聂双倒抽一口凉气，“那和好的理由呢？”

“和好的理由，她说，失恋果然会有些难过……不如还是在一起吧。”

周浅易满是无奈的语气。

聂双觉得他可气又可怜，本不忍打击，但憋在心里又难受，忍了忍，终于脱口而出，“这说明她远远不够爱你，至少不像你爱人家那么深。不过，谁叫你之前拿感情当儿戏，现在得到报应了吧？”

“这是什么话。如果只是恋爱中的一方一味地听从对方，满足对方所有的意愿，那又有什么意思呢？之前的女朋友，我问对方去哪里玩，回答永远是“你说呢”、“随你啊”、“都可以”、“你想去哪里就去哪里”，一点主见都没有，一点自我都没有，哪里是谈恋爱？简直是随身携带了一只木偶。要我说，只有像我和柏灵这样敌退我进、敌进我退的恋情，才会有味道。”

“很好，”聂双冷笑，“希望你不要成为别人眼中的木偶就好。”

周浅易几乎是下意识地从沙发上弹起来，想要反驳些什么，可能觉得实在理亏，话到嘴边又无力地压了回去。

房间里没有开大灯，昏暗的台灯照在茶色写字台上，映照得周围一片昏暗。好半天没有听到应答的聂双抬起头，看到周浅易紧紧抿着嘴唇，像每个恋爱中的少年一样，神情落寞。

聂双懂得。

——那是初恋时的我们中的每一个人，在初尝爱情美好时，所必然会尝到的酸涩味道。

* * *

有些人的爱情谈得轰轰烈烈。不论是分手，抑或是甜蜜地持续拥有，毕竟是两个人曾经一起共度、见证了年少时最为美好、珍贵的时光。

可有些人，所拥有的，所守候的，一直是一个人孤零零的、冷凄凄的爱情。

比如白木珊。

当聂双的爱情进行得轰轰烈烈、如火如荼的时候，白木珊彻底陷入一场单恋中。

“性格决定命运”这句话，是真的有其深刻的哲理性的。

胆怯的女生当爱情来袭时——依然是胆怯的女生。并没有因为爱情的到来而使得她勇气倍增，无法做到像个冲锋陷阵的战士那样攻克自己心仪的男生。

起初以为自己只是寂寞，身处任何位置都会下意识地搜索对方的存在。可是当太多太多的爱意经历了无数个日日夜夜的积累，想要忽视它忘却它的时候才发现已经来不及，它仿佛吸附在自己身上，慢慢长出血肉。

哪怕只是有想要触动的念头，已然痛得不堪忍受。

第一次注意到周浅易，完全是因为好友吴棋。在一次去隔壁班找吴棋时，正好看到在篮球场上叱咤风云的周浅易。时任班长的吴棋正冲着他高喊：“周浅易，班主任叫你明天一早去找他。”

叫周浅易的男生瞥了她们一眼，并没有应答，仍然自顾自地带着球上篮。

吴棋见怪不怪，转过头和聂双聊天。

“这个周浅易，三天两头逃课，仗着自己学习成绩好，谁都不放在眼里。最近竟然连月考都不参加了，班主任找不到他的人，天天把我训得跟孙子似的。烦死了。听说他还有一双胞胎妹妹，真不知道到他妹妹会是什么样，要兄妹俩都这样，他爸妈得多操心啊。”

白木珊若有所思地转过头，发现那个叫做周浅易的男生，有着那么好看精致的五官。铜色的皮肤看起来非常舒服，有着说不清的亲和力。两道浓眉斜飞，看人的时候喜欢深情直视，一眼望不到底，似笑非笑的样子满怀情意。

白木珊喜欢他打球时单枪匹马投篮的帅气和果敢。他打球一向不喜欢传球，常常是一个人突破几个人的包围，接着一个漂亮的转身跳投，眯起眼睛，上臂与前臂呈90度，手掌向前推出，篮球应声入网。

其实更多时候，没有人介意他的篮球是否投中，仅仅是他出现在篮球场上，便是一道任谁都不能忽视的风景。

吴棋还说了什么，白木珊完全没有听进去，那天下午的英语课、政治课……晚自习，甚至是晚上，她的脑袋里，全部是周浅易。

周浅易偶然瞥到她一眼时，那黑黑的眸子。

漫不经心地转过头。

随意地用袖口擦着额头的汗。

都是他。

都是他。

都是他。

从那天之后，似乎走到哪里都可以碰到周浅易。白木珊很快就发现，周浅易和一个叫做苗言东的男生经常在一起，有时候中午不回家，偶然会在食堂看到他俩在固定的餐桌吃饭。篮球场、足球场……课外活动自是哪里都有他们的身影。连下了课间操去学校商店买东西，也很少分开。

他们和吴棋同班，就在白木珊所在班级的隔壁。吴棋的家离白木珊家很近，放了学两人结伴走，有时候白木珊推着单车在班级下面的车棚等，常常撞到苗言东跟在吴棋的后面，两人在说着什么。同苗言东一起结伴的周浅易，会保持着三米开外的距离，静静地靠在一旁等。

白木珊连直视对方的勇气都没有，只剩一身的窘迫，头低到不能再低，希望吴棋可以尽快和苗言东谈完，又希望他们的交谈可以持久些。纵然没有说过一句话甚至没有一次眼神的交流，可是来自心底那几乎要溢出来的喜悦感，白木珊只想能来得多一些，再多一些。

就是那样鬼使神差地，给他写了第一封信。信的内容很简单，白木珊在信中谎称是周浅易的老同学，偶然碰到他，听说他学习偶有退步，加上高中生活着实无聊，不如写信聊聊天——漫不经心的语气，是白木珊反复检查、确认无误后才敢发出的信——装作他的同学，怕他不理会自己；语气太过热情，担心会适得其反让他怀有敌意。

怕对方或者周围的某个熟人认出来，她只敢用左手写，还好她是左撇子，小时候经常用左手写字，后来虽然被老师和家长纠正了过来，但持续到现在用左手写出来的字，也算不上难看。只是写的时候，会慢些罢了。可是那又有什么关系呢，她需要自己慢下来，慢下来理清自己的思路，慢下来清晰地知道自己在做什么，慢下来弄明白自己的心。

——他是有女朋友的。虽然在学校里，两人的交往很隐蔽，可是周浅易望向那个女生时灼热的目光，就算是个傻子，也会懂。

就像她无法抑制地望向周浅易。

就像那个经常阴沉着脸但看到吴棋时整个人都会亮起来的苗言东。是的，谁都知道苗言东这个从来没笑过的男生在追求吴棋。

白木珊想，苗言东一定是不懂得如何表达自己的爱意的，他以为尽自己所能满足对方，就是爱。吴棋有心无心说过的话，他都要想办法去实现。吴棋说，学校对面的那家蛋糕店的抹茶蛋糕很好吃，他便每天早上在吴棋的桌子上放上那么一块；吴棋说，最新的某某杂志该上市了吧，他宁肯逃课也要在第一时间把杂志拿给吴棋；吴棋说，想去看新上映的电影，当天晚上电影票就静静地躺在吴棋的背包中……

最过分的一次，吴棋说：我外婆组织了一个秧歌队，晚上在礼堂演出，一张票二十块钱，一百张票一张也卖不出。苗言东一个人全部买下来，送给自己的兄弟们，叮嘱无论如何也要请家人去礼堂观看演出，为此他不惜吃了两个月的方便面。

吴棋的虚荣心不断得到满足，有人像个傻子一样全心全意对自己好，从不求回报，何乐而不为？她心安理得地享受着这一切，倒是白木珊一直搞不懂：当我们追求一样东西，不就是为了得到吗？为什么可以有人在付出足够庞大的时间成本以及精力，久而未得后，依然可以一直耐心地继续追求下去呢？

苗言东的耐心，居然有这么好。

可在白木珊看来，却觉得，是吴棋的人品有问题。

她自始至终都认为，倘若你并不喜欢对你频频示好的男生，一定要适时地拒绝，且绝不利用该男生为自己做任何事情，这是做人的最基本原则。尤其是看到苗言东在超越自己极限甚至不惜向周围朋友借钱，以满足吴棋的N个要求后那心花怒放的样子，她都会觉得对方很可怜。

她有多想对苗言东说：

——喂，你确定你是在谈恋爱吗？

——喂，你不觉得，你更像是个跑腿的店小二吗？

——喂，爱情，爱情不应该是这样的。

如此反复再三后，白木珊终于按捺不住内心的挣扎，跑去找吴棋推心置腹。

吴棋当然不会认为这是推心置腹，所以她只是淡淡地瞥了白木珊一眼，冷冷地说了一句：“是吗？”

再无他话。

可是白木珊明显地感觉到，她们之间，有什么东西重重地横亘在两人之间，她努力地探过头去，触摸到的却是一手冰凉。

两天后，收到周浅易的回信。通篇都在猜测她是谁，大大咧咧地抱怨了一下学习的烦琐，并无其他。可是已经足够满足白木珊。

——白木珊并不知道让她如此魂牵梦绕的那个人，居然和自己的挚友聂双有着如此亲密的关系。那时的聂双，同自己谈理想、谈学习、谈感情……唯独没有谈起的，便是她那恼人的哥哥周浅易。

*　　　*　　　*

聂双收到季橙短信的时候，刚从校广播台播音出来，拉开门意外地看到蒋小光。

蒋小光上半身靠在单车上，见到聂双时眼睛一亮，没心没肺地说：“季橙见你没回短信，要我过来找你，他今晚有球赛，不能陪你吃饭了。”

聂双掏出手机，果然有条未读短信，看完把手机扔进背包，“那好，我请你吃吧，你想吃什么？”

蒋小光站直身体，也不说话，一只脚踩在脚蹬子上，来个倒用劲儿，车链哗哗作响。

聂双耐心地看着他。

蒋小光忽地抬起头，“聂双，聂双。”

“怎么了？”

“恋爱，是不是一件非常美好的事情？”他忽闪着眼睛，语气又有些迟疑，“如果高中生活，没谈过恋爱，是不是一件让人觉得很沮丧的事情？”

“呃，也不是这样说了，其实……”聂双很想给他讲出一番大道理来，大脑飞快转动组织语言时，听到他低低地叹了口气。

“唉。”

“你今天到底怎么了？好像，有情况吧？”

蒋小光吓得差点扶不住单车，挠了挠头，有点不好意思地说：“你怎么知道？你看出我和她在一起了吗？还是，她已经告诉你了？应该不会吧，她明明答应我，由我来告诉你啊。”

“……已经在一起了？这个人我还认识？”聂双被惊到了。

“哦，你不知道啊，我就说嘛，我们的保密工作做得那么好，你怎么可能看得出来。”

“到底是谁啊……”

“就是秦冬冬啊。她昨天约我在奶茶店见面，嗯……她说，她说，很喜欢我，问我有没有可能。”

“呃……”

“我想，反正是要谈场恋爱的。聂双，聂双，现在的你这么幸福，我应该好好祝福你才是，我不能总是那样牵挂着你，一直这样没有自我。虽然我不喜欢季橙，骨子里觉得他不适合你，老是期待着或许有一天你们会分手……可是，可是聂双，我不能再继续等下去了。你可能不相信我说这些话的时候，心里还是那么难过。聂双，你会一直记得我的，是吗？聂双，聂双，是吗？”蒋小光的声音有些哽咽，聂双看到他强忍的眼泪，想要说些什么安慰的话，却发现自己的脸上也是湿嗒嗒的。

“聂双，我喜欢你。我走了。”

蒋小光飞快地骑上单车，在聂双还没来得及回答的瞬间，迅速消失在一片夜色中。

他们当真是在一起了。

第二天上课时，秦冬冬一脸的桃花红，见到聂双还颇为不好意思。她努努嘴，“你都知道了吧？”

聂双没反应过来，“知道什么？”

“就是我和蒋小光在一起了啊。”

“啊，嗯，知道了。祝福你啊。”

秦冬冬很开心地接受祝福，“嗯，谢谢你。”

聂双并不想继续这个话题，拿过一本英语书，胡乱翻看着。

但是秦冬冬并不想就这样停止交流，“我家小光说，会好好爱我。”

——我家小光？叫得可真够亲切的。

“我真的没想到他会答应我哎。你不知道，他说可以的时候，我觉得自己都快飞起来了。真的可以吗，我们在一起了？”

——到底有完没完。

“哦，对了，聂双，有件事，本来我不应该多说的，但是你知道的，我心里藏不住话，希望你别介意。”

“你说吧。”

“我希望你以后尽可能地少接触我们家小光，可以吗？我知道提出这个要求很过分，可是他以前毕竟追求过你。而且，你现在也有男朋友啊……我觉得为了大家好，你们应该避嫌，你觉得呢？”秦冬冬笑吟吟地看着聂双，语气中夹杂着恳求，又似乎半带着威胁，只差说“我相信季橙也不会希望你们多接触的”。

两人说这话的时候，蒋小光当然没在教室里，秦冬冬是看着蒋小光出了教室的门，才突然对聂双说这些的。

聂双愣了一会儿，才说："行啊。毕竟是你男朋友嘛。"她在"你"这个字眼上，故意加重了语气。

秦冬冬满意地点点头，揽过聂双的胳膊，"我就知道你最贴心嘛。"

蒋小光进了教室，看到两人这般亲密举动，拿她俩开涮，"哟，这么亲密啊？"

聂双还没来得及回答，听到秦冬冬说："那是，我们姐妹谁跟谁啊？

蒋小光说："晚上看电影，聂双你也一起来吗？"

秦冬冬尴尬地笑笑，假意邀请，"是啊，一起来吧。"

聂双急忙识相地回答："谢谢，我还有事，下次吧。"

蒋小光若有所思地看向聂双，再没多说什么，和秦冬冬开心地走出教室，一副有说有笑的样子。

窗外，橘色篮球在一个男生的拍打中快速腾起又倏然落下，一点也不用掩饰它跳跃的热情，在篮球熟练而稳健的翻转中，聂双的心，随着它忽起又忽下。

阳光在秦冬冬的微笑中一路倾泻，仿佛照亮了聂双密密麻麻且透绿的心事。

走向你的她步履坚定，站在你面前的她笑意盎然。

你们私下里会聊些什么呢，天气、星座、篮球，或者是下午的化学课？

——当然不会聊到我吧。我看到你们掀起甜蜜的涟漪，从低垂的柳条间隙中弥漫开来。

可是，蒋小光，我知道，我知道，那些曾经属于我们的纯真难忘时光，将一去不复返。

如果，不论什么原因，曾经深爱的恋人决定与你分手，他会采取怎样的方式让你知晓，并让你选择同意他所作出的分手决定？

A.无情决绝法：从你的身边突然、彻底消失，断绝与你的一切联系。再笨再执著的人，也会明白对方分手的决绝之心。

B.回避见面交代法：通过MSN、QQ、短信等不需要见面就能做出交代的方式提出分手。

C.循序渐进法：慢慢疏离你，躲避你，不接电话不回短信，日益减少与你约会、见面的次数和机会，让你逐渐明白，主动提出分手。

D.单刀直入法：既然是深爱，毕竟是有感情的，不妨两人见面直接说清楚。

聂双在读初中之前，对每个人说出的每一句话，都深信不疑，认为大家彼此都是掏心挖肺的、诚恳的、不带任何水分的。

那时的她，头脑里还没有“明辨是非”、“辨别真假”、“揣测虚实”这类概念，对任何人自然也没有防备之心。虽然上过当吃过亏，多半是些无伤大雅的小事，彼时年纪小，好了伤疤忘了疼，转过头就忘记，凭借着一副热心肠，倒也平平安安地度过了她的小学生涯。

让她认识到原来有人习惯把谎话当做家常饭菜，是在奶奶去世的那一年。

那时她刚刚升入初一，坐在教室靠窗口第四排。无意间瞥过窗户，却看到本该同自己一样上课的周浅易被舅舅带着，从窗外经过，她还没来得及诧异，看到舅舅敲开门，正在讲课的班主任闻声而出，两人不知道交谈了些什么，班主任旋即回到教室，她听到班主任沉稳的嗓音，他说：“聂双同学，请出去下，家里有事。”

聂双呆呆地坐在座位上，同学好奇的目光，让她坐立难安，班主任的那句话突然把她和周遭的同学划开了一道分界线，只是瞬间便被划入“家里有事”可以不用上课、需要立即神秘回家的一列。

——终归是年纪小，介意的只是这些小事。

聂双慢慢地挪出门，看到周浅易目光涣散呆立一旁，舅舅拖过她的肩膀：“奶奶去世了，现在跟我回家。”

那是聂双第一次面对死亡。

一路上三个人谁都没说话，走到奶奶家时，聂双看到院里院外已经密密麻麻地摆满了花圈，大门外临时支了一个棚子，不知从哪里请来的唢呐队此时正呜呜咽咽地吹着。院子里的人走走出出，有些人她认识，有些不。他们戴孝的方式不一，有的腰上扎着白布，有的身上穿着一整件白褂子，有的头上戴着白帽。人们为了办理后事有条不紊地忙碌着，并没有人过来搭理她和周浅易。

舅舅也只是在把他俩带到院子里，就去忙碌其他事情。

隔壁的老太太见到聂双，招手叫聂双过去，她的手上正搭着一顶用白布缝起来的扎了几朵白花的孝帽，线缝得很密实，有着厚厚的层层褶皱。老太太在聂双头上稍稍量了下，又飞快地穿针走线，随即用牙齿咬断线。聂双麻木地站在那里，任凭人家把孝帽套在她的头上。

各路亲戚陆续到达家门，哭丧的声音也跟着断断续续，分不清是真悲伤还是做样子。聂双看到老太太把帽子的下摆甩到一边，干瘪的手抚摸着孝帽上的白花，一边摸一边喃喃自语，对自己的手艺异常满意：“孙女就是要戴这种孝帽，不是我吹，整个村子里，会扎这种孝帽的，也没有几个人了。”

很快，她和周浅易被带到灵堂前，跪下来对着奶奶磕了几个响头，兄妹俩都没有哭出声，聂双并非和奶奶没有感情，只是她的性格过于内敛，或者说，她还没有学会在这样的场合毫无保留地展现悲伤。

——号啕大哭？

——上气不接下气？

——捶胸顿足？

聂双相信，周浅易和自己一样，远远没有学会这样的发泄，或者说，这样的表演。

院子里的人越来越多，到了五点钟学校放学的时刻，聂双突然发现，自家的房顶上居然也站满了人，而且，居然有她和周浅易的同班同学，显然他们是放学后听到风声特意赶来凑热闹的。他们连家都没有回，背着书包挤在面积并不大的房顶上，有谁踩到谁的脚，叫谁站立不稳，胳膊挥来挥去也并未影响他们的兴致。聂双看着他们一个个笑容满面地站在那里指手画脚。不知何时，有个女生看到聂双的孝帽，惊呼一声，于是齐刷刷的目光投向她。

那正是聂双所认为的最谈得来的朋友之一。

聂双当下决定同那个女生绝交。

天色越来越暗，磕完了头，兄妹俩面无表情地站在院子里，不多时，舅舅推过来一辆三轮车，把爷爷扶上去，叮嘱两人把爷爷送回家，好好照顾，以免老人家过度悲伤。

那是一个不眠之夜，聂双躺在床上，满脑子白天的场景，唢呐队、花圈、满院子的人来人往……依稀听到隔壁周浅易的房间传来压抑的哭泣声，不知怎的，积攒了一整天的悲伤，借着周浅易那压抑的哭声，一点点往外流逝。

第二天是出殡的日子，身为长孙的周浅易早早跟着舅舅出去，聂双则被安排留下来继续陪伴爷爷。

阴天，无端地叫人心情沮丧，中午聂双简单炒了两盘菜，一天也就那样，慢慢地耗了过去。

事情发生在晚上。

爸妈才回来没多久，住在奶奶家对门的名字唤作国栋的男人过来串门，他穿着一套贴身的黑色西服，白色衬衫露出袖口，料子是很考究的，像是真丝，微微有淡淡的古龙味道水飘过来，他看到聂双，大眼睛眨了下，做个微笑的表情。

聂双红了脸，这人，她是经常见到的，只是说话不多。平日里他穿得很整齐，带着一种慵懒的大少爷气息，并不傲慢，逢人会礼貌地打招呼，见了聂双也是如此，并不介意她是小孩子。有时他的手里拿着一些零食，有着很好的包装，遇到聂双会拿过来一些，语气纵然平淡，却满怀诚意，并不理会聂双的拒绝，只是执著地把东西塞到她手里。偶尔听家里人说起他在市中心有自己的小型汽车修理厂，与村子里穿着随便、土气的男女老少相比自是别有一番气质，走到哪里，都会吸引人的目光。

此时见他进来，爸妈交换了下目光，像是没有想到他这么快就来了，随即兄妹俩被赶到房间写作业。周浅易磨磨蹭蹭，闪到聂双的房间，留出一道门缝，把耳朵贴在门框上，冲她使了个眼色。

她不声不响地拿出作业本，耳朵却同样竖起来。

开始只是小声地谈话，询问奶奶的后事办得如何，接着爸妈不住地感谢。聂双听了好一会儿才明白原来是国栋在奶奶突发心脏病的时候用自己的捷达车拉奶奶去了医院。到了医院已经太晚，连抢救都没得做，国栋又拉着奶奶的遗体回来。

在当时，车里拉死人是一件非常不吉利和忌讳的事情，若不是自家直系亲属，大抵是不会有人这般做的。

国栋再三表态，“无碍”“不妨事”，可是语气里有着太多的保留。

过了一阵，客气话终于表达完，客厅里突然陷入了一阵沉默。

聂双想，他要走了吗？

这样想着，国栋突然开口，“那个，大哥，实不相瞒，今天小弟过来，有件事想要麻烦您。”

聂双想起他进门时爸妈异样的神色，此时有所醒悟。

接下来，国栋用了半个多小时的时间，讲述了自己是多么的讲义气，目前经营的小公司赢利多么丰厚……接着，他话锋一转，说自己的存款有几十万，只是目前都是定期，眼下有事急需用钱，如果动用定期存款，势必损失大量的利息。然后，他不急不缓地说：“你们拿五万块钱给我解下燃眉之急。三个月之内，必定如数归还。”

他是来借钱的，可是语气里没有一丝求人的意味，恰恰相反，甚至有些债主上门、你们全家都欠我的气势。

聂双并没有留意到这一点，倒是周浅易，一副洞悉世情的样子，不住冷笑。

爸妈还未表态，聂双几乎有些按捺不住，奶奶去世他帮了很大的忙，不介意这忌讳和不吉利的事情，这让全家人都无以为报。眼下他只是资金周转不方便，况且他又有那么多的存款，过了存款期限自然可以取出来还上的，把钱借给他，家里又不会有什么损失，又还了这人情债，爸妈在犹豫什么？

如果可以的话，聂双恨不得把自己微薄的压岁钱全部拿来送给这位先生，以作报答。

但是爸妈当下并未直接表态，只说办丧事还有很多事情处理，需要查看下家中的存款情况，明天再予以答复。

聂双蹑手蹑脚地关紧门，迫不及待地问周浅易："爸妈为什么不借钱给他？"

周浅易看了自己的傻妹妹一眼，不说话，只是冷笑。

那边，爸爸已经拿起电话，不知道是打给谁，聂双只依稀听到"赌鬼""亏损""十几万"等几个关键词。

聂双假装去客厅倒水，小心留意爸妈的神情。

妈妈见到她出来，叹口气，像是有感而发："小双啊，以后不论帮过谁人什么忙，不论有多大的交情，切记不要贪图人家的任何回报。"

爸爸这时放下电话，并未顾忌女儿在场，"我问过了，他开的厂子已经多年亏损，转卖的告示贴了一年，都没人过问。最近又开始赌，赌债都欠下十几万，老婆前一阵刚和他离婚，带着孩子转眼就改嫁了，亲戚朋友们现在对他，唯恐避之不及啊。"

聂双霎时愣住，不知道自己怎么回的房间。

周浅易像是看透她的心思，故意问道："聂双，刚才犯傻了吧？想什么呢？"

她辩解，像是为自己，也像是为这位先生，"怎么会呢，那么讲究的人，看到小孩子也会礼貌地欠身打招呼，他刚刚明明说……"

"你还真是拿着愚蠢当天真。别人说的话，你就不会自己分辨下真假虚实？

人家说什么你都信，总有一天别人把你卖了，你还帮着人家数钱感恩戴德。”

真的会有这样的人吗？

周浅易又说：“我有时候都怀疑，你到底是不是我亲妹妹。人家是吃一堑长一智，你倒好，越活越倒退，跟傻姑似的。就说你上幼儿园，跟小朋友玩捉迷藏，你躲在柴垛里，谁都找不到，天黑了大家都晓得回家，就你一人傻，要不是我十一点多把你从柴垛里拖出来，现在你还不晓得在哪儿呢。下次玩儿，总学乖了吧？还是犯傻，多晚也不知道自己回家。”

聂双不出声。

“小学呢，人家骗你考试得了0分，叫你每个生字抄十遍，你就傻傻不睡觉，一通宵写完所有生字；我同桌骗你我跟人打架被带到派出所，你疯了似的往家跑找爸妈；周六周日明明放假，同学给你打电话说临时通知上课，你马上背着书包去学校……愚人节是你生日，专门为你定的吧？”

——原来自己曾经做过这么多的傻事，难为他记得这么清楚。

“你当时只要稍微聪明一点儿，观察下对方神情有没有异样，是不是在偷笑，看到你信以为真的表情时有没有露出得意神色，或是憋得满脸通红、期待看你出丑以奔走相告，哪怕你稍微动下脑袋摇一摇，最基本的常识总会有吧？哪里至于一点儿辨别是非的能力都没有？”

“哦。”

“哦，就会哦，”周浅易不住感喟，“什么叫不要相信任何人，就是不要随意相信任何人对你说的话、对你做的事，凡事须经过了解，通过自己的大脑进行分析和判断，再决定不迟。”

——凡事须经过了解，通过自己的大脑进行分析和判断，再决定不迟？

聂双专注地听着周浅易在自己对面掏心挖肺，她选择不吭声的原因有两点：一方面的确是她心虚，另一方面，这个叫作国栋的男人，聂双平日里习惯了他的温文尔雅，对他有着深深的好感，今日偶然间得见真相，给她带来的冲击着实不小。

那个晚上，一直趴在她的胸口却被她一再压抑的话，她并不曾讲给周浅易听：如果每一句话，都需要经过我们深思熟虑，反复揣测，会不会太累？我们忙着生活，忙着学习，忙着娱乐，忙着交际——每天我们面对那么多的人，还要忙着分析和判断他们对我们所说的每一句话的真假？

事实上，有很多事情，是聪明如周浅易也不曾想到的。多年后的聂双大学毕业踏上工作岗位，才知道很多人说起谎话来，比真话还要真，表情淡定，态度诚恳，神色自若，不露一丝一毫的破绽；有些人常年说假话，没有一句话是真；有些人说话视情况、视心情、视场合、视所面对的人……随意而定，反正总叫你琢磨不透；有些人则半真半假，真话里捎带半句假话，假话里掺杂着几许真话，弄得人云里雾里，等到你两星期之后终于明白他的话时人家早就改变了主意。

可是聂双始终没有学乖，在这方面纵然积累了太多经验，她却依然是常常吃亏的那一个。与人打交道，对方的样子稍微坦诚一些，关心的语气多一些，她便掏心窝子的话讲了一串又一串，等到明白那人在她背后把她的事情添油加醋四处散播，连楼下看大门的大爷都在背后偷偷取笑她时，已经是几年后的事情了。

与工作搭档做事，那一脸苍白的女生每日里做出一副柔弱病态状，殷殷切切不断给聂双戴高帽，所有苦活、累活全由聂双做，末了邀功的却是她——往嘴唇上扫白粉饼刻意做出病态样，一有工作捂着胃做疼痛状让同事逐一代劳，半夜里打电话给上司讲述工作最新进展，见到上司嘴巴抹了蜜一般“是是是”“您说得对”，背地里骂着上司“骚货”“变态”“抠逼”……这些，聂双是永远都学不会的吧。

在这方面，上学和工作终究有着很大的区别：上学时，你因某个人的人品有问题，完全可以无视他，不理他，漠视他；而工作时，人际关系是考察你工作能力很重要的一项，你不去搭理人家反倒会叫让人觉得是你个人的素养不够；工作环节中是需要与人协调合作的，哪怕恨那人恨得牙齿直痒，也要笑脸相迎、耐心配合——若不然，你可以自己当老板开公司啊，看谁不顺眼，轻轻松松随便炒人鱿鱼。

在人屋檐下，需要你低头的，有太多。

聂双从小受爸爸的影响，同人打交道，非常在意一个人的人品。我们可以通过很多小细节以小见大来确认一个人的人品：比如表面一套背后一套，比如喜欢小便宜，比如经常说人坏话……当聂双知道一个人的人品败坏时，条件反射般，便不屑于同此人打交道。

她坚持着这个原则，过滤朋友，净化友谊。

可是很多事情很多人无法过滤。各种各样的因素决定了你不能过滤，甚至需要你天天同对方打交道——

问题就在于，当无法过滤时，如何像对方一样，假装彼此关系好得不得了，笑眯眯地有一说一？

聂双觉得，如何与人品有问题的人打交道——对于有着人品洁癖的人，理应开设一门这样的课程，来指导行为。

若不然，以“能够并且善于说谎话”，作为人生这所大学的必修课，聂双，怕是要永远徘徊在幼儿园的入口了。

* * *

在这个世界上，每天每时每刻，总会有人出生，有人死亡，有人等待，有人离去，有人热恋，有人分手……

如果，不论什么原因，曾经深爱的恋人决定与你分手，他会采取怎样的方式让你知晓，并让你选择同意对方所作出的分手决定？

A.无情决绝法：从你的身边突然、彻底消失，断绝与你的一切联系。再笨再执著的人，也会明白对方分手的决绝之心。

B.回避见面交代法：通过MSN、QQ、短信等不需要见面就能作出交代的方式提出分手。

C.循序渐进法：慢慢疏离你，躲避你，不接电话不回短信，日益减少与你约会、见面的次数和机会，让你逐渐明白，主动提出分手。

D.单刀直入法：既然是深爱，毕竟是有感情的，不妨两人见面直接说清楚。

哪一种方式，都不会让人心里有多舒服。

选择A，说明对方为人心狠且极端，不是能担当之人——或者，他不足够爱你。

选择B，说明对方关键时刻只顾及自己，为人自私且怯懦，害怕面对现实——分手目的达到就好，哪管他人死活。

选择C，说明对方过于有心机，为人处世圆滑之极，用心险恶——哪怕是他做了恶人也要以受害者身份出现。

选择D，说明对方行事还算磊落、大方，至少肯担当——能够考虑到对方感受，不误他人时间与感情。

如果与你曾经深爱的恋人，采取了上述方式之一，与你提出分手，你又会是怎样的反应？

要死要活纠缠不已？抛却所有自尊强力挽回？还是无声无息自动消失就像两人从来没有在一起过？

最好的选择当然是不分手。

若分手是不可挽回的结局，那么，最好的方式，其实是选择在他离开你之前，你先离开他。

对于聂双来说，她并不知道季橙的离开，对两人的爱情来说，意味着什么。只是在得知季橙不告而别转学去了A中后，她下意识地觉得，A中，以及去了A中后的季橙，怕是要永远成为她遥不可及的梦了。

高二那年的暑假，两人几乎天天见面，季橙带她去周边的城市游玩，爬山、野炊、钓鱼、游泳、划船、攀岩……那时，聂双的爸妈虽不至于过分保守到要求女儿大门不出二门不迈，但每天晚上十点之前必须回家的规定是包括周浅易都要遵守的。所以，他们从不能去太遥远的城市，但聂双已经满足。在兰城这座聂双从小长大的城市，同季橙约会的时候，因为担心遇到熟人，两人至少要留出十几米的距离，偷偷摸摸像是地下工作者在接头。

离开兰城就是另外一番天地。聂双不必因担心被熟人看到惹来不必要的麻烦，而时刻战战兢兢，单单是做贼的感觉抛却脑后，可以没有任何遮掩地向季橙投去充满爱意的温柔一瞥，已是极大恩惠，心满意足。

季橙每天把行程安排得很满，那时的聂双还以为这是两人在升入高三前最忘我最放肆的一次疯狂，升入高三，一切就不同了吧？为了前程，为了更好的人生，为了家中父母殷切的希望，再贪玩再笨拙再痴傻的人，也知奋发图强，把学习放在第一位置，其他全部退位。

她一直以为，季橙也是这么想的。

现在想来，原来他一早计划好了要离开，所以才会那么放纵。

是的，聂双从来没有贪心奢求两人的爱情可以天长地久。

聂双记得很清楚，那时候自己刚刚和季橙在一起，还曾经因为觉得幸福来得太过突然，而暗暗攥紧拳头对自己说，一定会好好珍惜这段感情，至少持续到高中结束……如果分手，一定是因为高考后迫于现实情况大家各奔东西异地相恋有缘无分的情况下造成的。

她没想到，这现实，来得如此之快。

季橙的电话，是在聂双升入高三后的第二天，也就是季橙转学到A中后的第一天，回过来的。

那时的聂双中午刚放学，骑着单车在回家的路上，并没有接到。等回家吃过午饭，意兴阑珊地躺在床上休息，还在为前一天季橙不告而别而不住揣测：没有预兆，打电话不接，发短信不回，是不是也在用另外一种方式提醒她，希望她主动明白——两人的关系，就到此为止了呢？更或者，他遭遇了什么意外情况，无暇打电话给自己？手机丢了？

虽然她一再叮嘱周浅易回学校见到季橙后迅速和自己联系，但中午周浅易一向是在学校食堂吃的，晚上才回家。放学回家前聂双怕他忘记，特意打电话过去，他却只是压低声音说“现在说话不方便，晚上回家再聊”。

估计是和他女朋友柏灵在一起吧?

想起那个让人头疼的女生，聂双禁不住苦笑，不愧是双胞胎兄妹，谈场恋爱都相似，轻易就陷入被动地位。

这样想着，不经意间拿过手机，才看到季橙的未接来电。那一瞬间，聂双有一阵愣神，拿着手机的手几乎是在发抖，小心地按解锁键，带着难以置信的心情打开未接来电，“一”，清清楚楚季橙的代号，此刻正安静地躺在她的手机中，那个对她来说，代表着唯一和一切的“一”。

她突然害怕听到他对自己说什么。

决绝分手，作出交代，或者尝试解释?

窒息般地握着手机，聂双听到自己的心跳声，那怦怦跳动的心脏，像是要从她的胸腔里跃出来。白皙的手指停留在呼叫键上，拨出，又挂断。拨出，再挂断。如此反复。这让聂双想起，很久之前，自己想要主动打电话给季橙向他主动表白的无数个夜晚，就是这样犹豫再三，仿若她拨出的并不是一个电话号码，而是拨给掌握着生杀大权的判官。

其实也没有多大区别，对于聂双来说，季橙何尝不是掌握着她爱情命运的生死判官?

很久吗?也不是很久了，不过是一年之前。

想要打电话，却又害怕听这通电话，犹豫中，季橙的短信突然发过来：聂双，晚上有时间吗?六点，在我们常去的茶餐厅等你。”

* * *

那是有史以来，聂双第一次逃课。

收到季橙的短信后，聂双换上一件英伦风的连衣A字裙，红色的格子，夹带着少许黑色蕾丝，七分袖露出雪白手臂，腰间斜斜垂下来一条细长的银色金属腰链，衬托得聂双多出几分不可言说的帅气。

平时聂双是很少穿红色的衣服的，总觉得太过张扬、热情、识别性太强，若在人群里，第一眼便被人认出，她向来不喜欢这样的装扮。而今天穿上它，说来理由或许有些好笑，冥冥之中，她总觉得今天的约会，季橙会提出分手。她无法做到抛却所有自尊，哪怕跪在坚持要与自己分手的恋人面前也在所不惜，苦苦哀求对方收回成命。

若他真的要与你分手，哀求又有什么用？

若他真的深深爱你，又怎会提出分手？

若分手的大局已定，何不让自己在爱情的这种战役中，输得还算漂亮些？

她需要一件衣服来增加、稳定自己的气场，红色，代表着热情、奔放、喜悦、激情……在聂双看来，或许，它可以掩饰自己，让她看起来，不那么悲伤和绝望。

骑上单车早早出了门，不知不觉竟然已经到了茶餐厅的门口。下午一点半，过了吃饭的时间，茶餐厅的人并不多，她全然忘记了下午的课，找了最里面靠窗的位置坐下，叫了一杯奶茶，心思恍惚，望着窗外出神。

季橙到的时候，她正低头按着手机里的短信，目光停留在季橙发过来的那条短信上，查看，返回，查看，返回，麻木重复。

两三天不见，季橙的头发仿佛长了很多，额前的碎发有几许甚至贴到了鼻子上，依然是那双明朗而深邃的眼睛，或许是多心，总觉得往昔那灼灼的目光已经消失，此刻停留在她身上的，只剩淡淡的打量。

可是她的季橙，即便是今天特意赶过来和她说分手的季橙，也还是那么帅。他身上套了一件莱卡棉的修身圆领短袖，有着休闲淡雅的印花，黑色的休闲纯棉长裤。瘦削的脸上仿佛打了艺人专用的修容阴影粉，轮廓分明，薄薄嘴唇此刻紧紧抿着，无端地给它的主人添加了深深的执著和倔犟色彩。让女生都为之深深嫉妒的白亮皮肤，在茶餐厅五彩灯光的照射下，看得聂双有些眼花。

“来了很久？”

聂双看到他拉开椅子，坐下。

她下意识地点点头。

季橙像往日一样并没有看菜单，直接对旁边的服务生说道："两份咖喱鸡饭套餐。一杯苏打水，一杯丝袜奶茶。"

"呃，等下，"聂双打断他，"一份咖喱鸡饭套餐，另外一份请改为鳗鱼饭。"

季橙耸耸眉，有点儿意外。

"今天，我想吃鳗鱼饭。"她微笑。

"噢，好。"

套餐端上来，她慢吞吞地吃着，嘴里到底是什么味道，只有她自己清楚。

"我一直以为你和我一样，喜欢的是咖喱鸡饭。"

她仍旧是微笑，并没有讲话。

"你还好吗？"良久，季橙问。

聂双低着头，"嗯，还好啊。"

——拜托你争点儿气好不好，眼泪，拜托你，不要流下来，至少现在不要。

"那个，我，我转学去A中了。"季橙是从来没用过这样犹豫的语气和她说话的。

"我，听说……了。"

很滑稽是吧，男朋友转学，是听别人说来的。

"以后，可能，不能够……经常见面了。"

"……哦。"

这句"哦"，听在季橙的耳中，就像是每次他提出约会的安排，聂双温柔地回答"哦，好的"。像是下意识的反应，条件反射。他宁可聂双像他所见到的其他陷入爱情里的女孩子，大吵大闹一番，或者是哭泣，抬起脸，满是伤心和不甘的眼泪。

可是聂双不。

不知道沉默了多久。

季橙鼓起勇气，"聂双，以后，可能，我们之间的感情……"

聂双抬起头，居然带着微笑的表情，像是在鼓励他说下去。

季橙突然被这微笑震慑住，冷不丁乱了阵脚，连说话都变得结巴了，“可能……要……放，放一放了。”

放一放？

终究是她沉不住气。

“季橙，有什么话，我们直来直去好不好？你说的，‘放一放’的意思是什么？分手？还是像肥皂剧里出现的让彼此冷静一段时间？”

“聂双，你听我说……”

“季橙，没关系的。呵，或者，是你想要与我分手，却害怕对我难以交代而现在想要敷衍我一下，然后等我们之间的感情慢慢冷却，我就会明白，其实你是要与我分手？”

“季橙，你曾经给过我一段最美好的时光。那段时光，我会永远铭记。今天不论什么原因，你我分手，我都不会后悔。我不会死缠烂打、死皮赖脸地耗在你身上。可是，若你的确要分手，也请对我说清楚。我是个很笨的人，不懂得猜哑谜。不论你现在的决定是什么，请你清清楚楚明明白白地告诉我，我也好彻底死心。”

“……”季橙不出声，只是沉默。

“季橙，直接说吧，没关系的。不用担心我。”

聂双，聂双，你真是个表演天才，现在还笑得出来？居然担心别人会担心你？

良久，她看到季橙黯然地低下头，弱弱的语气，“聂双，对不起……”

“呵，我明白了，这么难以启齿，必然不是好消息了。”聂双苦笑着，深吸一口气，“季橙，嗯，”鼻子酸酸的，“再次，谢谢你……曾经，给了我这段青春时光中最为美好的回忆。希望你一切都好。”

未等季橙作出反应，聂双迅速地拿起背包，逃难一样冲出茶餐厅。

季橙。

季橙。

还记得你曾经送给我的“言出必行”卡吗?你说，不论发生什么事情，只要我拿出来，你就会帮我一一兑现。那时的我，不知道有多幸福，恨不得大声喊出你的名字，让每一个经过我身边的人，知道你，季橙，是我深爱，也深深爱着我的男朋友。

那时的我，只觉得幸福。现在想来，或许是骨子里，你觉得这份感情并不牢固，所以才会给我这样一份特别的礼物，正因为不相信，所以才会如此害怕，如此承诺。

可是，现在的我知道，它用不上了，永远都用不上了。

其实，我也不知道，为什么会在今天，把话说得这么绝，这么透明——我应该不再继续追问你“放一放”的含义的。我应该做个傻子，放一放，总还有再提起来的时候。我应该让你骗我的，至少让我相信，以后的我们，还会有再在一起的时候。

说了那么多的话，其实，最想说的，我想，我将永远都没有机会说了：自从我们在一起，我是有史以来第一次做别人的女朋友，凭借我仅有的经验和经历，我全身心地那么执著地爱着你，我想要我们一直在一起。

季橙，若我同样给了你一份美好的刻骨铭心的回忆，你会在以后的时光里，偶尔想起我吗?

会想起曾经那么全身心和执著地爱着你的女生吗?

她的名字，叫聂双。

你会记得吗?

你还记得吗?

天越来越黑了。

窗外的行人，逐渐稀少。兰城并不是一座不夜城，即便是夏天，到了晚上九点多，居住在这座城市的人们也会逐渐散去，停止了吃喝玩乐、交际和喧嚣，仿佛约好了一般，要随同这沉甸甸的夜和这一到了夜晚就会显得倦怠的城市，一起陷入睡眠中。

季橙仍然在位置上呆坐着，茶餐厅里穿着制服的服务生端着餐盘穿行其中，吃饭的客人来了又去，有人向服务生点着自己想要吃的套餐，有人站在过道中大声吼着半个小时前点的海南鸡饭为什么还不来，有情侣在角落的位置借着昏暗的灯光偷偷亲吻，女生的脸微微侧着，害羞却又甜蜜的神情……

不知过了多久，服务生走过来，站在季橙前面，向他解释着茶餐厅“已经打烊，欢迎明天再来”，脸上满是疲惫和不耐烦的神色。

季橙掏出钱包，意外得知聂双已经埋过单，不禁自嘲地摇头苦笑，这丫头，是彻底得罪了，看来，自己的表演，还是很出色的，要不要报考北京电影学院的表演专业？这么想着，苗言东的电话打过来，季橙才发现，手机里赫然有十几通未接来电。

“怎么？”

“季橙，”苗言东低沉的声音，“你终于接电话了。现在在哪儿？”

“外面。什么事？”

“你爸找不到你，电话打到我这里了。”

“哦。”

“真搞不懂你们父子俩，有什么话直接讲啊，非要我带话，让我做恶人，真是的。”声音顿了顿，“你们家老季说了，无论如何让我问你，事情……顺利解决了没？”

少年的嘴紧紧抿着，握紧的拳头露出发白的指节，到底是按捺不住心头的怒火，一拳捶在餐桌上，吓得一旁的服务生不禁倒退两步。

“老季说，只要你履行了自己的诺言，他绝对不会食言，开除学生名单中，绝对不会有对方，学籍肯定也会继续保留，更不会有其他处分。”

“哈，是吗？我真是要好好谢谢他。”季橙挂断电话，再转过头，适才那表情丰富的服务生早就不知去向了。

Chapter·06

我自私，没有耐心，缺乏安全感。我会犯错，也常会在状况外而难以控制。但如果你不能应付我最差的一面，那么你也不值得拥有我最好的一面。

——梦露

课间休息时，聂双听到蒋小光和教室靠后几排的男生聊天。

"听说昨天学校在足球场，装了两个远程探照灯，那家伙，两个大灯一开，整个足球场都是亮的，晚上咱们也可以踢球了。"

"哈哈，听说了听说了，我昨晚还特意去看了，据说还是什么纳米……陶瓷……荧光灯，防雨又防晒，从今儿以后，哥几个翻身农奴把歌唱，不用顶着三十多度的高温在白天打球了。"

"事情没那么简单吧，要我说，肯定是咱校长是哪根筋出问题了，不然哪会这么体察民情。"

——在足球场装探照灯？

聂双心里一动。

学校什么时候这么好心了？她是经常去足球场的，和季橙恋爱之前，格外喜欢那里靠近墙沿种植的大片丁香花。尤其是到了四五月，丁香花怒放的时节，淡紫、蓝紫色的丁香花一簇簇向天空伸展着撑开一把把巨大的紫伞，像是不懂掩饰喜悦心情的小孩，衬托得坐在树下的人，个个似神仙。

据说丁香花象征着年轻人的纯真无邪、初恋和谦逊。聂双时常在丁香树周围碰到一对对情侣，小心翼翼怕被人察觉却甜蜜的神色，叫人嫉妒。她想，这树、这花，太对得起这花语了，若在这美好时节，能携恋人的胳膊从这充满梦幻、仙境般的丁香花树下走过，便不枉此一生了。

这么想着，男生的话又传入耳内。

“跟你说哈，我昨天看到好多人在那儿踢球，兴奋得跟学校发钱似的……”

“得了吧，你丫说话就是夸张，发什么钱，想钱想疯了……”

聂双看着正前方的黑板上“距离高考还有×××天”的鲜红大字，不禁羡慕起这帮男生来，他们可以抛下高考这件人人如临大敌的事情，单单是这种无拘无束想要放开玩的心情，想想也是叫人愉悦的。

聂双曾经在一本杂志上，看到一个名为刘为清的人，写的一篇关于高考的短文，当时看的时候，只觉字字珠玑，掷地有声，因此，几近背下来：

成百，上千，数万……

好多人，高高低低，男男女女。

我们，是强盗！入室抢劫，每年一次！

只等一声令下，我们破窗而入，见到什么抢什么，什么贵抢什么。谁抢得多谁是好样的，最能抢的，才是最有出息的。抢得最多的，变成了顶礼膜拜的匪头儿。

入室抢劫，每年一次！

我们都攥着石头，准备砸高考家的玻璃。

这篇短文的题目，叫“打劫”。

不单单是这篇短文，事实上，早在高一时，聂双就听师姐们说起过高三的恐怖，对升入高三有了一定的心理准备，但显然她准备得还不够，至少，她被和自己坐在同一间教室里的尖子生们搞得几乎要精神崩溃了。

目前，学校对面临人生最关键一刻的高三生，制订了这样的作息安排：早上六点至七点五十分，两节早自习；八点至十一点五十分上午四节课；下午两点至五点五十分，下午四节课；晚上七点至九点五十分，三节晚自习。

这就意味着，至少在早上五点起床、洗漱，才能吃上早点，晚上洗漱完毕最快十一点才能入睡。聂双被这样的作息安排压得喘不过气来，每天晚上倒在床上的时候舍不得闭上眼睛，只担心睁眼的刹那，便要匆匆忙忙地洗漱直奔学校，开始沉重、压抑的一天。

但，人和人终究是不一样的。

聂双开始觉得身体招架不住，天天跟同桌、朋友抱怨，而班中以班长为首的几名尖子生，却觉得时间远远不够用，向班主任申请了夜间不熄灯，得以继续在教室里自习。他们拿着班级的钥匙，几乎每晚都在教室里自习到凌晨三点多才走——也就是说，他们每天的睡眠，是不超过两小时的。

聂双咋舌不已。如果一个人，连充分的睡眠都不能保证，活着还有什么意义……眼前的这种种紧迫形势，让身处高三生活的自己，万念俱灰。

同白木珊周末聚餐的时候聊起这些，白木珊揶揄她："叫你万念俱灰的，怕不是这个，而是季橙吧。"

聂双苦笑，自己失恋后，蒋小光和周浅易在她面前连季橙的名字都不敢提，也只有白木珊，没有顾忌。不过，或许这也恰恰说明两人的交情吧。

"聂双，你就没问下他，到底是为什么吗？"白木珊替好友抱不平。

"你以为我不想问？虽然事后也拿'算了，他已经决定分手，知道原因有什么用'来安慰自己，但其实是后悔的呀。"聂双恨不得拿桌子撞头，"都怪我当时太激动，一鼓作气说完了憋在心中很久的话，就冲动地跑了……唉，可是现在，我总不能在事后，再莫名其妙地问人家，到底为什么吧……这算什么。"

"那也就是说，以后永远都不会知道了。"

"哪儿来的那么多永远？木珊，你别看我现在坐在你面前，跟没事人一样。说不伤心是骗人的，可哭得上气不接下气的样子，总不能给别人看。再难过，生活也是照常过。我已经想好了，不论季橙是因为什么和我分手，我都不去管了。"

“这不像你的性格，怎么突然想开了？”

“呵，说来也巧，那天我看一本杂志，碰巧看到里面引用的梦露的话，她说：I'm selfish, impatient and a little insecure. I make mistakes, I am out of control and at times hard to handle. But if you can't handle me at my worst, then you sure as hell don't deserve me at my best.翻译过来，就是，‘我自私，没有耐心，缺乏安全感。我会犯错，也常会在状况外而难以控制。但如果你不能应付我最差的一面，那么你也不值得拥有我最好的一面。’我觉得这段话，真是令人拍案叫绝，直说到人的心里去了。”

“嗯，的确很棒。可是，根据你对季橙的描述，我觉得，你们分手，不可能是你的原因。他曾经那么爱你。会不会，他有着说不出的苦衷呢？”

聂双冷笑一声，“那么爱我……男生爱你的时候是真的爱，不爱你的时候也是真绝情。如果是因为我的原因他和我分手，那么梦露的这段话，恰恰是最能表达我的心意；如果是因为他的原因和我分手，他连和我说清楚的勇气、和我共渡难关的信心都没有，就算以后会成为陌路人，我能有什么遗憾？”

“……呃，话是这么说了，只怕面对现实的时候，无法心无旁骛地做到。你现在打算怎么办？”

“能怎么办，好好学习，考上一所普通本科院校，最好是外地的，我可不想美好的大学生活还在父母眼皮底下过。重点大学我是想都不敢想的。你呢？同你信里经常提到的男生Y，有进展吗？”

白木珊有些犹豫，“我有进展……”

“啊，”聂双激动地抓紧她的胳膊，“你表白了？”

“……不是，你别乱猜。我说有进展，指的是之前一直怀疑自己对他到底是一份什么样的情感，现在总算弄清楚了。”

“那你打算，主动表白？”

“……我要是有你那么大的勇气，哪里会到现在一次恋爱都没谈过。”

“一直暗恋下去？可真有你的。都什么时代了，要是主动说，还有一半的可能，若不，毕业后各奔东西，这辈子还能不能见着都难说。”

“他有女朋友的。如果我说，也只是让他知道我的心意而已。倒不如保持现在的状态，将来想起，至少对我来说，是一份美好的回忆。”

“好像也有道理。换我我就去说，说了又不会死，管他呢。”

“再说吧。聂双，现在学习这么紧张，估计也就是女生，不不不，也就是你和我，还在为这个烦恼。”

白木珊说得没错，关于校园恋爱这件事，似乎始终是男生拿得起放得下。

聂双所在学校的校长大人在最近的一次高考动员会中给大家讲话，话说得很委婉，大意是高考临近，时间不多，大家要及时做应该做的事情，不要为了儿女情长而耽误一生前途，以此来警告一对对痴迷不悟的校园情侣。

他的话并未起到什么立竿见影的作用，当然，他老人家预期的效果是可以振聋发聩，让之前昏了头脑耗费大好时光谈恋爱的年轻人，在即将高考这个人生最为关键的时刻，选择理智地分手。

相反，似乎很多人都觉得“时间的确是不多了”“大家要做及时该做的事情”，于是很多人选择了向自己暗恋了很久的对象告白……仅仅是聂双，就收到了来自本年级包括班内和外班的四封情书。

校长大人若知道他的话，还有这番效果，必定会痛心疾首、捶胸顿足，愤怒得睡不着觉。

——至于聂双，是观察了班中的六对情侣后，得出男生能拿得起放得下的这个结论的。

恋爱是恋爱，并未因此不知刻苦学习。纵观班中的六对情侣，有五对是男生的学习成绩，不费什么吹灰之力，就轻易占了上风，仿佛长久遭遇干旱的庄稼，某一天迎来了贵如油的春雨，发飙般迅猛生长，只待丰收季节来临，成绩喜人。

你可以看到女生同样刻苦的样子，埋在堆得高高的书海里，一副奋发图强的发飙样。可再努力，终会分神，哪里做得到专心致志一心向学？任凭她紧追慢赶，成绩始终徘徊不前。

或许，这恰恰说明，男生始终清楚自己最想要的是什么吧。一般来说，男生始终会把学习放在第一位，感情其次；女生呢，一旦陷入爱情，所有东西，全部为这份感情退位。嘴里说着，是时候清醒了，把感情放淡一些吧，把放在他身上的精力减少些吧，却还是痴痴犯傻。

有医治的良方吗？

——有的。

你可以想象以下场景：按照目前情况，你继续沮丧、焦虑、烦躁、煎熬下去。他却奋发图强，他日金榜题名，升得名校，怀抱佳人，对追上门的你说一句“高中时不懂爱情”，潇洒离去；你却名落孙山，劳燕分飞之际，盼来一堆冷眼，为复读还是随便捡家末流专科院校烦恼，转头看到家中的父母哆哆嗦嗦掏出大半辈子的血汗钱，背着你暗自垂泪……

你就清醒了……

想清楚这一点后，聂双轻易地治愈了自己的伤口。

*　　　*　　　*

被以蒋小光为首的男生们誉为高考前夕“大地震”的事，发生在周一。

彼时，大家还在早自习，教室里的喇叭突然发出刺啦啦的声音，教导处主任那独有的公鸭嗓通过电波传出来：“请高三年级的全体师生注意，请高三年级的全体师生注意，现在广播一个重要通知，请各班主任迅速带领学生到操场集合，注意纪律，保持队伍整齐。”

广播里重复三遍后，班主任急匆匆地赶到，叮嘱体育委员和班长几句，马上带着大家奔了操场。

高三年级共有八个班，哄乱的人群正一个个小声议论着，显然对今天突然召集高三学生谈话都觉得十分诧异：一般来说，校方为了保证高三学生有充分的复习时间，是很少开这种全体大会的，除了两周前的高考动员会，其他不论什么小事大事，都是开通高三年级的喇叭，直接在广播里传达。

聂双看到操场最前面的体操台上，一向有“黑鬼”之称的副校长正铁青着脸，双手背在身后，面无表情地往台下看。明明没有做过什么亏心事，聂双的心里却倏地一紧，只觉血往头上冲，脑后嗡嗡地响个不止。

“大家保持安静，”教导处主任打量着按照班级站好的人群，“现在，请副校长训话。”

像是医生向绝症患者的家属交代病情，只是瞬间，整个操场彻底安静了。

“上周五，学校突击检查了足球场，抓到了十六对严重违反校风校纪的早恋问题学生。其中，居然有十对，是你们高三年级的，这让校方，非常心痛！你们现在正处在人生的最关键时期，是抛弃所有杂念尽全力拼搏的时候，是积蓄所有能量准备冲刺的时候……现在，都什么时候了，啊？难道你们不知道吗？只有考入好的大学，才能把握你们的命运，才能让你们含辛茹苦的父母过上好的生活……可是，看看你们，在干什么？一个个的，躲在丁香树下，在幽会！你们对得起你们的父母吗？对得起你们的老师吗？太、不、像、话、了……”说到这里，副校长突然急剧咳嗽起来。

停顿了一会儿，副校长大人接着说道：“你们的时间比较宝贵，在此我就不多说了，为了端正校风校纪、警示他人，经过校领导的讨论和批准，决定对当晚抓到的十六对早恋问题学生做出开除学籍的处分，具体是谁，当事人非常清楚，在这里我们就不点名了，希望你们尽快到教务处办理相关手续。同时，考虑到学生家长的苦苦哀求，也为了体现学校的仁义之风，开除处分不放在档案中，仅作退学处理，并推荐到别的学校就读……”

一颗炸弹，就这样，轰的一声，扔到黑压压的人群里，人心皆凉。

副校长大人还说了些什么，聂双已经听不到。

原来，在足球场上安装探照灯，是为了捉所谓的“早恋问题学生”的。

从来就不是为了让大家在晚上也可以踢足球。

这重重一击，超出了所有学生的智商所及。

对于校方来说，你们，这些已经十八岁的、仍然被称为是“早恋问题学生”的雏儿，你们，真的是，太嫩了。

事情还没有完，散会后回到教室，班主任又召开班级会议，大意是为了彻底贯彻校方严打精神，督促大家专心学习，将在班内展开为期三天的整顿校风校纪行动，欢迎班干部以及班内所有成员主动检举揭发未被学校发现的“早恋问题学生”。

一时间，班内气氛紧张异常，恋人中打定主意报考同一所大学的坚定主义者，见面时连说话都不敢，表情冷漠、目不斜视，个个如同陌路人；恋情本来就不太稳定摇摇摆摆的，此时为了自保，匆匆忙忙果断选择了分手；处在暗恋和暧昧阶段的，亦不再轻易动摇军心，浪子回头般把头埋在书堆里，大气都不敢出……

气氛从来没有这么压抑过。

紧接着，班主任紧锣密鼓地召集班干部开会。根据班干部提供的名单，班主任陆续找人谈话。从班干部处筛选了一圈之后，又开始从东面第一排挨个找学生“谈心”。

立场坚定的咬紧牙口不放松，事不关己的高高挂起、两耳不闻窗外事，明哲保身的急着检举他人以表忠心……

很快轮到聂双。

说来可笑，聂双和季橙的分手，像是为了成全此时她面对班主任如犀利鹰眼时的坦然，她不由得苦笑，谁稀罕要这样的坦然。

班主任跷着二郎腿，见她进来，漫不经心地笑。

“聂双，你也来说说。”

——你们这帮人，真叫人恶心，聂双想。

她好脾气地同样报以一笑，“老师，我不太清楚，您知道的，我是走校生，每天上完了课，就直接回家，同班内同学没有多大接触，不太清楚班内的事情。”

“聂双啊，你觉得你不说，是讲义气？其实是害了人家。你们已经是成年人了，自己在做什么应该非常清楚。学校为什么会要求在班内继续进行校风校纪的整顿？就是为了给大家一个机会，查出来谁还在谈恋爱，先写下保证书，保证马上分手、专心待考，如果再被学校发现，就开除学籍。学校这么做也是逼不得已啊，这都是为了大家好。”

“谢谢老师和学校的苦心，我确实不清楚。”

聂双留意到班主任的脸已经变色，她做好了和班主任翻脸的准备，不承想，班主任毕竟是一个有着十几年教龄的中年男人，就算他有着再大的怒火，也还是忍了忍，说："聂双，我的耐心，是有限的。别以为你和季橙的事情我不知道，你觉得你不说，别人也不会说吗？"

聂双的脸腾地红起来，打死不承认？辩解？澄清？还是沉默？心里有千万个声音如沸腾的水，上下翻滚着，不说些什么，内心实在不甘；说了，又不知哪个是最好的回应方式。

她咬紧了牙，干脆不出声。

"不过，你也用不着脸红，我今天倒不是来问你和季橙的事情的，你们不是已经分手了嘛！"

——这他也知道？聂双发现自己真的是远远低估了班主任的……能量。

"今天主要是问你蒋小光和秦冬冬的事情。他们在恋爱？你坐蒋小光前面，听说你们还是邻居，关系也不错，你应该最清楚吧？"

见她仍然沉默，"秦冬冬说，是蒋小光死皮赖脸追求过她，她没同意。是这样吗？"

"……"

"哦，对了，秦冬冬说别人单恋她，没办法。不过，蒋小光被她拒绝后，又开始追求你，至于你接受没接受，她就不清楚了。她的话，我也不见得就信。"班主任顿了顿，"聂双，你是个聪明的女生，好好努力，考上一本，还是很有希望的。我不希望你一直堕落下去。上了大学，你们有的是机会，选择的对象也比较多，为什么非要急在这一时？好了，别的我也不多说，你回去后好好想想吧。现在，去把蒋小光叫过来。"

没有人知道聂双是怎么出的办公室，走到一半，才想起，或许应该给蒋小光提示些什么，奈何班长站在走廊里，同英语老师在聊天，实在不方便讲电话。她急急忙忙掏出手机输入几个字，刚按了发送键，就听到班主任在后面喊："聂双，别磨蹭，快点儿啊。"

回了教室，异常安静，课桌上堆得高高的书里偶尔探出一两颗不安分的脑袋，又迅速埋进去，好一派专心致志赴考模样。

她轻轻坐回座位，转过身，敲了下身后蒋小光的桌子，“班主任叫你过去。”她不知道蒋小光是不是懂，眼神有意无意地瞟了下他放在桌子左下角被调成静音的手机，点了两下头，未等蒋小光说话，便又转过身。

她看到坐在自己旁边的秦冬冬，僵直的背——把自己择得真干净啊！

她叹了一口气，拿出一本代数习题集，强迫自己投入。

晚自习结束前，班主任终于逐一找全班五十四名学生谈完了话，然后重新调整座位安排，秦冬冬不再和她一桌，蒋小光也被分到了距她斜对三排的位置。接着大家开始搬动桌椅，各种噪声响起来，有人板凳找不到，有人书堆倒了，有人被桌子压到了脚……可是很快，一切恢复正常。

班主任什么都没说，座位调整好后巡视了一番，像是很满意今天的成果，随后夹着他的公文包，满意地走了。

现在坐在聂双身边的，是班中有着“死抠”之称的学习委员蒋蕾。说她“抠”，并不是说她小气，这里的“抠”，有点儿“磕”的意思，蒋蕾的脑瓜比较笨，一道题别人一遍会了，她常常要看个四五遍才明白，可这并没有影响她的学习成绩，每次公布年级排名，她从来没掉下过前十。她是典型的笨鸟先飞，据说从高一起，就每天早起晚归的，即便回到宿舍，也经常熬夜，理科实施题海战术，市面上可以买到的复习题集，没有她没做过的；文科就死记硬背，一本本教科书，就差倒背如流。天不负苦心人？不不不，天不负人死磕，就是凭着这股死磕的劲儿，蒋蕾一直熬到现在。

聂双对这类人一向敬而远之，不曾想居然和她成为了同桌，联想今天发生的种种，不由得深深叹了一口气。

蒋蕾被这叹气声影响了思路，极为不满地斜瞟了聂双一眼，刻薄地撇撇嘴，并没说什么，却已经吓得聂双连大气都不敢出。

没有人会知道，那个晚上，看似平静的湖面被扔了多少块掀起层层涟漪的石子。

聂双清楚的是，湖面，总会恢复平静的。

*　　　*　　　*

季橙坐在陌生的班集体中，看着比G中要宽阔和整洁得多的教室，精神有些恍惚。头上的风扇安稳地转动着，没有任何杂音，凉风从头顶扫过，舒服极了。他突然想起G中只要一转就吱吱作响且摇摇曳曳像是随时要掉下来叫人没有一丝安全感的风扇，居然，有些怀念。

讲台左面放着饮水机，有人轻轻走到前面用水杯接水，小心翼翼回到座位，整个过程没有发出一丝声响。

教室里只有写字的沙沙声，三位代课老师在教室里来回走动着，陆续被一些同学叫住解答问题，而在此之外，各处都有人焦急、不安地举着手，生怕被老师忽视或者错过。

同G中相比，真是一个天上，一个地下。

他有些不太适应。

聂双，现在在做什么？

会想起自己吗？

呵，季橙啊，季橙，你已经彻底把她得罪，还指望她会想起你吗？

窗外。

一个四十多岁的中年妇女和穿着一套深灰色休闲西装的男人并肩站立，向教室内季橙所在的位置投去满意的一瞥。

“他还算适应吗？”男人的声音有些低沉。

“还不错，偶尔注意力不太集中，再过一阵就好了。到了一个新环境，总要适应一阵的。”

“唔。”

“季局长您放心，G中的于洪尉以前和我是同学，他做了季橙两年多的班主任，对季橙很了解，我们会时常交流的。季橙是个非常聪明的孩子，给他一年的时间足够了，考上重点大学没问题的。”

“希望如此。”

女人的笑容越发殷勤：“您还有什么不放心的，随时和我联系。”

“哦，”男人像想起什么似的，“他的信件，先在你那里放着，暂时不要给他。每隔一周，寄到我办公室。”

“没问题没问题，您放心。我一定照办。”

……

正是上课时间，红白相间的教学楼被郁郁葱葱的树木包围着，草坪上的自动洒水机旋转喷着水，有路过的年轻教职工被弄湿了衣裳，毫无顾忌地尖叫着跑开。

知了在树上没完没了地叫着，这个夏天，惹人烦躁。

夏天的校园，没有风。

——两周前。

季橙偶然在小区的单元楼门口，碰到了急匆匆出来的班主任。他客气地打过招呼，发现班主任的脸上，是他从没有见到过的热情，“哟，季橙回来啦，快点回家，季局长在家里等你呢。”

他正诧异班主任为什么会来自己家，家访？不太可能。告状？自己最近没干什么坏事吧？

一时又不方便问，只好笑笑。回家换上了拖鞋，将书包摔在沙发上，发现一向晚归的父亲居然少有地在家，正跷着二郎腿，悠闲地看着电视。

“回来啦？”语气也是少有的亲切，他老人家说话，一向是吩咐和命令的，军人出身的季国成一直把部队的作风带到家中，对此江玉芬早已习惯。好在，自己的独子季橙在小事情上，对父亲是听之任之的，表面上是由着父亲去，其实不过是满足父亲的虚荣和成就感罢了。大事情上，季橙很少退让，季国成为此没少动过肝火，父子俩像仇人般水火不容的事情也经常发生，好在有江玉芬这个和事佬在，东劝劝，西骗骗，两头来回蒙，十几年来，遇到大事的时候毕竟不多，所以，勉强算是相安无事。

季橙打算静观其变，窝在沙发里，懒懒地应了一声：“嗯。”

“你的学籍我已经转到A中了，下周一，去A中上学。高三（1）班，尖子班。”

又来了。

季橙霍地站起身，“谁叫您给我转学了，爸，您都这么大岁数了，就不能明白点吗？我不是您的下属。”停顿了下，“我不去，谁爱去谁去。”

在厨房做饭的江玉芬听到动静匆匆走出来，用围裙擦了擦手，假装生气道：“季橙，怎么跟你爸说话的？有话坐下来跟你爸好好商量。”

转过身，冲丈夫使了个眼色，“老季，你也是，孩子刚到家，你就不能好好说话吗？”

“我跟他好好说话能解决问题？两年前就叫他转到A中去，嘴皮都磨破了，这浑球听了吗？现在都什么时候了，在那个G中混，能有什么出息？你看看我们教育局做的统计，就凭G中的教学质量，他能考上大学，我跟你姓！”

“季橙，你爸也是为你好，你好好跟你爸说说……”

“妈，这事没商量。赶紧把学籍给我转回来，考不上大学也饿不死我，放心，我不会让您二老一直养着我，实在不行，我就去当民工……”

“你个浑球……”一只拖鞋迎面砸过来，不偏不正，刚好落在脸颊，啪的一声，掉在地板上。

“哎呀，老季，动什么手。季橙你就不知道躲吗……”当母亲的赶紧走到儿子身边，心疼得直搓儿子的脸，“让妈看看，没事吧？”

季橙抓住母亲的手，“妈，我没事。他想打，就打，动用武力，恰恰说明他内心脆弱无力。”他缓缓坐到沙发上，“爸，您还有什么没使出来的，一起来。刚才是左脸，我现在把右脸转过来，您，千万别客气。”

“你……”季国成大口地喘着气，一甩手，把脚下的另一只拖鞋摔过去，江玉芬急忙拉着儿子一闪身，拖鞋连带着季国成的怒气打到书架上，砰的一声，顺着书架又滚下来。

“老季，老季，”江玉芬走到丈夫身边，偷偷拧了下丈夫的胳膊，“你不是，那个……忘记了吗？”

一句话说得刚刚还横眉怒目的季国成态度大变，季橙甚至有些错觉地看到父亲笑了笑。

“季橙，既然你不愿意，今天咱就谈点儿别的。”

季橙警惕地上下打量着父亲，摸不着头绪。

“……咳咳，聂双，最近怎么样啊？”

——季橙的心一动，电光火石间明白，原来班主任来家里，是作汇报啊。

当下不动声色，应付道：“还行。”

“前几天，G中的校长和你的班主任刚好在教育局碰到我，说过一阵G中要整顿校风校纪，针对一批早恋问题学生，要作开除处理。还报批了二十多个学生名单给我……”

“是吗，局长大人，您从什么时候起，连这些小屁事都要管了？”

并不理会儿子的质问，“……于是我看到了一个很眼熟的名字，聂双！这个名字，为什么这么眼熟呢？是从哪里看到的，你书包里的几本书？还是钱包里的照片？或许是你手机里的短信？你看，我记性真不好，不过既然看着眼熟，我就想，或许她是你很好的‘朋友’，我儿子的‘朋友’当然要关照下，于是我就跟他们打了声招呼，把她的名字划掉了。”

“哼。”

“季橙，你觉得，我做得对吧？”

“你到底想说什么？”

“我觉得，你转到A中还是比较好的。教学质量和学习氛围远远超过G中，多少人哭着喊着想要去A中，你倒好，一点儿不知道你爸妈的苦心。反正，我和你妈都决定了，你这次必须去A中。”

“如果我说不呢？”

“你要是实在不想去，那就算了。”

“……你没骗我？”季橙怀疑自己的听力出了问题。

“我什么时候骗过自己儿子啊。不过，G中校长说了，整顿校风校纪，还要持续一段时间，开除学生名单会陆续报给我。到底要怎么做，你自己定吧。”说完，季国成意味深长地喝了一口茶水，甚至跷起了二郎腿，欢快地晃动着。

长时间的沉默。

江玉芬不安地搓着手，小心打量着儿子的表情。此时的季橙，依然安安稳稳地坐在沙发上，垂着双目，嘴巴紧紧抿着，没有任何表情。可知子莫如母，江玉芬还是留意到，季橙垂放在双膝上的手，正慢慢用着力，握成拳，又弹开，再缓缓拢紧，再弹开。

小的时候，季橙淘气，季国成回到家，随手抓过什么，对着他的屁股便是一顿毒打，有时候是拖鞋，有时候是书架上的一本书，有时候是可乐瓶子，打在屁股上的响声听得江玉芬心里一阵抽紧，可季橙从来不吭声，更别提哭喊。心中有着再强大的不满和压抑，也只会双手用着力，就像现在这样。

厨房里炖着排骨，炉灶上的紫砂锅发出噗噗的响声。卧室里开着空调，无声无息地传送着冷气，温度刚刚好保持在24度。金色空调的左面是黑橡色的五斗柜，一盆枝叶繁茂的吊兰垂下来，有着细细碎碎的叶子。

江玉芬焦躁地在客厅里走了几步，又战战兢兢地站住，像是担心自己的脚步声会成为父子俩再度开战的导火索。

不知道过了多久。季橙说：“好，我去A中。”说完，转身进了卧室，关上门。

留在客厅的季国成和江玉芬夫妇，只听到砰的关门声。

砰！

……

在这件事发生后的很久，季橙曾经想，如果人的心情，也有一道门，就好了。

不过，谁又能说得准呢？或许，在一个目前我们还没有发现的地方，我们还没有研究出来的方式和渠道，有一个自由、快乐、随心所欲的空间，可以让人把所有烦恼、忧愁、焦虑、烦躁……容易让人引起负面情绪的一切，关在外面。

只需要砰的一声，关上门，就可以了。

关上门的季橙，随手拿过写字台上的一本书。

正是雅歌塔 · 克里斯多夫的《二人证据》。

作为季橙最喜欢的作家之一，雅歌塔·克里斯多夫的文字总是叫他警醒。

读到路卡斯和他收养的畸形儿玛迪阿斯时，季橙安静下来，这是一段多么精彩的描写：

> 一个小男孩瞄了瞄路卡斯一眼，并且笑了一笑。他有一头金黄色的头发还有一对蓝眼睛……路卡斯无法将自己的目光从这孩子身上移开。他坐在柜台后面，翻开一本书，而且继续不停地盯着那孩子看。突然间，一阵剧烈的疼痛穿透他搭在书上的左手——一根圆规插入他的手背，这股强烈的疼痛让他感到有一半的身体都麻痹了。路卡斯慢慢转身面向玛迪阿斯问道："你为什么要这么做？"
>
> 玛迪阿斯哼了一声说："我不要你看他。除了我以后，你不能爱别人，即使是你兄弟也一样。"
>
> 路卡斯沉默不语，孩子又接着说："聪明根本就毫无用处，长得好看而且有一头金发反而比较好。如果你结了婚，就会有像他那样的孩子……你会有真正属于你自己的孩子，俊秀而且是金黄色的头发，不会残废，我不是你的儿子，我是雅丝蜜娜（玛迪阿斯的亲生母亲，后抛弃玛迪阿斯远走他乡）的儿子。"
>
> 路卡斯说："你就是我的孩子，我不要别的孩子。"
>
> 他露出他那包裹着绷带的手说道："你弄伤了我，知道吗？"
>
> 孩子说："你也是，你也伤了我，但是你却不知道。"
>
> ……

纵然圆规插入你的手背，强烈的疼痛让你感到有一半的身体快要麻痹。

但是远不及你对我的伤害。

所以，当"没有家人，没有爸爸，也没有妈妈，没有金发，不但丑，而且还是个残废的”玛迪阿斯又一次看到路卡斯对小男孩投去好感的一瞥时，选择了在路卡斯外出的夜晚，自己吊死在窗帘后的铁丝上。当路卡斯回到家，拉开暗红色的窗帘，玛迪阿斯的小小身躯，“已经发青了”。

——你也伤了我，但是你却不知道。

这句话，让季橙深深震荡。

小时候，我们对父母有着至高无上的崇拜和用言语无法表述的深深情感，他们，是对我们影响最大的人。爸爸妈妈真伟大，多么困难的事情，在他们那里，都能轻易解决。爸爸可以轻易地扛着煤气罐一口气爬到六层；妈妈的厨艺真棒，炒出来的饭菜恨不得连舌头一起吞掉；爸爸将你高高举在头顶，他说先乘除后加减；妈妈织的毛衣裙子连隔壁的班主任都赶过来围观，叽叽嘎嘎像小孩一样研究着针法……

爸爸说，要积极，乐观，向上，勇敢，坚强，做个正直的人；妈妈说对人要宽容，诚恳，善良，豁达，要和每一个人和平相处……

事实上，做人、处事，包括我们爱和恨的能力，父母一直是我们的主要学习对象。

可是，在今天，当你们利用自己手中的权力，以一个女生当前最为重要的学籍和名誉来作赌注，威胁自己的儿子，曾经视他们为最至亲至爱的人，纵然是他们口中声称的“为你好”，纵然今天在他们如此不择手段的胁迫下，他屈服了，服从了，被你们所操控了。

——但你们永远不知道，你们，以及你们的儿子，失去了什么。

你们不会明了。

他失去了青葱岁月中最美好可能也是最挚爱的姑娘和爱情，同时，他也失去了维护自己权利的立场和勇气。

是你们使得他，在本该理直气壮维护他权利的立场和勇气的时候，却像个遭遇强大敌人而吃了败仗的受伤小动物，深深地垂下头。

——你们伤害了我，但是你们却不知道。

Chapter 07

周浅易是在那一刻突然觉得，自己其实是个很懦弱的人。

他一直以为自己是很爱很爱柏灵的，爱到没有任何保留，爱到甘愿作出任何牺牲，爱到为她可以赴汤蹈火。

情话说得那么好听。

可是看那一对对深陷在爱情长河里的男男女女，哪里有那么多的机会和时机，需要你赴汤蹈火？

很多时候的很多承诺，之所以敢承诺，是因为内心自知，永远没有兑现的机会。

关于初恋有多少胜算，著名的心理学家毕金仪，曾经提出过一个非常有趣的公式，即J=KpH/G。

看上去似乎有点复杂，其实并不难。在这个公式中，J指的是“激发初恋欲望的强度”，p是“恋爱双方的爱情价值”，G是“因人而异的生殖结构”，H是“不可小视的环境因素”。

毕金仪认为，在这个公式中，“如果G是相对稳定的因素，那么无论是p还是H，都在时时刻刻发生着变化。其中H的变化是不以个人的意志为转移的，人只能顺应、适应并因势利导，才能与环境达成和谐的互动。p会受日渐成熟的世界观、价值观、择偶观、美感、欲求等因素的影响，发生彻底改变，且将势不可挡。”

这段文字看上去似乎有点儿抽象。

说得更直观、立体、形象些：

——我爱他吗？爱？或许不。

——需要在此时，开始一场美好的恋爱吗？或许，可以的。或许，不。

——此刻，在我的面前，有值得我深爱的人，我要如何开始这场美好的恋情。

——为什么会爱上他？他篮球打得棒。他的眼睛很明亮。他说话的时候喜欢挑眉毛，我喜欢。或者是，经常不期而遇？仅仅是这样，就爱上他了吗？还是因为，他只是他，至少在我眼中，是独一无二的他？

——他随地吐痰，真恶心。

——听到他在楼道里大声骂着粗口，不是不难为情的。

——红色的西装外套居然搭了一件墨绿色的休闲裤，这真的是我一直喜欢的人吗……

——爸爸的工作调动，即将面临转学，还会再见面吗？异地恋的辛苦，只有深陷其中的人才会明白吧？

——马上要考试了，我还可以挤出多少残余的精力继续爱着他？

——如果一连几星期都没有时间约会，我们之间的感情会不会慢慢冷却，直至失去对方？

——他值得我放弃现在的学业，以保证这甜蜜恋爱的持续吗？

——若我牺牲太多，他并不领情，变了心，我又如何？

——要毕业了，要找工作了，生活有些窘迫了，他会继续爱着这样自卑的我吗？

——跳槽了，有了更好的物质条件了，或许我可以找到更好的……

……

判断一个人是否是值得我们深交的朋友，大抵会经历从陌生到逐渐熟悉，当两人之间发生利益冲突，且在你最需要对方的时刻，依然没有让你失望，你会当即理智而清醒地断定，此人是我的朋友。

可是爱情，独独不是这样的。

绝大多数人的初恋，发生在懵懂的青春期。

而绝大多数在青春期开始的初恋，绝大多数依靠的是第一印象。

或许仅仅是一面之缘，一个相遇，一个转身时投过去的温柔一瞥，那些带着莫名其妙好感的小细节袭上心头，就那样先入为主，“爱”上了他（她）。

真抱歉。真对不起。我把这么多烦人的、世俗的东西抛出来。

有些情况或许你永远不会经历（但说不定会有其他更为无奈和无力的事情在来的路上），有些情况或许你正极为苦恼地经历着，有些情况或许恰恰是你历来所不屑的，有些情况或许正中你的致命伤……

那时我们并不明白。

影响恋情的绝大多数因素，时时刻刻都在发生着不因我们的主观意志转移的变化。

每个人的初恋，自己可以进行绝对主观掌控的因素，微乎其微。

所以，如果，你在网上看到一个“关于初恋有多少胜算”的调查，结果显示，初恋的成功率是3‰，一定不要觉得震惊。

初恋，本身就是这么残酷而现实的东西。

纵然那时，我们只想单纯地深陷其中，贪心如孩童，一心只想要偷尝其中的美好。

*　　*　　*

苗言东和周浅易是在月底找蒋小光踢球的时候，被他叫住，要去酒吧喝酒的。

周浅易有些意外，知蒋小光者，周浅易也。两人一起混到大，虽然是在他的影响下，蒋小光第一次学会抽烟，第一次学会喝酒，但主动组局喝酒，这还是第一次。

他会在跟哥们儿聚会的时候，很爷们儿地把整杯酒扔到胃里，然后很没骨气地吐得一地狼藉，每次周浅易把他背到家的时候，都人事不省；他会在周浅易酒量不行，即将倒下时，很义气地帮周浅易挡酒喝，最后的结果当然还是周浅易把他背回家；他会在别人嘲笑他“嘴上没毛、办事不牢”的时候（这事怪不得蒋小光，当周围同龄人的嘴边冒出胡须，甚至上了大学开始刮胡子，下巴上已经有了青色胡楂时，蒋小光的嘴边一直是干净的，迟迟不见胡须冒出），很男人地叼着一根烟，熟练地吐着烟圈，或者把啤酒瓶磕在桌子的一角，手掌熟练顶着瓶盖，狠狠用力，只是一下，瓶盖便掉在地上，一副“老子比你也不次、老子见过世面”的故作成熟男人样。

需要他应付，需要他抽烟和喝酒的场合，他从来不肯掉链子。但其实，他并不喜欢喝酒，当然也并不喜欢抽烟。

那时的A中，为了保证高三生充裕的学习时间，要求所有高三生集体住校，并实施全封闭式管理，除每个月月底的周末可以回家自由活动外，其余所有时间，不得迈出大门一步。

到了回家那一天，苗言东和周浅易并没有直接回，而是叫上了几个朋友去G中踢球，当然，包括季橙和蒋小光。

自从季橙和聂双分手，聂双仿佛是这兄弟四人的雷区，谁都不能提。周浅易不提，是不想因为妹妹的事情，伤了兄弟情谊，他是聂双的双胞胎哥哥，几乎是两人恋情的见证人，最清楚在聂双心中，季橙所处的位置，虽然他并不知道两人到底为什么分手；蒋小光不提，是恨季橙得到了聂双的爱却并不珍惜，担心自己提了忍不住会和季橙大打出手，干脆做个闷葫芦；苗言东不提，是因为几人中，只有他清楚季橙之所以提出分手的原因，怕自己提了，不小心违背答应季橙保守秘密的承诺，索性装作不知……兄弟四人各有各的小算盘，踢起球来，个个都不在状态，尤其是蒋小光，恨不得将足球当成仇人，这情绪传染了每个人。

散了场，四人默默往校外走。蒋小光就是在这时候，提出去酒吧喝酒的。

周浅易同苗言东和季橙交换了下神色，随即去了离G中不远的酒吧。时间还早，酒吧里的人并不多，有几对学生情侣四散坐在角落里，昏暗的灯光下看不清他们的样子。

三杯扎啤下了肚，蒋小光的嘴巴，开始碎碎叨叨起来。

“我听人说，初恋的胜算是很低的，所以我从来没有指望过聂双会选择我。可是，就像你们经常笑我孩子气，说如果在高中时期，不能谈一场恋爱，就相当于白混了。所以呢……季橙，你他妈的什么东西，你凭什么跟聂双分手……”

“小光，你喝多了，别胡说八道。”苗言东抢过蒋小光手里的啤酒，半是生气半是安抚。

“我没喝多。哈哈，你们在一起就在一起吧，又不是没人喜欢老子，老子也能和别人在一起。那个秦冬冬，向我表白的时候多好听，‘你就像是清晨我起床时照射来的第一缕阳光……’看我的时候，眼睛都是红的……搞得我都不敢拒绝她。可班主任一找她谈话，我马上就变成了主动追求她的臭狗屎，甩都甩不掉……现在见到我，恨不得戴上一副防毒面具……”

季橙没说话，握着手中的扎啤，大口地喝着。

“既然人家现在这么清楚地和我划分界限，也没什么了不起的。季橙你个王八蛋，你以为我今天这么难过是为了什么？为了秦冬冬？哈哈，她对我还造不成任何伤害，就像你，如果不爱一个人，不论她怎么对你，你都无动于衷，因为不爱，所以她做什么你都不在乎……

“我是为聂双不值。你没见过她哭的样子吧？我见过。有时候就是在上课，看着她的背影，我能察觉到她在哭。有时候是在单车棚，开单车锁的时候，她的手都是哆嗦的，要开几次，才能把锁开开，我在旁边站着，想要帮忙又不敢上前，冷不丁地，她的眼泪就掉下来。你知道以前聂双是个多开朗的女生，现在，下了课，就趴在位置上，跟谁都不说话。她怎么去跟人说话啊，眼睛肿得，跟谁都没法开口解释……”

周浅易其实喝得也有些多，他斜靠着苗言东，微眯着眼，突然有些羡慕起蒋小光来。他何尝不想也痛痛快快把对季橙的不满一下子爆发出来。甚至很多次在A中见到季橙时，拳头会不自觉地握紧，他想象过无数次自己把季橙揍得满地找牙的泄愤场景——但也只是想象而已，一来，虽然迫于聂双的胁迫和哀求，他不得不帮聂双追求季橙，但骨子里，并不希望聂双和季橙真的能在一起。他太了解季橙，这家伙过于睿智，聂双明显不是他的对手，相处起来，倒是时时刻刻担心这个傻妹妹会吃亏。眼下分手，从当哥哥的自私心理来说，倒遂了他的愿了。二来，聂双现在正身处高三这个人生最为关键的时刻，分了手，倒能够集中精神，应对高考。

在一直为两人分手比较好却又担心聂双太过难过的纠结心情中，周浅易眼下如了愿，不是不开心的。但一想到季橙这家伙居然真的跟聂双分了手，那种心情同“只允许我一个人欺负聂双，别人谁都不准动她”的心情，却也是一样的。

还是很想揍这小子一顿。

如果酒喝得再多些，或许趁着酒劲，也可以……这样想着，谁都没防备，蒋小光突然扔掉手中的扎啤杯，冲过去照着季橙的脸就是一通乱晃，或许是酒喝得有些多了，或许是对着自己的好兄弟实在下不了手，蒋小光没有选择扇季橙耳光，更没有直接出拳，而是两只手捧着季橙的头使劲晃，像是要把什么东西晃出来，完全没有章法。

没有任何提防的季橙冷不丁被他这么一折腾，扎啤杯掉到地上，咣当咣当响，唯恐天下不乱的客人们以为有人打架，不断侧目、张望。

周浅易和苗言东赶紧把两人拉开，苗言东冲着四周摆摆手，“没事没事，我们兄弟闹着玩呢。”

季橙倒也好脾气，二话没说，直接坐下。倒是蒋小光，人越拉着他，越折腾得厉害，反抗得像一只被猎人激怒了的狮子，拼了命地扑腾着，被周浅易按住，塞在身后，冷不丁蒋小光的手又从哪里抽出来，来回挥舞着。

周浅易手忙脚乱地应付着，突然听到一个熟悉的声音，“哥，你怎么在这儿？”

聂双诧异地看着周浅易，显然，今天的状况完全出乎他的意外，他还没反应过来，看到聂双的脸突然失色，顺着她的目光看过去，显然是瞥到了季橙，然而也只是一瞬，聂双迅速收回目光，“你们没事吧？”

“你怎么在这儿？”周浅易摆出一副当兄长的架子，“一个姑娘家家的，这是你来的地儿吗？”

蒋小光的酒突然醒了，仿佛刚才不过是装疯，看到聂双，突然正襟危坐，甚至咳嗽了两声掩饰刚才的失态，接着结结巴巴地解释，“那个，我……是过来照顾你哥的，怕他喝多。”

周浅易白了他一眼。

季橙仍旧是坐着，像是看到了聂双，又像是没看到。

没人留意到紧挨着季橙坐的苗言东轻轻拍了下季橙的后背。

“你问我？”聂双垂下眼睛，强作镇定，“下周一是我生日，叫了几个朋友，来这里提前庆祝。”

“哦。下次找个安静的地儿，酒吧里太乱，一会儿赶紧回家，别老在外面晃悠。行了，你回你座位吧。”

聂双挪动着脚步，有些犹豫，要问一句“季橙，你还好吗？”还是同他一样，假装没看到？这四个人里，除了蒋小光，苗言东和周浅易一副“你们的事情，我们心知肚明”的样子，又觉得搞不好大家都有些幸灾乐祸，张了张嘴，又闭上。

这工夫，从洗手间出来的白木珊看到好友不在位子上，借着酒吧内昏黄的灯光看到她，担心出了什么事，径直走过来，“聂双，怎么了？”

当下白木珊和周浅易的目光相对，两人的脸色，均是一变。

白木珊是慌张，周浅易是惊讶。

聂双正疑惑，看到苗言东突然从座位上站起来，她第一次见到苗言东愤怒的样子，之前只觉得他经常木着一张脸，已经对他“敬而远之”。眼下见到他脖子上的青筋暴出，眼睛喷火般瞪着白木珊，没来得及她多想，将白木珊拖在自己身后，“你们喝吧，我们一会儿也走。”

冷不丁苗言东拨开众人抢先一步挡住去路，“你个贱人，又在琢磨什么猫腻，这次又想挑拨谁啊？”

“喂，”聂双有些忍无可忍，“苗言东，因为我哥敬重你，我可不想跟你翻脸。我朋友，凭什么由着你在这里肆意糟蹋？”

“你朋友？我还从来不知道你有这么一个随意挑拨别人是非的贱女人朋友。”

“苗言东，”周浅易拉住苗言东的胳膊，“适可而止，可以了。”转过头对着聂双，“赶紧走，别在这儿添乱。回头我再和你说。”他打量了下白木珊，又瞥了瞥聂双，意味深长地问了一句，“她是你朋友？”见聂双没点头也没摇头，又大声嚷了一句，“听不懂人话啊？”

聂双转头看向身后的白木珊，正咬紧着牙不让打转的眼泪掉下来，一副委屈、愤怒、羞愧、欲言又止的样子，纵然心头有再多的疑惑，还是拉着白木珊的手，快步离开了。

只是转身的瞬间，她觉察到那熟悉已久的目光，很久很久没有感受到的那灼热得接近烫人的目光，又回到了她的身上。

她的后背一僵，回过头想要确认，却见季橙只是低头抿着酒，并没有看向她，仿佛刚才发生的一切跟他无关。

脚步踉跄，逃也似的加快了步子回到位子上。

这工夫，白木珊已经恢复了常态，吵吵闹闹地同其他几个女生起哄，寿星离开这么久，要自罚三杯。聂双没心思再继续，找了个借口，把意犹未尽的姐妹们打发走，叫来服务生埋单，却被告知账单已经有人结过了。聂双摇摇头，觉得自己也就是在这时，能体会到有一个哥哥的好处了。她自嘲着，理所当然以为是周浅易埋的单。当下撇过头，看到周浅易他们已经先行离开，于是不管白木珊说什么，拖着她就往外走。

苗言东看着季橙把酒吧的发票小心地叠好，放到钱包的夹层，忍不住劝道：“既然这么在乎，不如直接跟她说清楚，或许还有别的什么办法。”

“别的办法？”季橙停下手中的动作，呆了一阵，“言东，我了解我家老头子，有些事情我可以坚持，有些，属于原则问题，是不能有一丝反抗的，不可能有更好的办法。其实……我现在这么做，也是为了成全我们爱情的尊严。”

苗言东不太明白，疑惑地看着他。

“如果我告诉了聂双事情的真相，换做你是她，会怎么做？”

“……我是男生，不知道女生的想法。”

“我也不知道，可是，情况摆在面前，对于聂双来说，不外乎两种做法……一是不同意分手，拧着我爸的做法来，冒着被学校开除的危险，继续恋爱。这样做，值得吗？万一我爸动了真格的，聂双要去哪里？这不像男生，男生被开除了，顶多是打架啊，或者别的什么，上升不到名声或者人品的高度。可是，聂双，是女生，我无法想象她承受的压力有多大……况且，离开的话，她要去哪里，怎么跟家里交代？”

“不然，你们就表面同意分手，私下里偷偷继续在一起啊，只要不被你爸发现就行了嘛。”

“没那么简单，就算这样，也是有风险的，我没关系，可我不能那么自私地让聂双来承担这份风险。”

苗言东拍了拍季橙的肩膀，一副我了解的样子。蓦地，苗言东想起来什么，突然问，“可是，这和成全你们爱情的尊严，又有什么关系？”

季橙低下头，说出了他最不愿意也最不想说的，“退一万步说，如果聂双意识到了这样做是行不通的，只能和我分手——这当然是最明智的选择，如果她这样选择了，我会欣慰，可是同时，也会失落吧……”他抬起头，目光有些迷离，“当爱情遭遇现实的残酷，何不成全彼此，也成全这份爱情呢？”

微微叹口气，季橙接着说：“或许，我更害怕的是，聂双并没有我想象中的那么爱我。”

苗言东默默地看着季橙，突然隐隐地觉得，他和季橙之间，有什么，开始变得不一样了，可具体是什么，他又说不出来。四个兄弟中，自己是老大，周浅易、蒋小光，包括季橙，一向尊重他的意见，对于他做的任何事情，也都是比较信服的。但没有人知道的是，在三个兄弟中，对于比自己小六个多月的季橙，苗言东是最为信赖和佩服的。他的言谈举止、为人处世，甚至是口才技巧，总不像这个年龄段的同龄人。所以更多时候，尤其是季橙转到A中后，除了兄弟感情不说，苗言东几乎是刻意的，拉着周浅易，和季橙几乎形影不离。

他愿意听季橙说话。并且，每次都惊讶于季橙说过的话中，严谨的逻辑和冷静而缜密的思考。

那边厢，聂双和白木珊出了酒吧，夜风一吹，扫到身上，扫过脸颊，像是有人在脸上喷了清醒剂，刚才聂双恨得牙根痒痒，恨不得变成一个侠客把莫名其妙辱骂白木珊的苗言东碎尸万段，这下，突然彻底冷静了。

憋了半天，聂双终于有机会向白木珊发问："你认识苗言东？怎么会跟他闹这么僵？为什么会骂你那么难听的话？还有，你是不是也认识我哥？你们俩见面后，怎么脸色那么难看？"

见白木珊咬紧了牙不吭声，她接着说："木珊，我们是彼此最信任的朋友吧？我知道每个人都有自己绝不会对任何人泄露一丝半点的隐私，再好的朋友也有自己独立的空间。但是，你了解我的，我只是想，或许我可以帮你。"

"聂双。"

"嗯，你说，我在听。"

"周浅易，是你的双胞胎哥哥？"

"是啊，你才知道？"

"……呵呵，现在知道，的确很晚。"

"木珊，到底今天……"

"你别问了，至少现在我不会说。总有一天我会告诉你，但不是今天。"白木珊突然转过身，退后两步，"现在的一切，是我咎由自取，我活该。你用不着替我难过。放心，我的自我疗伤系统很好，我会没事。"

"喂……"聂双生气了，"不带你这样的……"她踢着脚下的石子，心里想着要怎样才能撬开白木珊的嘴，再抬头却看到白木珊已经拦了一辆出租车，迅速钻了进去。她急得直跺脚，听到白木珊摆摆手，是哀求的语气，"聂双，求你，别问了。"

电光火石间，聂双突然顿悟："难道，你信里经常提到的男生Y，是苗言东？"

"聂双……"

"啊，我明白了，是我哥！"

"……"

看到白木珊隐忍而痛苦的表情，聂双知道这次自己猜对了：“你们已经认识了？”

“聂双，最后一次，不要问了。高考后，我会把所有的一切都告诉你。就这样了。聂双，好好复习，争取……争取我们考到同一所大学。”说完并不理会聂双，对着出租车内，“师傅，到晚霞路。”

砰的一声，白木珊关上了出租车门，出租车疾驰而去，隐没在如潮的车流中。

聂双站在原地，愣了好一会儿。

天空突然下起小雨，她像个被惊醒的梦中人一样，四下打量，终于拦到一辆出租车，闪身坐了进去。

已经入秋了。

小雨并不大，沙沙的雨水径直淋下来，像是路边小摊经常叫卖的用软胶制作的发泄球，被人狠狠一摔，啪！溅开水花，摊在玻璃上，再顺着玻璃往下滑，滑过整座城市的夜色与喧哗。

车窗外，行人急匆匆地往家赶着，道路两旁的树枝摇摇摆摆，已经入秋，由绿变黄的叶子被秋雨秋风一扫，急急落下来，看得聂双心里一凉。

的确，是秋天了。

* * *

日子总是要过。

各人有各人的烦恼，再要好的朋友、知己，也不能苛求对方把心门打开毫无保留地对你一人全盘开放。友谊，毕竟不是等价交换，不是你拿出了最宝贵的私密生活与我分享，我就必须还以同样彻底的隐私作为回报。何况，每个人对友谊的理解不尽相同，分享了你的秘密，排忧解难之余，也承担了保守秘密使其不得外传的风险——有朝一日秘密外泄，第一个怀疑对象，便是他（她）吧；与此同时，并不是每个人都期待你的秘密的，甲之砒霜，乙之蜜糖，而保守秘密又是那么地痛苦、寂寞、孤独，这会让人憋出内伤。

聂双并没有责怪白木珊，既然不能说，必然有她的道理。

找机会问周浅易，他的脸色也不太好看，只是嘟囔了一句“白木珊人品不怎么样，以后少跟她来往”，就悻悻然岔开话题，不论聂双怎么问，再不肯多说一句。

等到半年后聂双考入大学，收到白木珊邮寄来的一本杂志，里面刊登了她写的一篇名为《谁赋予他伤害你的权利》的文章时，总算弄清了事情的原委。即便是那时，在事情过了那么久之后，她依然能够清晰地感受到白木珊的痛。

那已经是后话了。

在教室的前、后黑板上，“高考倒计时”的字样每天一变，鲜红的特大号字体，像是两把装了电子眼的锋利的箭，看到有谁稍微松懈，便仿佛启动了它们的雷达装置，以迅雷不及掩耳之势“嗖”地射过来，直插心脏最深处，穿透人的懒惰思维与所有同学习无关的走神、恍惚等行径，让所有人瞬间觉醒。

“熬过去，便是属于我们的晴天。”白木珊在最近写来的信中，这样安慰聂双。

难挨是难挨，可所有人不都是那样过来的吗？每个人都懂得适时地收敛以往散漫的日子，埋下头投身到苦读的岁月中，或许一切都已看开，内心没有任何索求和期待，聂双心如止水，是真的平静了。

太清楚自己要的是什么，不要什么。

好好学习，天天向上。

考上一所普通本科院校。

一定是外地的。

——好好学习，天天向上？

第一个说这句话的人，会是谁？怕是无从考究了吧？聂双有时想到这个问题，会忍不住苦笑，其实世间最难的，便是向上。

向上，向上。可是总有各种各样的诱惑和借口，阻止着你、妨碍着你不向上。

在准备奔赴高考这个大战场的半年多时间里，发生了一件对聂双产生了很大震动的事情。

这件事，关于她的宝贝哥哥周浅易。

A中作为兰城的唯一一所全国重点中学，每年的升学率排在全省第三，具备教育部规定的保送普通高等院校的资格，因此，在全国五所重点大学每年有十到十五个保送名额。

纵然周浅易在高一、高二浑浑噩噩地过了两年，期中、期末考的成绩并不尽如人意，但在代表学校参加比赛的关键时刻，却从来没有掉过链子，所以，他当然有着保送的资格：他曾经分别拿下过中国数学奥林匹克，全国中学生物理竞赛的一等奖，全国青少年信息学奥林匹克竞赛的二等奖，那些在聂双眼里几乎是知识盲区的东西，周浅易甚至不用复习，跟玩儿似的代表学校参加，每次都是满载而归，不负重望。

因为屡屡得奖，邻市的校长还曾经多次邀请周浅易转学到自己所在的中学，并不惜承诺五万块的现金进行奖励，所有转学手续对方全权负责……或许是A中感受到了压力，或许是想要安抚周浅易，高二的时候就为他争取到了省级优秀学生的资格。

这次的大学保送，当然会有周浅易。

寒假前，A中已经将包括周浅易在内的十五名保送生推荐名单报给了省招办，同时给相关的高校寄送了学生的情况材料。接着是紧锣密鼓的笔试和面试，周浅易一路过关斩将，三月底成绩公布，聂双的爸爸妈妈几乎笑掉大牙，出门上街，恨不得把“我儿子被保送某某重点大学”几个字贴在脸上、印在衣服上，恨不得拿着高音喇叭大街小巷地广播，逢人见面说话不超过两句，就把话题往这方面上扯。

他们还去兰城电视台每晚八点播出的“点播台”节目点歌，歌曲播放的时候，放上了聂双爸爸特意要求的全家福一张，那是得知周浅易考试结果出来的当天，爸爸拉上家里人一起去照的。他提前同聂双打好了招呼，去影楼照全家福。聂双口里答应着，却在第二天提前溜了出去，偷偷关掉手机——诚然，她比任何人都要高兴，却又比任何人都要伤心，恰恰应了那句话，“人比人该死，货比货该扔”，周浅易被重点大学录取带给家人的喜悦同聂双担心连个普通本科都考不上给全家丢脸的担忧与痛苦，是成正比的。

她当然无论如何都不能去，何况，还要在电视上露脸……饶了她吧。

其实周浅易也是不屑于去的。奈何一旁的父母准备得兴致勃勃，推辞再三，周浅易的爸爸反复游说，甚至扯起了自己的一生都碌碌无为，这辈子最风光的事情莫过于此，说到最后老泪纵横，差点以死相逼，周浅易这才点了头。

照片里的爸爸穿着半旧的西装，得意扬扬，仿佛考入大学的是他，而不是自己的儿子；周浅易则直视着前方，有些心不在焉，倒是旁边的妈妈，神色很是拘谨，颇为不好意思。

这张照片在每首歌曲播放的过程中穿插了三次，每次大概十秒。聂双爸爸接连点了三天，每天两首，每首五百块钱，足足花掉了三千块，是他一个月的工资。若不是聂双的妈妈拦着，他恨不得点上一周。与此同时，他把每天的播出时间，群发给所有的亲朋好友、同事、前同事，甚至小学同学、高中同学……

——他觉得，这钱花得，那是相当地值得。

四月底，省招考办在报纸上公示了首批部分普通高校的保送生合格人员名单。

五月底，收到了大学快递来的录取通知书。

这一切，是那么羡煞旁人。

但除了周浅易的家人，没有人知道，这过程中，其实是发生过一段小插曲的。

在保送生录取的程序中，有一道程序，是保送生的成绩出来后，可以登陆该所大学的网站，看到自己预录取的院系，如果愿意成为该所学校的保送生，还需要按照程序回复招办相关的表格和回执。

该校的招办会根据回执来最终确定保送生初步名单，最后与教育部公示的具有保送资格的名单进行核对，确定最终的该校保送生名单，并向教育部提交，进行公示。

那时周浅易的排名，在全国第十一。聂双的爸妈沉浸在无比的喜悦中时，没有人知道，周浅易却在犹豫要不要给大学发送回执。

他犹豫的出发点，在柏灵。

柏灵的学习成绩当然没他好，虽然每次考试能挤入年级前一百名，同周浅易这个轻轻松松便混到前五名的混混儿，毕竟还是有区别的。柏灵一直所向往的，是那个风景如画、美若仙境的S大，同周浅易所魂牵梦绕的N大，一望三千里。

柏灵是那么有主见、有性格的女生，当然不会为了周浅易做出什么牺牲，更不会主动要求周浅易为她做出什么牺牲。

她太过清醒，也太过理智。

得知周浅易的成绩，她同周浅易去酒店庆祝，庆祝礼物和分手礼物是一起送的。周浅易哭笑不得地看着柏灵冷静地做着这一切，在他面前，笑容如昔，分别的时候，同以往没有区别地在他的左脸颊上轻轻一吻。

然后淡淡地笑着，站在原地，叫周浅易先走。

周浅易迷迷糊糊回到家，他想过很多次成绩出来后两人见面的场景，比如柏灵哭得很动情，为两人分隔两地恋情不保而神伤，苦苦哀求他为了二人的未来，放弃保送，直接参加高考同他共赴S大。

或者抛却所有尊严，向周浅易表明心迹，自己改为报考N大所在城市的大学，无论如何两人都要在一起……

或者，哪怕她不改变任何决定，只是坚定告诉他，“就算分隔两地，有着再远的空间距离，但永远——远不了的，是我们的心”之类。

没有。

都没有。

如果真是那样，恐怕她就不是一直让周浅易神魂颠倒的柏灵了。

——柏灵为他高兴，那高兴的表情，周浅易看得出来，是发自肺腑的。

——柏灵同时也提出分手，提出分手的态度，周浅易清楚，当然不是在开玩笑。

周浅易是在那一刻突然觉得，自己其实是个很懦弱的人。

他一直以为自己是很爱很爱柏灵的，爱到没有任何保留，爱到甘愿作出任何牺牲，爱到为她可以赴汤蹈火。

情话说得那么好听。

可是看那一对对深陷在爱情长河里的男男女女，哪里有那么多的机会和时机，需要你赴汤蹈火？

很多时候的很多承诺，之所以敢承诺，是因为内心自知，永远没有兑现的机会。

周浅易曾经想象过很多次，假如柏灵不愿作出任何退步，他可以大手一挥，热血沸腾，所有血液冲到脑顶，轰隆隆响，倍儿男人地、倍儿热血地，倍儿激情澎湃地、倍儿不顾任何后果地，倍儿深情地、倍儿执著地，对柏灵说："为了你，我决定放弃N大的保送生资格，和你一起报考S大。"

那是何等的豪气云天！何等的感天动地！何等的……

那句话，在和柏灵见面的两个小时内，无数次爬到周浅易的喉咙，却都被压了下去，周浅易为自己辩解，是因为柏灵一直在说话，他没有机会。

这个借口，太薄弱。

不是没机会，如果你想说，总是有机会的。

所谓没机会说，其实是不想说。

代价太大，未知的事情又太多。

或者说，他远没有自己以为的那样爱柏灵。

因为就算是为了爱情，他亦不敢拿整个人生前途这么大的赌注，来冒这个险。

之后，所有保送生被学校特批，放假三天。

周浅易有机会回到家，心有不甘，选择了全家人在客厅看电视的时候，试探性地说了一句：我想放弃保送生资格，改为报考S大。

接下来的场景是可想而知的。

聂双第一次见到爸爸妈妈那么愤怒和失态。爸爸气得鼻孔都张开了，脖子上的青筋一道道凸起，像是燃着的导火索，随时要爆炸。他用手不停地戳着周浅易的脑袋，魔怔般重复着“你傻了吧”，说了无数遍，接着是在客厅里来回走，看到什么都不顺眼，顺手一胡噜，茶几上的杯子，沙发上的抱枕，一个个滚到地上，接连踢翻了三盆盆栽……急得妈妈在后面追着收拾，又是生气又是心疼，却不敢和自己的老公发火，只是骂周浅易：“你个小兔崽子，还不赶紧向你爸爸认错。”

周浅易的确没想到自己的父母会有这么过激的反应。他有些犹豫，一来想彻底试探父母到底会有什么样更出格的反应，二来也存在着一丝侥幸，从小到大他一直是父母的骄傲，或许他同父母讲讲道理，他们会顺从自己的意思。

这样想着，他的底气又足了一些，继而说道：“反正我有我的理由。”

接下来，爸爸做了一个让所有人都没有想到的举动，这举动，当场吓得周浅易闭了嘴，吓得聂双偷偷拽着周浅易的胳膊回了自己的房间，吓得聂双的妈妈扑过去抱住自己的老公，从来没有骂过周浅易的爸爸第一次爆了粗口：

爸爸突然两只手扇自己的嘴巴，嘴里愤愤地骂着：“是我傻逼，所以生了个傻逼儿子……”

不停地，用力地，扇。

……

那天晚上，周浅易的父母连周浅易为什么会想要改变想法都没有问，他们只需要确定，最后儿子坚定了信念，无论如何都会去N大就好了。在他们眼中，儿子不去保送的学校，是大逆不道的，是让全家人丢脸的，是让自己走出去无法跟任何人交代和解释的。

本来周浅易还想闹闹绝食什么的，结果被父亲这么激烈的自残行为吓到，自此再不敢提半句放弃保送资格的事情。

倒是聂双，心里明镜似的，猜周浅易如此折腾，定是为了柏灵。

周浅易倒也不否认，闷声说了一句“嗯”。

在那一刻，聂双是羡慕柏灵的。纵然周浅易眼里的他自己是懦弱的，但在聂双看来，至少他曾经争取过，尝试过，反抗过。

进入了N大，是所有关于大好前景的大学生活，以及可以大展身手的大好前途的代名词——人人都知道，进了N大，就意味着一只脚跨入了全球500强公司的大门，同S大，真的不是一个档次。

聂双认为，至少周浅易用行动表示了，说了，做了，虽然最后并没有如愿，却是周浅易深深爱着的女生给他的勇气和动力，她觉得，那个女生，是幸福的。

哪怕只是，幸福了那么一小会儿。

毕竟，他尝试着努力过了。

其实，那时的聂双并不懂得，很多时候的很多人，做出了一定的努力和牺牲，其实不过是为了反抗。

有时候，甚至连反抗都不是，只是为了做出一个反抗的姿势罢了。

同爱情无关。

Chapter · 08

后来，我逐渐懂得，其实，你喜欢一个人，就赋予了他伤害你的权利。

聂双是在升入大学后的第二个礼拜，收到白木珊的来信的。

信里有一页信纸，一本杂志。

信纸上只有寥寥几句话："聂双，你看了这故事，会明白我吗？会笑我傻？还是，会选择，和他们的做法一样，认为我是放荡的女生呢？"

那是一本青春文学类杂志，有着很唯美、华丽的封面，聂双坐在大学里茂盛的梧桐树下，忐忑不安地打开白木珊标注的那一页，文章里的主人公，白木珊用的是化名，但聪明如聂双，几乎是第一时间还原了那些化名之后的实际真人，有关周浅易、苗言东和白木珊之间的纠葛，仿佛一幅水墨画，终于露出了它的真颜，静静地摊开在她的眼皮底下。

小说的名字，叫"谁赋予他伤害你的权利"：

我站在原地，像一个垂死挣扎、病入膏肓的病人卷好袖子，试图证明身体的强硬健朗，却露出病态的、衰老的、皱巴巴的皮肤和皮包骨头。

谁赋予他伤害你的权利

1.

我站在周浅易面前，手脚冰凉。

他被同班同学从教室里叫出来，在空荡荡的走廊里打量一圈，最终转向我，“你叫我？”

我有些犹豫，咬着唇，深吸一口气，还是怯怯地点了下头。

“哦，”他斜看我一眼，又迅速垂下眼睑，“干吗？”

我提起手中的袋子：“送……给你。”

“啊？”他不解地看着我。

“我是说，生日快乐。”

他站着没动，也没有接我手中的袋子，只是直直看着我。

我有些尴尬，伸出去的手正要缩回来，听到他的轻笑声：“哈，可是，干你什么事？”

“啊？”

“你经常，像现在这样，送礼物给陌生的男生吗？”

你经常，像现在这样，送礼物给陌生的男生吗？

2.

我走在校园里，听到周围人的窃窃私语。

“哎，看到没，她就是白木珊。”

“啧啧，真够丢人的，真佩服她可以这么觍着脸皮在校园里走。”

“就是。”

……

3.

我给周浅易写信，只是缘于一时的冲动。

那年高二，刚刚分到文科班。在一次去隔壁班找好友吴棋拿杂志时，正好看到在篮球场上叱咤风云的周浅易。时任班长的吴棋正冲着他高喊："周浅易，班主任叫你明天一早去找他。"不等他理会，吴棋踿踿地转过头，边走边对我发牢骚，"唉，这个周浅易啊，真是没治了，高一的时候可是全校第一名考进来，哪个老师见了不夸？现在呢？动不动就逃课，谁都别想找到他，不知道他到底在想些什么。也没见他谈恋爱啊？"

"哦，是吗？"我漫不经心地应着，却瞥见周浅易突破三人的围攻，单枪匹马大跨步左躲右闪，一个漂亮的转身跳投，篮球应声入网。

"我虽说是班长，可也不是万能的呀。班主任真是，什么事都让我干。"吴棋继续发着牢骚，"入学时不是有学生档案吗，直接打个电话不就结了？"

"那你跟班主任这么说呀。"

"我要敢这么说我就是副校长了。"

"嘿嘿。"

周浅易用袖子胡乱擦着脸上的汗，随手脱下上衣扔在篮球场白线外的水泥地上，又抓过篮球架上的NBA背心套上。

"他其实挺开朗的，每次班级大扫除他都主动帮忙擦灯管。可是他逃课，班主任总是骂我，说我管得不严。"

周浅易做了一个假动作，晃过对手，在被晚霞染红的篮球场上，眯起眼睛，上臂与前臂呈90度，手掌向前推出，三分球应声入网。

"现在他的成绩，一落千丈，没有一门在50分以上。哎，人家都说男生到了高中就知道努力了，为什么偏偏他是反着来呢，到底受了什么刺激啊。"

"白木珊，你有在听吗？"

"有啊。"

吴棋敲我的头:"又走神了吧。"她从书包里掏出杂志,甩手扔到我的车筐里,愤愤地骑上自行车,很快消失在我的视线里。

晚上回到家,翻来覆去睡不着,不知怎么,就想起了周浅易,还有吴棋的话。鬼使神差,从被窝里爬起来,开始给周浅易写信。

在信里,我署名左左。许是怕周浅易不理我,我欺骗了他,以他的初中同学相称,说听友人讲起读高中的他成绩大幅度下滑,感到惋惜,希望早日看到当初的他云云。

我并没有告诉周浅易我所在的班级,因为学校的收发室是按照班级分发信件,没有注明班级的,就统一放在收发室外面窗台上的木头邮箱里,信的主人可以自由去拿——这样可以防止班主任抽查信件,也将周浅易认出我的可能性降到最低。

收到周浅易的信,是在三天后。信的字数不多,通篇都在猜测我是谁,末了又留下他的邮箱,说这样写信不方便,不如写邮件——这倒正是我所愿,那时我的作文经常在学校得奖,班主任总是得意地把我的文章贴在年级宣传栏里,我一直担心,万一周浅易不小心看到,猜出我是谁。

基本上保持在每周两封的频率。第一个月,周浅易一直猜测我是谁,我觉得他有些可笑,因为他的执拗,便回信说,如果他保证不逃课,好好上学,那么,我就答应和他见面。这封信周浅易是在过了一周后才回给我的,他在信中说,因为全校篮球赛的原因,没能及时去网吧,所以写信耽误了,请我原谅。又说,既然我不愿意现在公布身份,他会尊重我的决定。

就这样频繁地通起信来。

4.

我时常想，其实，这终究是和爱情有关的。

我是老师眼中的好学生，母亲眼中的乖女儿，在他们眼里，我那么乖巧和文静。

其实我也愿意，要是一个只知道读书的书呆子该有多好——铺天盖地的测验，各科繁重的作业在书呆子的眼里，应该是种享受吧？

可是，我偏偏不是。

如果说开始选择和周浅易通信，是因为冥冥之中总渴望拥有些新奇的、刺激的东西为平淡的生活增添些许期待和乐趣，那么后来不知不觉开始关照他，爱上他，绝对是因为这样一个帅气的对象和双方彼此信中真挚的言语吧，这算得上情感的积累吗？

我不否认自己喜欢帅哥，如果可以选择，当然谁都会选择帅气些的，为什么不呢？

一年多的时间里，我同周浅易聊身边的同学，聊任课老师，聊最近的心情，聊听到的笑话——唯独没有聊到爱情。周浅易的信从原来的一百多字，发展到后来的几页，有次过圣诞节，他和死党出去狂欢，回来居然写了一万多字，欢乐的气氛让我隔着长长的文字也舒心不已。还听说，周浅易似乎变得开朗，很少逃课，不知道真的是我的信起了作用还是临近高考，男孩普遍变得懂事，总之，周浅易为了学习开始拼命了。

我又何尝不是。

于是，和周浅易写信，逐渐变成了我紧张学习中的美味大餐，不管他用什么材料，添加什么调料，用什么火候熬煮，因为是他做的，便觉得放到嘴里，个个是美味。

一直有种敌人在明我在暗的奇怪心理，对周浅易的关注日益萌生。

上学的路上。

课间操的人山人海里。

人头攒动的操场中。

卖煎饼和各种零食的校园商店里。

下了晚自习大家纷纷取自行车的车棚里。

我们隔着一堵墙的距离，他在我的隔壁——这远远的不是距离。我开始以眼睛为圆心，以视线为半径，在我所处的每一个场合里画圆，寻找着周浅易的身影。

周浅易喜欢在早自习差一分钟打铃前才骑着自行车有条不紊地驶进校园。

周浅易一、三、五喜欢吃煎饼，二、四要吃汉堡。

周浅易做操的时候不喜欢跳跃运动，只是象征性地在原地蹦几下。

周浅易自信的时候打响指，犹豫的时候喜欢咬手指。

周浅易打篮球的时候不喜欢传球，像个独来独往的将军，喜欢一人拼杀。

吴棋找我聊天时会不经意地说，哎，好奇怪，最近我们班的周浅易好像开窍了，好久不逃课了呢。

我便在心底窃窃地笑。

5.

记忆中唯一一次和周浅易说话，是我有次在班里办黑板报。那天是周六，和我同组的跑去买汉堡，空荡荡的教室只听到我捏着粉笔写字的声音。

冷不丁听到一个浑厚的声音：“请问，你们班有彩色粉笔吗？”

我转过头，脸便迅速红得烧到了脖子根儿，迎过来的正是打着薄薄碎发的周浅易。

“有的，”仿佛自己一肚子的阴谋诡计被他识破，我慌里慌张地差点从凳子上摔下来，有点哆哆嗦嗦地扯过周边的一盒彩色粉笔，“给……给你。”

周浅易有点怪异地看看我，旋即恢复正常神色，用低得不能再低的声音说：“谢谢哦。”便抓着粉笔盒离开——他一定以为我是个神经病吧？

只剩下我一个人对着黑板发呆。

如果，我是说如果。

我对他说，哦，真巧，你知道吗，我是左左呢。

他会是什么反应呢？

开心？

抑或者，尴尬？

还是会，大方地伸出右手，说，哦，原来你在这里呢？

还是会，愤怒地摔上教室的门，什么也不说就走掉？

唯一一次和周浅易迎面走过并对视，是在一次放学后。因为语文测试没考好，被班主任留在办公室谈话，等到出来，已经是晚上六点多，我推着自行车，边翻着语文试卷叹气，回想着班主任的苦口婆心，边打开书包准备把它扔进去。

刚收拾好，抬头就看到周浅易抱着篮球向这边走来。我的呼吸开始紧张，随着他的一步步走近，握着车把的双手也忍不住微微发抖，腿上的筋骨就像是被人挑断了一般，寸步难行。我微微低下头，心里默默祈祷着，千万不要看我啊，不要注意我啊。

再抬起头时，周浅易却正好走到我的对面，挺拔的鼻子，额头上还滴着汗，左肩上随意搭着他的外套，他的眼睛真清澈，望向我的时候没有一丝杂质，我们对视了有两秒，或者三秒，或者五秒？

一定不会比这更长了。

最终还是我，最先收回目光，果断而迅速地把目光转向别处，戴好自己冷漠和麻木的面具，一言不发，骑上自行车。

回家路上却满是懊悔。我怎么可以，先收回目光呢？

如果，我是说如果。

我一直迎着他的目光，说，嗨，其实我是左左呢。

他会开心地咧开嘴巴，邀请我一起打篮球吗？

还是，会冷漠看我一眼，假装没有听到不声不响离开呢？

6.

距离高考有两个月的时候，我和吴棋闹了别扭。我们班的苗言东喜欢她，可她总想利用人家。包括叫苗言东替她打扫卫生，每日固定地买早点，最过分的一次，是吴棋的外婆组织了一帮老太太组成的表演队，在县礼堂卖票，每张票卖三十块，一共一百张。因为她一句话，苗言东把一百张全买了下来。

其实苗言东的家境并不富裕，为了追求吴棋他付出了全部的力量，好几次还看到他连饭钱都没有，跟着同学蹭饭吃。

我看不过去，便劝了几句，说不要利用喜欢你的男生，这事做得很不厚道之类。没想到吴棋跟我翻脸。

我这时觉得友谊是水。

温度高了，水会蒸发。

温度低了，水会结冰。

是我没有掌握好和吴棋的温度。可是已经晚了。

不知道吴棋跟苗言东说了什么，苗言东开始在大庭广众下对我骂脏话，或是在大家上自习的时候，他突然大声骂，白木珊是个傻逼。

或者在老师叫大家自由复习的时候，听到苗言东在后排骂，白木珊你个狐狸精。

他说，少挑拨我和吴棋的关系。

他说，你这个骚货。

苗言东开始以他的嘴巴为圆心，以辱骂我的话为半径，在所有他认识的人中画圆。包括隔壁班的男生。他是住校生，所以也包括他的室友。

任凭谩骂声四起，我从未觉得伤心——就像一件礼物，如果我没有收，那么礼物就还是留在送我礼物的人手里。谩骂也一样，我不收，那么那些肮脏的语言，便是你苗言东自己的吧。

——可是，我其实应该知道的，苗言东和周浅易，是篮球场上的最佳拍档。

我并没想到，苗言东可以对他，造成那么大的影响。

7.

终于，周浅易发来要求见面的邮件，那时的我，不知道要用什么来形容我的兴奋和喜悦之情。

左左：

这应该是高考前，我给你写的最后一封信了。

我要感谢你，在这一年多的时间里，对我的支持和鼓励，你说了那么多扫开我阴霾天空的话，对我而言，没有比这更美好的礼物。

朋友说我这个人很空荡，其实你知道，我最害怕失败。

你曾问我为什么男生那么喜欢打球，我只能告诉你，我喜欢打球，是因为可以在打球的时候把内心的彷徨和无助发泄出来，而别人却以为你在为打球而卖力。不过正如你所说，发泄出来就是好的，总比闷在心里强，只要我发泄的时候没有伤害到他人。

想必你已经知道，N大已经提前录取了我。可能你会笑我说，站着说话不腰疼。但我的确曾经想过，或许应该放弃这一切，参加高考。我想知道，高考越临近，我是不是内心越沉稳，会不会因为越发了解自己的实力，而内心变得踏实。

拿到N大的录取通知书，最欣慰的莫过于我爸妈，虽然我早就告诉过他们，不要对我抱有能考上清华和北大的梦想，否则只会得到梦想破灭带来的疼痛。

似乎卸下了很大的负担，应该没有什么遗憾，除了很想见你一面。你也会考入你理想的学校吧？记得第一时间通知我哦。

我们见面吧。

明天——可是我的生日呢。相信你也不会想让我失望吧？

明天晚上七点，我在“来吧”茶馆等你。如果这次错过和你见面，我将永远不会原谅我自己。

祝好。

周浅易即日

我为什么要等不及和他见面呢？

在得知他没做课间操而在教室值日时，我为什么非要贱巴巴地跑去隔壁班，请人叫他出来呢？

在看到他淡漠的表情时，我为什么不懂得收敛自己的热情，还一相情愿把自己早就准备好的礼物递过去呢？

“你经常，像现在这样，送礼物给陌生的男生吗？”那个曾经和我通了两年信的人，那个曾感谢我帮他扫开阴霾天空的人，那个有快乐痛苦都愿意与我分享并一次就写出一万多字的人，此刻站在我的面前，这样问道。

故事的结尾是：

我站在原地，像一个垂死挣扎、病入膏肓的病人卷好袖子，试图证明身体的强硬健朗，却露出病态的、衰老的、皱巴巴的皮肤和皮包骨头。

“其实，其实……我是左左。”我再次试图把装着生日礼物的袋子递给他。

周浅易终是愣了一会儿。

我不知道自己站在他面前，站了多久的时间，是坚持，也是对峙。

那一刻，仿若听到时间在我耳边飞快溜走的声音，滴答滴答。

周浅易的脸色逐渐阴沉，嗓音由于过度惊讶几乎变了声，他说："我曾经听苗言东说起过你。"

顿了顿，他接着用鄙夷的神情望着我，说："我想你搞错了，我已经有女朋友了。"

周浅易冰冷的语气可以冻出一块冻豆腐，眼神冷漠到会让看过他眼睛的人后悔自己的出生，他迅速地做出反应，仿若他在篮球场上晃过对手时的漂亮的转身，仿佛再多待一秒钟，都会是对自己的侮辱。

——是的，我连表白的机会都没有，便遭到了对方的拒绝。哪怕他还可以很客气地敷衍几句，哪怕他表情尴尬但笑容僵硬勉强挤出一句"对不起"。

与其说是拒绝，不如坦诚讲，他是嫌恶到连表面功夫都不肯做。

这叫什么？网友见光死？还是叫恋爱未遂？

8.

后来的后来，我不知道周浅易对别人说了什么。

有关我的谩骂，比苗言东当时撒下的种子，愈发发扬光大，在校园内广为蔓延。

怕是还有吴棋的协助吧。

是谁被蒙蔽了眼睛？

我无从辩解。

加上有太多太多唯恐天下不乱的人，希望在自己有限的高中生活可以有无限“美好”的回忆。

而我充当的，就是他们的所谓“美好”吧。

在那么大的学习压力之下，可以那么痛快地当面或者背后骂人，被骂的人却丝毫不敢还口。

哦，真痛快。

哦，发泄出来真好。

我恨当时的周浅易，远远超过恨自己的懦弱。

9.

八月，我如愿收到了北京一所大学的录取通知书。

周浅易去了南京。

至于吴棋，听说考入山东一所三流学校的专科，苗言东也跟着跑了过去。

有关那些流言，有关那些伤害，被考入大学的喜悦逐渐覆盖——至少表面上是这样的。

我再没有回过学校。

而那个邮箱，在我来北京之前，轻点了下鼠标，保存整整一年的邮件，就那样彻底清空了。

没有人知道我当时的伤心，之前我曾经以为，除了我自己，任何人都不可能教我受伤害。

可是，我后来逐渐懂得，其实，你喜欢一个人，就赋予了他伤害你的权利。

是的，周浅易，因为我当时爱上了你，就赋予了你伤害我的权利。

后来？

——我在多年后打开邮箱，收到一封来自周浅易的道歉信，在信中为自己当初的言行解释和表示道歉，并为我当年对他的鼓励表示感谢？

哦，你们一定是小说看多了，肥皂剧看多了。

那些都是故事而已。

我的邮箱一直在用，从未更换过——并不是为了等待什么，而是，我并不觉得为了周浅易，我就需要抛弃已经习惯用的邮箱。

我再没有见过周浅易。

再没有收到过关于他的任何消息。

而我的初恋，就这样被扼杀在苗言东或者说是吴棋的手里。扼杀在那些流言中。

那是我拥有灿烂晴空和阴霾岁月的混沌年少。

故事不长，不过六千多字，白木珊终于兑现了她的承诺，高考后会把所有的一切告诉聂双，聂双却用了一个多小时的时间读完它。聂双边看边哭，心里的惭愧大过悲伤，号称是白木珊最贴心的知心密友，自己却哪里对得起这份坦诚。

与其说是坦诚，倒不如说是白木珊为了给自己的密友一个交代，用刀割开自己的伤口，一道、一道，似在说：看，当初，我就是这样，受伤的。

她终于懂得，那时的白木珊，承受着多么大的痛苦与委屈，度过了本该灿烂的却独独属于她一个人的寂寞而无奈的高中生涯。

现在？当然早就物是人非。

白木珊和聂双当然没能考到同一所大学。

白木珊在北京，周浅易没有任何悬念地去了南京，季橙最远，出乎意料地远赴澳大利亚。聂双算是发挥出了她的正常水平，虽然并没能如愿考上离家远一点的学校，只是考入了省重点——位于兰城所在省份的省会城市燕城，离兰城有三个多小时的车程。

也算是离开了父母的视线，聂双还算满意。

倒是蒋小光，他爸妈死活不同意他离自己太远，在家里绝食一周，好说歹说，报了同聂双同一座城市的另外一所大学，倒也有惊无险地被录取了。

柏灵高考失利，没有考入心仪的大学，奔了兰州。

苗言东如小说中所说，跟着吴棋去了济南。这几个人里，聂双对他没什么好感，发生了白木珊这件事，更是对他厌恶万分。不曾想，他却是这几个人里，对爱情最为执著、勇敢的人，在他抛弃所有，哪怕和人生前途相关，哪怕那个他执著追求的人连一句爱他的话都没说，当然更提不上给出什么承诺，他也一猛子扎到底，说去，便不声不响地跟去了。

秦冬冬考文科综合时，在考场上晕倒，被紧急送往医院，只能复读。

聂双是想为白木珊做些什么的。

可是，倘若周浅易知道全部实情，会为了自己错失这样一个美好的女生而惋惜吗？凭借聂双对他的了解，似乎，不会的。

多半会叹口气，或者连叹气都没有，轻描淡写中夹带少许惭愧的语气，“是这样吗？”

——他不爱你。

就是不爱你，不论你为他做过什么，他都不会在意。

诚如小说中所说，“当我爱上了一个人，便赋予了他伤害我的权利。”

但是白木珊，如今这样的权利，你应该已经收回了吧。

聂双在这篇小说的末尾，写了一句话：“不论现在的你对白木珊有着多么大的误解和偏见，她却是我最好的朋友。她的为人，我最了解。纵然你不曾感激过她，至少，不应该让她独自背负那么大的伤痛。”然后，把杂志寄给了周浅易。

但是周浅易，一直没有任何回应。打电话，或者发短信、聊QQ，他对此事一字不提。这些对聂双来说，已经不重要了。

不论周浅易作出怎样的决定，那都是他的事情。

眼下，大家各有各的前程要奔赴，环境变得自是不一样了，当然也包括周围相处的人。

聂双曾经听人说，在每个人成长的过程当中，受家庭环境、成长环境、性格不同等因素，大家的人生观、价值观、道德观，等等，是不一样的。具体到生活细节，包括穿衣打扮、为人处世、口才技巧等，小时候受父母的影响最大，他们是我们学习的主要对象。随着年龄的增长，接触的人越来越多，周围的同龄人开始取代父母，成为了我们学习的主要对象，影响着我们的生活。

聂双已经难以想象，多年以后，不不不，不需要那么久，单单是假期里，暑假、寒假，或者五一、国庆，大家若在兰城中再相见，还会认得出彼此吗？

聂双曾见识过，某同学的哥哥读大一时，寒假回家，原来朴实、内向的男生，突然染了橘色的爆炸头，牛仔裤几个月不洗，据说是在“养牛仔裤的沧桑感”，操着一口蹩脚的普通话，见了农村的亲戚也是一副“大爷我混出来了”的模样，家乡话忘光不说，连个招呼也懒得跟人打。

高考前，她曾经偷偷拜托周浅易打听过季橙的高考志愿，不是没幻想过或许可以考入同一所大学，再续前缘。但是话刚出口，就被周浅易狠狠骂了一通，甚至骂她在犯贱。

她记得周浅易的原话，“犯贱这件事，要双方都犯贱，才能双贱合璧，人家的态度明摆着，甩了你了，还做什么白日梦。”

放在从前，周浅易再欺负自己，是断然不敢用这样伤人的话，来刺激她的。聂双明白，或许周浅易，只是想让她清醒。

为了让自己的妹妹彻底地、长久地保持清醒，周浅易把“双方都犯贱，才能双贱合璧”这句话，用二号黑体字打印出来，贴在聂双写字台前，以为警示。

——什么时候了，还在想着季橙。

事后，是蒋小光说漏了嘴，抱怨大家各奔东西，不小心说出了季橙去澳大利亚留学的事情，彻底断了聂双重修旧好的念头。

周浅易早就知道，却不屑于说，单单用这种方式来骂醒她，可谓用心良苦。

天天看到，岂能不醒。

以后的大家，各有各的生活和天地。

那么，季橙，以及有关和季橙在一起的时光，这下，我们真的，要彻底拜拜了。

* * *

升入大学前的第一小插曲，来自季橙。

已经有多久没有联系季橙，有多久没有听到他的声音，有多久没有靠在他的怀里感受他温热的气息……那一场曾经让她失去了女生矜持的爱情，当时有多欣喜，彼时就有多痛苦。

在聂双以为自己几乎要彻底忘记他的时候，他却偏偏选择这个时机，给聂双打来一通电话。

聂双犹豫了几秒，猜测对方是不是按错了键，以免自己无趣。

手机铃声执著地响了一阵，过了几分钟，又打过来，聂双这才按了接听。

“还好吗？”清清楚楚他的声音，居然真的是他。

“哦，”几乎是下意识的反应，“还好。”

“呃，聂双，我们，可以见一面吗？”

“……”

见一面？做什么？

和好？这不像是季橙的风格吧？若和好，早就可以提出，何必要等到去大学报到前一周？聂双啊，聂双，你一定是昏了头脑，到现在还有这种幻想？人家马上就要远赴澳大利亚，开始自己全新的人生。

为之前提出分手，再道歉？何必多此一举呢？他一向没有往别人的伤口撒盐的习惯。

……以上的种种，哪种结果是你期待的？哪种又是绝对接受不了的？

聂双有些摇摆不定，脑子里冒出一个个念头，似有无数只手撕扯着她的思维，让她无法理智正常地思考。

“有些话，我想和你说。”像是鼓足勇气，季橙的声音有些低沉，或许是聂双多了心，居然有些底气不足，你也会怕么。

她有些不忍，正要回答，眼神瞥过墙上周浅易在高考前贴上的“双方都犯贱，才能双贱合璧”，蓦地一愣，无端哪里泼过来一瓢冷水，想起季橙提出分手的种种，当下冷冷回道：“季同学，我最近比较忙，马上就要去大学报到了，实在是没时间。”

电话那端很久都没有声音。

在聂双等得不耐烦，想要挂电话时，突然听到长长的一声叹息，“哦，那没什么了。”接着是几乎有些负气的语气，“祝你前程似锦。”

嘟嘟的忙音。

之后的聂双，不是不后悔的，甚至去了大学后的很多个夜晚，都在懊悔，为什么不去呢？

为什么不去呢。

或许他真的有话要对自己说。

要知道，对于稍微有点大男子主义的季橙来说，他需要多大的勇气，才会选择在出国前主动打来这样一通电话。热恋时，季橙有时候会失约，虽然事后每次都花费了更多的心思进行弥补，但从不肯认错。

他的人生字典里，是没有“认错”、“主动”这两个词的。

每每做什么，即便是他求你，他也会转着弯地变换说话的方式，一定要搞成“是你在求他”。

譬如两人在酒店吃饭。

季橙想喝水，对聂双说：“聂双，坐了这么久，渴不渴？”

“还好吧，刚喝了一瓶可乐，不渴。”

季橙故意用漫不经心的语气说：“天这么热，喝点茶水好。去跟服务员说一声，沏壶茶。”

聂双想也没想跑出去，拎了一壶水进来，给自己倒了一杯，放在一边，并没有喝。见季橙盯着自己，还傻乎乎地问：“你喝吗？”

季橙有些为难的样子，“既然你这么主动，那就来一杯吧。”

……

诸如此类的事情有很多，聂双每次都是在很久之后才慢慢明白季橙的本意，但这并没有影响她对他的喜欢，相比较季橙曾经对自己的好，这算什么嘛，忽略不计，不不不，太可爱了！这是多么优秀的甚至是闪光的品格啊！

现在想来，内心更多的是涩涩的痛。

何必再让他掀起自己本来已经平静的心湖呢？每每懊悔没有和季橙见面，聂双又会反复安慰自己，他会奔赴他的前程，有着更为光明的未来，在异国他乡的街头，会有另外一个姑娘，温柔地靠在他的怀里，望向他的时候，同她一样，只看到优秀的品格。

季橙的电话，后来，再没有打过来。

升入大学前的第二个小插曲，有关秦冬冬。

暑假里，聂双和蒋小光喝冷饮时，秦冬冬刚好给蒋小光发了一条短信。

蒋小光看完后大笑，把手机递给聂双看：

“小光，我们还可以在一起吗？即将面对复读的日子，不知道如何度过。你愿意作我的航向灯，在大学里等我吗？”

聂双大口地吃着冰激凌，暧昧地笑，不说话。

蒋小光收回手机，输了几个字，按了发送键。

聂双吃完一个冰激凌，觉得不尽兴，又点了两份，继续埋头吃。

蒋小光忍不住了，“哎，你就不能主动问下我，给秦冬冬回了什么吗？”

聂双有些茫然，“这，干我什么事啊？”

“你就不能有点八卦精神吗？好歹我也是G中四大帅哥之一啊，不知道多少人半夜里排队等着第一时间听我八卦呢，你太过分了。”

不知道为什么，每次听到蒋小光说话，她总是想笑，眼泪都差点掉下来，什么时候他又给自己封了个“G中四大帅哥之一”？

“好吧，”她问，“你回了什么？”

蒋小光眯着眼，“我回‘咱们什么时候在一起过？你不怕我把这条短信转发给你未来的班主任吗？’”

“哎，小肚鸡肠。”聂双诚心刺激他，“做人干吗这么刻薄。”

蒋小光急了，“我这还叫刻薄，她怎么不想想当初怎么对我的，班主任找我的时候，我一直想着怎么保护她。可是人家呢，早把咱卖了。就算是这样，任何一句对她不利的话，我也没说。我对她够意思了。哦，现在觉得复读深似海，又觉得我有用了，想重新利用？对不起，晚了。大爷我不伺候了。”

聂双又吞了几口冰激凌，露出一丝坏笑，“你知道如果换作是我，会回什么吗？”

“回什么？将来还是朋友？祝你明年高中状元？”蒋小光摸着脑袋，“这不是你的风格吧？”

“不不不，这些话太虚情假意了。你的又太刻薄，换做是我，就宽容地回一句，字也不多，就四个字——‘你丫哪位？’”

蒋小光：“……你够狠。”

这句绝对可以把秦冬冬秒杀的话，也把蒋小光秒杀了。

否认曾经在一起过。

比否认认识过的杀伤力，实在是小太多了。

——不过，这些，实在是你自找的。

李敖曾经说过这样一句话：“人对他有恩，他忘恩；人对他有仇，他忘仇。这样的人，不可交。”当时的聂双超喜欢这句话，甚至把它作为自己人生的座右铭。

当然，蒋小光和秦冬冬，不过是校园青春时光的一段小恋曲，多年过去之后，谁还会记得，甚至，连“付之一笑”的条件都不够，自然上升不到“恩”和“仇”的高度，但是对于曾经深深伤害过自己的人，若有机会可以反击，却装出一副宽容、大度的样子，连出一口胸中恶气的机会都不给自己，做人岂不是太可悲。

所以记仇，也没什么可丢人的。

刘欢唱“该出手时就出手”，在聂双这里，是“该出口时就出口。闷死自己没人救”。

蒋家父母对于自己儿子和聂双考入同一座城市异常满意。打量聂双的眼神，充满了喜悦，恨不得在聂双的身上贴上“准儿媳”的标签，如果再能加上一句“其他男生勿近，君子自重”，那就更为圆满了。

聂双的爸妈似乎也有这个意思，但又不敢逼女儿太紧，一来因为是女生，面子薄。二来，他们之前一直担心聂双连个专科都考不上，全家甚至做好了砸锅卖铁的准备，收到女儿录取通知书的时候，聂双的父母就跟还清了地主家几十年的高利贷一般，喜悦的心情，同周浅易被保送名牌重点大学的心情，是一样一样的。

所谓，希望越小，收获的喜悦越大。

聂双不知道是要感谢自己父母的开明，还是要为顽劣的自己这么多年让父母操心而感到羞愧。

反倒是蒋小光，经历了高考前后的一些事情，突然一下子长大了，即便和聂双考入了同一座城市的大学，对两人关系的突破依然没有太大的信心。当然，开心，还是很开心的。

至少有一样，有了聂双，哪怕是成为他最不希望成为的哥们儿关系，至少他四年的大学生涯，都不会孤单了。

——若真的成为有情人，便当做中了五百万彩票。

若不能，把你所认识的人，放大几千倍几万倍，你可曾见过一个幸运儿中得五百万？

你喜欢的人，哪项法律条文规定了人家就有责任有义务地一定、肯定、必须地同样喜欢你？

若是这样，人人都可中得五百万。

Chapter·09

那些肯全心全意、心无旁骛地为一个人付出的年纪，那些为了一场爱情瞬间“我的眼里只有你没有她”、奋不顾身、前仆后继的时光，全都一去不复返了。

五年的时间如白驹过隙。

在聂双看来，却仿佛过了整整一个世纪。

一个世纪前，她还在为明天穿什么衣服发愁，为了课堂上语文老师瞪了走神的自己一眼而惴惴不安，为了一周后的几何测验接连几天辗转难眠……

白木珊过生日送什么礼物好，实惠实用又让她觉得很贴心？周末见季橙去哪里找节目？千万不要撞到老师和双方的家长，否则一定死得很难看。周浅易这周又收到了一打情书，有什么好臭屁？最好被爸妈发现关他一周的禁闭。蒋小光说还有三天就放暑假，不如结伴去泰山玩，可是行李箱还没买……

那些当时看来比天还要大，彼时只觉得是鸡毛蒜皮的小破事，整日里困扰着我们，当多年以后的聂双忙碌完一天的工作，头脑发昏地坐在拥挤的地铁里，看到身边穿着校服的男女生大声议论着对老师的不满、同桌发型的难看、寒假安排什么节目、压岁钱要怎么花时；当熟睡中的她在凌晨两点多接到老板打来的电话讲述自己突发奇想的创意时；当她回到一个人住的房间看到门上贴着的自来水单和电费单时……

是真的意识到，那灿烂的青春年少时光，与她，早就隔得十万八千里了。

那些肯全心全意、心无旁骛地为一个人付出的年纪，那些为了一场爱情瞬间“我的眼里只有你没有他”、奋不顾身、前仆后继的时光，全都一去不复返了。

当初决定留在燕城，除了大学四年都在这座城市度过，更熟悉环境容易找到工作外，也是聂双爸爸的意思：“兰城再好，燕城毕竟是省会，又靠海，很适合养老的。”所以，早在聂双还没毕业，燕城的房价也很低时，聂双爸爸便非常有远见地拿出多年的积蓄，贷了款，在燕城购置了两套房产，一套两居室，一套小一居，两套房子加起来不过二十几万，等到聂双毕业工作一年后，已经翻了五倍的价格。

买小一居的时候，房产证上写的是聂双的名字，虽然距离公司有些远，坐公交车要四十分钟，总比聂双自己在外面高价租房整日里担心房东涨房租强。

另外一套两居室，在聂双参加工作的第一年，聂双的父母双双退休，索性卖了家中的房子，举家迁到了燕城。两套房子的距离，走路不过二十分钟，聂双先前还担心爸妈像之前自己学生时代那样，时不时来视察一番，但退休后的二老将业余生活安排得非常满，女儿家里乱如猪窝跟我们有什么关系？眼不见心不烦。人家早上打太极，下午乒乓球，晚上游泳……社区居委会的大妈甚至找到了母亲做志愿者，每周有两天在小区内巡逻。

不想做饭的时候往家里的沙发上一囤，好吃的好喝的统统端上来……除了隔三差五打电话叫她相亲叫人无法容忍外，在燕城的生活，聂双心满意足。

当然烦恼的不止聂双。

周浅易也有点儿烦。

母亲大人一天打几个电话，要儿子滚回燕城，全家团聚。父亲大人更是动用了所有的关系，七七八八找了一堆人，最后帮周浅易在银行找了份肥差。那时，周浅易还在读大四，有一天被父亲大人打来的“母亲生病”这个紧急电话骗回了家，出了车站口就被母亲押着去银行面试，也该着他得到这份工作，人事处的面试官是个四十多岁的中年妇女，看到帅气的周浅易觉得养眼得很，名牌大学的高材生，又是熟人介绍，乐得做顺水人情，二话没说，当时便拍了板。

聂双本以为，周浅易断不会任凭父母这样安排他的生活，但没想到的是，周浅易毕业后真的乖乖来了燕城。

聂双只好把原因归结于“人总是屈从于现实的”这个真理。

就像当年的周浅易得知柏灵去了兰州，其实联系过一阵，只是异地恋的成本太高，包括时间成本和金钱成本。当然，还有一点，距离，它让人变得多疑。

每个人对爱情的要求或许并不高，只是空间的距离感被时间拉长，当有一天累积到最高点时，就让人无法承载了。

那时的周浅易很快便忘记了柏灵，开始了他在南京的多姿多彩的大学生活。

大学一直是恋爱的温床，对于刚刚迈入大学校门的学生来说，比任何时候任何地点都更容易滋生爱情。周浅易如鱼得水。

可后来谈过几次恋爱，身边并没有稳定的对象。或者说，没有那样一个人，来收服周浅易的野心。对于一向贪玩的周浅易来说，定性是很难的，爱情是那么莫名其妙的东西，每个人随时随地都有可能爱上任何人。更何况，本身他的性格、做事，就有些吊儿郎当，除了柏灵，从小就泡在女生堆里，一向只有别人追求他的份儿，真真彻底被人惯坏了。

谈了几次，周浅易慢慢没了兴趣。他逐渐发现，女生虽然各有各的可爱之处，但有一点是共通的：那就是对爱情有着无限不切实际的向往，尤其是那些喜欢看爱情电影、偶像剧的女生，爱情观被这些爱情故事给彻底颠覆了，疯狂追求甚至是要求自己的男朋友陪同自己一起演绎，誓将浪漫进行到底。

没有耐性的周浅易，慢慢地对花枝招展的姑娘们，对需要他全身心投入的爱情，觉得有些累，甚至变得寡淡。直到有一天，他醒悟到除了爱情之外，还可以有更高的人生追求：学校有着数不清的社团，天天变着花样搞活动，没有了高中时班主任如审犯人般的学习环境，逃课是家常便饭，还有网游……从大二下半年，一直到毕业，周浅易居然一直单身。

聂双慢慢想通。

其实是周浅易懒散惯了，悠闲的大学生活早将他磨成了精，有一阵聂双在QQ上遇到他，满腹牢骚，居然宣称“不劳而获，是我的终极目标”。聂双当时很鄙夷地回道“滚，你丫就堕落去吧”。可是晚上下了线，又偷笑，这有什么好鄙夷的，给你一个不劳而获的机会，你肯定想都不带想地屁颠屁颠地“自甘堕落”去了。

——不劳而获，说穿了，是全人类的梦想。

只是没有人可以像周浅易说得这么底气十足、光明磊落、坦坦荡荡。

周浅易当然也有过不如在南京轰轰烈烈奋斗一场的豪情，但名牌大学毕业已经不是当年的金字招牌，早些年还曾经是各大公司疯抢的对象，出路好得叫其他学校的学生自卑。鉴于各种原因以及大学的扩招政策，名牌大学毕业生的好处，在此时今日，仅仅限于得到更多的面试机会，保证面试人的底气十足十地硬，但那也只是昙花一现，没有任何工作经验，全部从零做起，试用期800元~1600元的月薪，在见到面试官后让所有人垂头丧气、沮丧无语。

所以周浅易的豪情，同样只是昙花一现，就消失得无影无踪了。

他选择屈从于现实的悠闲。

更何况，父母帮他找的那份工作，的确，是一份肥差。每天上午工作三个小时、下午两个小时即可，薪水却是聂双隔三差五通宵加班所得薪水的两倍。哪儿说理去？

同父母抱怨重男轻女，一句“谁叫你不是名牌大学毕业的帅男？”顶回来，让聂双哑口无言。

这里有两个前提，一是名牌大学毕业，二是帅男。没考上名牌大学，聂双认了。可是，帅男……着实让她沉默了。

某些公司歧视女性她是了解的，无数个人头攒动的招聘会上，招工的性别条件上，显赫地注明“男性”，让众多女生望而止步。当时的聂双并没有多想，毕竟还是有很多公司对性别没有要求。因为年轻，有着足够的自信和干劲，可以承载她如同熊熊火焰般的豪情，可眼下，它被来燕城后不断得瑟的周浅易给彻底浇灭了。

人各有命，有些东西，终究是羡慕不来的。

聂双其实从来没有想过自己会同蒋小光在一起。

大学录取通知书寄到家里时，得知聂双和蒋小光考入同一座城市，两个人的父母每每看到他俩走在一起或者说话，看向两人的目光变得微妙，连空气里都是暧昧的味道。

即便那时，聂双也没想过自己和蒋小光会有什么故事发生。若可以，在高中就可以，何必要等到大学？

她不知道，人生中绝大多数的事情是不在自己的掌控之内的。

在燕城四年的大学生活，除了蒋小光，聂双谈过一次恋爱。那时为了彻底忘掉季橙，聂双从自己众多的追求者中选择了一个安静的男生交往，只不过，只一个月的时间就无疾而终。其实人家对她还不错，只是她一直意兴阑珊，跟人不咸不淡，牵过几次手，像是木头人，说话也不冷不热，有着太多的敷衍。起初对方并不介意，坚持了一阵，可任是傻瓜也看得出她的心不在焉，倒也不气不恼，很快平静分手。

同那安静男生分手大概半个月，聂双和平时一样去校外的水果店买水果，刚出学校大门，就看到三天没同自己联系的蒋小光倚在学校的大门边上，可怜巴巴地看着她。

聂双大手一挥，"想吃什么，晚上我请客。"

"烧烤。"蒋小光没有客气，默默跟在聂双身后走。

——把我们身边所认识的人，放大几千倍几万倍，我们从未曾见过一个幸运儿中得五百万。

可是，你依然会抱着万一、万一、万一那个中得五百万的幸运儿会是自己的念头持续把彩票买下去。

所以，固然没有哪项法律条文规定了你喜欢的人，人家就有责任有义务地一定、肯定、必须地同样喜欢你——可我们还是痴痴地抱着我们或许有可能没准说不定能够中得五百万彩票的执著，持续地爱着你。

期待着有一天，他（她）能回心转意。

来到燕城后，最初的一个多月里，蒋小光近水楼台，两所大学不过二十分钟的车程，是以方便了他隔三差五地跑来和聂双见面。但那时，两人的爱情并没有一丝进展。大学的生活毕竟是多彩多样的，大家有各自的消遣，也许，蒋小光只是不习惯在他乡的生活，过一阵，等他适应之后就会好的——当然，这只是聂双的理解。

聂双并不清楚，蒋小光为了清楚聂双的动向，用了一个月的生活费收买聂双的室友扣扣吃饭，开始那爽朗女生还以为他对自己有意，弄清原因之后好一阵尴尬，好在对方倒也直率，看蒋小光一副楚楚可人之相，哀叹一声也就答应了。

所以聂双同那男生谈恋爱时，几乎是同一时间，情报就传到了蒋小光那里。那时的痴情小男生还在犹豫要怎么样才能彻底打开聂双的心扉，听到这消息，无异于晴天霹雳，当下躲在被窝里就痛哭一场。

之前他觉得聂双拒绝自己，不过是因为季橙的存在。可经历了这件事情，他隐约觉得，就算没有季橙，聂双也不会选择自己。

想清楚这一点，又是一阵哀号。

室友们一向拿这个长相清秀的邻家男孩当弟弟，得知原委后好一阵相劝，寝室老大甚至拍着胸脯说："天涯何处无芳草，哥哥校园里可劲儿给你找。"

奈何蒋小光从被窝里探出头，两脚踢着被子，露出被泪水抹花的脸，抓过老三递过来的面巾纸，带着哭腔含糊不清地说："我就喜欢她就喜欢她就喜欢她……"

"……好吧。"

寝室里的兄弟们叹了口气，彼此交换着眼神，开始挨个向蒋小光同学传授自己的"追女生秘籍"：

"贾平凹说男生追求女孩的秘诀，是：胆大、心细、脸皮厚。小光，你一定要死缠到底，好女怕缠，脸皮厚点，肯定搞得定。"老三从洗手间里出来，手里还拿着一双满是肥皂泡沫的袜子。

“女生同情心都比较重，且最容易母爱泛滥，你在她面前，一定要表现出一副可怜巴巴样。”老四刚踢完足球，边大口吞着雪糕边说。

正在打网游的老六撇撇嘴：“要我说，你们这些都不行。最简单的也最容易成功的方式，就是直接把她抱住，打啵啊……”

老大照着老六的头弹了个清脆的脑瓜儿崩：“啵儿你个头，你以为谁都跟你一派流氓行径啊。要我说，女生最喜欢浪漫，你就鲜花攻势，然后动辄给她个惊喜什么的，相信我，女生最喜欢吃这套的。”

……

没有人说得清室友们的这些所谓“追女生秘籍”蒋小光记住了又能吸收多少，大家只知道蒋小光每天早出晚归的有二十多天，或许是他有些迟钝，吸收这些东西要一个月之久依然迟迟不敢展开行动？没有人知道。但迟钝也有迟钝的好处，一个月后聂双刚刚好恢复单身。而602室的男生们用眼睛能够看到的是，两个月以后，聂双和蒋小光真的走在了一起。

其中的缘由，怕是连蒋小光都说不清楚。

早上六点多，蒋小光往聂双寝室打电话：“聂双在吗？哦，还在睡？麻烦你帮我转告她，早上不用买早点了，我七点在你们寝室楼下等她。”

看门的阿姨见到聂双：“哎，你男朋友去买水果了，给你买的玫瑰寄存在我这里了，赶紧拿上去吧。”末了用意味深长的眼光打量着她，“还挺般配。”

上课的时候，有人敲门，讲师走出去，随即又走进来，那位涵养很好的讲师笑笑，说：“有个男生托我把这张纸条带给聂双。”抬起头，“请问哪位是聂双同学？”

聂双只好站起来，讲师笑眯眯说：“都是年轻人，谁还没谈过恋爱啊，是吧，没什么害羞的，既然这样，我就直接念吧——聂双，下节课逃课吗？要是逃，我就陪你；要是不逃，那我回去上课。中午吃饭我再过来。”

聂双：……

诸如此类的事情太多，压死骆驼的最后一根稻草，是在聂双去洗澡的时候，听得洗澡间管收费的大妈喊：“聂双是谁啊？你男朋友说上次去你寝室看到沐浴露没了，他给你带了一瓶，怕你没得洗，叫我给你送进来……”

聂双：……

洗完澡后的聂双对蒋小光发了好大一通火，那时的蒋小光并不清楚女生发火的时候要怎么处理，怯怯地跑回自己学校，三天都没敢出现在聂双面前。

聂双决定同蒋小光好好谈谈。

进了“串吧”的雅间，聂双不动声色地点了几样烧烤，抬起眉毛，看到坐在自己对面的蒋小光泪光闪闪，一副委屈样，可怜巴巴盯着自己，当下就没了脾气。

她犹豫着，在心里酝酿着要用怎样的方式才能让蒋小光明白两人在一起的可能性几乎为零，未料到刚开口，就被他打断。

“聂双，我先说，我求你，一定要让我先说。”

虽然有些吃惊，聂双还是点头，“行，你先说吧。”

蒋小光抬起头，目光坚定，“串吧”雅间搭起的木架子爬满了绿色藤蔓，无端地给他增添了别样的神采，一时间，聂双居然有些失神。

“聂双，你知道吗？其实在我眼里，你算不上美女，至少不是第一眼美女。顶多算干净、清爽的女生。可是这么多年，我喜欢你仰头眯着眼笑，或者默默地一个人背着书包在校园里走。我记得，很多时候，你都是一个人。我知道，其实一个人独来独往，是很需要勇气和力量的。它让人想到被孤立。但你给人的感觉不是这样的。在我眼里，你在何处，何处的人抑或风景，全部成为衬托你存在的背景，你一旦离开，所有所有的一切——便再没有存在的意义。”

他的手紧紧抓着盛了大麦茶的咖啡色陶瓷杯，指间微微发白，“或许你一直不知道，以前在G中，每每到了周四，轮到你播音的日子，我都会在家匆匆扒几口饭，就跑到学校装喇叭的大树下，盯住你所在班级通向播音室的必经之路，期待你的身影。你知道我和三哥……不，浅易哥是从小玩到大的，出入你家的时间，比在自己家里还要多。”

在学校的时候，他叫周浅易为三哥，自从到了燕城，似乎刻意地，开始叫周浅易为“浅易哥”。是因为想要刻意避免提到季橙吗?

“十几年来，和浅易哥在小区方圆几百里摸爬滚打，好事坏事，浅易哥全都带上我，也就是在那时，我开始格外留意你。”

沉默。

聂双以为他已经说完，正欲开口，听到他继续说道：“最初我并不懂得我那怯怯的见不得天日的小情感就是爱情。等到终于懂得，宛如受了重创的前锋眼睁睁看着对手的足球进了自家大门，眼睁睁看着季橙一脚将他的炽热之心射进你的心门。我试过的，我曾经想尽百般计策想要追求你，在浅易哥的帮忙下，可是在见到你和季橙牵手的那一刻，彻彻底底没有了底气。其实我并不觉得是季橙有多么好，让我忽而产生自卑感觉从而默默退出。不是的，不是这样的。”他的声音有些哽咽，“是我看到你望向季橙的眼神时，彻底死了心。”

是的，校园恋情虽然隐秘，可是情人们互望的神情，最是无法遮掩。聂双想起自己望向季橙时那充满爱意的、炙热的、温情的目光，不由得心头一震。

“我无数次想要对季橙讲，季橙，虽然我们是结拜兄弟，但你并不会知道，我不是败给了你，而是败给了聂双望向你的眼神。你同季橙分手后，我以为你不肯接受我，是因为始终无法忘记他。可是，聂双，在得知你在大学里谈恋爱的时候，我一直想问，深深爱着你的愚蠢的我，一直想问，为什么你可以同别人谈恋爱，却始终不肯接受我呢?”

蒋小光看着聂双，一字一顿地说：“聂双，我的室友告诉我说，追求女生要胆大、心细、脸皮厚，我想我真的已经尽力了。你能理解吗? 我一直非常炽热地喜欢着你，比你认为的，还要喜欢很多倍。”

有别样的情绪在鼻子里碰撞，酸胀得像要爆开。

这些话，聂双不是不感动的，她想起很多年前，蒋小光跟在周浅易的屁股后面，流着脏兮兮的鼻涕哭诉被谁谁欺负了，像个索要糖果的邻家弟弟一样执拗地看着自己，嘴里动情地叫着“聂双聂双”……仿佛只是一个回首，当年那个在大家眼里长不大的孩童已经坐在自己面前，勇敢而执著地表达着自己热情的爱。

时光逼着你成长，由不得你说不。

“小光，其实我……”

坐在她面前的蒋小光突然慌了神，眼泪决堤般顺着眼尾流出来，仿佛是压抑太久，积蓄太多，眼睛承担不了那么重那么多的泪水，是以为找到了突破口，便想要在瞬间如同摆脱累赘般全部摆脱它们。

“聂双，我求你，”她看到蒋小光绝望的眼神，“聂双，你是要拒绝我吗？”六神无主的他抓过聂双的手，“这样好不好？你尝试下，给我一个机会，或许我比季橙还适合你呢。聂双，我会对你好。你试试和我交往下，如果你觉得还不错，我们就继续下去；如果你觉得不行，我们就分手，求你了，给我一个试用期的机会好吗？”

“小光……”

“聂双，我求你，别说话，求你……”

眼前的男生，有着那么多的泪水，聂双压抑住自己想要给他擦泪的冲动，她不知道以后还会不会有其他的男生，为自己这样伤心或是流泪。她咬紧嘴唇，并不敢轻举妄动，只好安慰地拍拍他的手。

蒋小光像是被这安慰性的动作吓到，抓聂双的手越发紧了些，“这样好不好，聂双，如果季橙回来，不论他什么时候回来，只要他回来，我就退出，我保证我走得干干净净彻彻底底，绝不犹豫绝不拖泥带水，成全你们，行吗？”

雅间的门被服务员推开，端上了几大盘烤好的烤串。那年轻女生默默打量了下蒋小光，或许见惯了太多类似的场景，她猜测眼前的两个男女生是要分手的情侣，变心的女生心意已定，痴情的男生苦苦挽留，因此看向蒋小光的表情里，有着几分不屑。

或许是过于紧张出了太多的汗，蒋小光前额的头发湿嗒嗒地贴在额头上，抓着聂双的手几乎是在发抖，聂双瞥过他扳着桌子底座的另外一只手，紧紧用着力，似乎全身的着力点全部在那里。

他的神情黯然、沮丧又绝望，琥珀色的眸子却是亮的，聂双想起几年前的那个夜晚，她同样那么卑微地站在季橙面前，她记得自己那时对季橙说的话：“季橙，我看过美国拍的一部电影，叫《逃离克隆岛》。它里面有一句经典台词：当你喜欢一样东西，闭上眼睛祈祷——不理你的那个人，就是上帝。”

不理你的那个人，就是上帝。

原来，你先爱上谁，谁便是你的上帝。

自己卑微的样子，即便现在想起来也同样刻骨铭心，正如此刻蒋小光同样卑微地面对自己，她不由得抓紧了蒋小光的手，在他的表情由诧异、恍然大悟又带些惊喜的转变瞬间，她听到自己对蒋小光说：“蒋小光同学，别哭了。还有，以后我洗澡的时候，不许去澡堂找收费处的大妈胡闹。”

大学四年的生活，聂双和蒋小光的爱情，发展得还算顺利，几乎没有过一次争吵，蒋小光对待她，像是失而复得的珍宝，百依百顺，让她的室友们觉得是一个传奇。

除了每年季橙寄给聂双的明信片到的那一天——两人在一起后，蒋小光逃了大半的课，几乎和聂双形影不离，偶尔还会跟着聂双一起上系里的大课，班级的信由收发室送到班级信箱，再由班长分发给个人。

那留着平头的小个子班长每每看到聂双，便扯着嗓子喊，“聂双！澳大利亚寄来的明信片哎！”

纵是蒋小光再痴呆一点，也心知肚明是季橙，想问又不敢问，索性装作大方，假作不知。

聂双在他面前倒也不掩饰，拿过来夹在书里，他不问，她也不答。

整整四年，四张明信片。

像是四把利刃，插在蒋小光的心上，仿若只是一个疏忽，便会齐齐拔出来，血崩致死，斩断自己和聂双的所有。

如此忐忑不安一阵后，见聂双并无任何变化。他想，还好自己是在聂双身边的。

还好，聂双现在和自己是在一起的。

这样安慰着自己，很快大学毕业。

聂双留在了燕城。蒋小光义无反顾地、没有任何悬念地作了同样的选择。

如果不是偶然间接到蒋小光的电话，聂双并没有觉得蒋小光为自己作出多么大的牺牲。一次在餐厅吃饭，蒋小光去洗手间，放在桌上的手机响个不停，聂双看是深圳的区号，担心有急事，便拿起来替他接听。殊不知电话是深圳的一家门户网站的人事经理打来的，询问蒋小光为什么会放弃去他们公司工作的机会。

“其实我们是很少在燕城招聘的，恰好去那里出差，就参加了校园招聘会。面试后对他的印象很好，但是没有想到的是，入职通知书发给他，居然得到的是拒绝。我实在是百思不得其解，所以……”

那是一家全国闻名的门户网站。聂双是在那一刻才知道蒋小光为自己拒绝了那么好的工作机会。可是他从来都不说。

原来，有些人，是只善于做，并不善于说的。他对自己的爱，真的是比自己想象的，还要多很多。

* * *

白木珊大学毕业后，进了北京某著名的报社做文娱记者，每日里早出晚归，为了同竞争对手抢得第一手新闻，无数个夜晚跟着摄影记者蹲守在明星艺人们的住宅外，眯眼小睡一会儿都不敢，需时刻屏住呼吸，生怕一个疏忽，就此错过。

如此折腾了将近十个月，身体吃不消不说，倒把自己搞得成为了恶趣味专家，张口闭口某某歌星深夜同谁私会，某某女演员素颜外出像大妈……直到有一天某艺人的新闻发布会，东挤西挤终于蹿至前场的她没来得及擦脸上的汗，自报家门正欲提问时，艺人突然流露出极为厌恶的神情，虽然只是瞬间，还是深深地刺激了她。

回去后跟主管领导谈话，好说歹说，找朋友疏通了关系，咬咬牙动用了自己半年多的工资，送了份重礼，终于在一个月后调入了文化部。自此专跑文化口，虽然写新闻稿辛苦些，尤其是文化强度和深度的挖掘上要求甚高，一篇稿件出来不知道浪费掉多少个脑细胞，但毕竟是白木珊喜欢的，且不用坐班，更不用熬夜，每周定期去报社转几圈，参加文化口的各类新闻发布会，隔三差五还有红包拿，总算是安定下来。

几年里，白木珊倒是一直单身的。

既然单身，想必也没什么牵绊，聂双曾经多次邀请白木珊来燕城，有这么多朋友，大家可以互相照应。北京压力那么大，房价高，生活、工作节奏快，哪里适合生存？尤其是空气远不如燕城好，绝大多数上班族买不起房，有着各种各样的职业病，甚至很多人在环境极为恶劣的平房租住，十分没有安全感。报纸上不是经常报道吗？有很多年轻人，选择了家乡所在地的省会城市或者二级城市打拼。

最关键的是，离她父母也很近啊……好话说了一箩筐，她不拒绝，可也不回应。

聂双曾经担心她，是不是因为周浅易也在的缘故，让彼此尴尬？事后又怪自己多心，这么多年过去了，白木珊在北京待了那么久，就算一直单身，但没准并没有同自己说真话，说不定男朋友早就谈了无数个，只是一直没有稳定的罢了，哪里还会一直记得她青春懵懂时期的暗恋对象周浅易？

说了几次，聂双也就作罢。

那个周末，聂双莫名其妙地被同事丁丁拉着去“花烛夜”，到了才知道，是交友性质的酒吧。不但遇上高中同学黎伟祺，聊起以往的校园生活，居然，会撞见季橙。

“……聂双，聂双，你都忘记了吗？”

那晚的季橙，在自己的耳边喃喃低语，用愤怒夹杂几许哀怨的目光看着自己，昔日的热恋情景翻江倒海迎面咆哮而来，倒像当年是聂双抛弃他，主动同他分的手。

聂双重重地叹了口气。

那天，季橙送聂双到楼下，并没有过多的表示，只是将聂双的号码存在手机里，等到聂双按了单元楼的门禁密码，“叮”的一声，楼门打开，突然听到身后的季橙喊了一声：“聂双。”

她的身子一僵，回过头，低声回了句“嗯”。

“……我，我已经决定留在燕城。”他向前走了几步，看到聂双紧张和略带提防的神情，又尴尬站住，“晚安。”

几乎是条件反射般麻木回应：“哦，晚安。”

急匆匆地上了楼，开门，把自己摔在卧室的单人床上，头深深地埋在被子里，心脏依然在急剧地跳动，从见到他那一刻开始，直至此刻此时。是的，古龙说过的，爱情就像高手过招，谁先动心，谁就满盘皆输。

是她一直输到现在，纵然他当初那么决绝没有原因没有理由地同自己分手，她知道，在见到他的刹那，任凭季节变化、时光荏苒，她始终是爱他的。

真没骨气。

可是，那的确是自己五年来，夜思梦想的季橙吗？

摸着自己如此真实的心跳，聂双，你还是曾经那个视爱情高于一切，为了所爱的人彻底放下自尊的聂双吗？

季橙呢，一别这么多年，纵然我未变，在经历了和我完全迥异的异国他乡的独立生活，你还是当初的你吗？

若我们，真的远离了那些肯全心全意、心无旁骛地为一个人付出的年纪，远离了那些为了一场爱情瞬间“我的眼里只有你没有他”、奋不顾身、前仆后继的时光，纵使现在再度重逢，还能找回曾经如水晶般透明、纯粹的爱情吗？

聂双，你难道忘记了，还有蒋小光的存在吗？

是的，蒋小光。

这个晚上，是注定无法入眠了。

早上闹钟响的时候，在床上翻来覆去折腾自己的聂双刚刚睡着，想也没想伸出一只手就按了闹铃，十分钟后第二个闹铃响的时候，采取了同样的措施。

三个小时后……

聂双从床上弹起来，非常悲哀地发现，已经上午十点半了。

连拖鞋都顾不得穿，赤着脚跑到客厅，从包里翻出手机，发现没电，又跑回卧室翻出充电器，按了开机键。跳出三条短信，也顾不上看，搜出主管领导的手机号，反正迟到一小时扣五十块钱，不如谎称生病，请一天假。

聂双尽量把说话的速度放慢，声音控制得柔弱无力至极，一副晚上上了十几次厕所、腹泻至虚脱的样子，轻松取得领导的信任，表示殷切关怀之后，又叮嘱她及时去医院。

然后才想起看短信。

第一条是丁丁发的，时间大概是在她和季橙离开后的半小时，对于自己的好同事，这个品位独特的“85后”，闻到八卦的气息，就像两周没有饭吃的猫闻到鱼腥味。

这条饥肠辘辘的闻到鱼腥味的猫，通过短信迫不及待地表达了两层意思：“第一，今天酒吧见到的黎伟祺，原来在你高中时，就一直暗恋你。不过你已经有了男朋友，最好现在就扼杀在摇篮里。姑奶奶我看上他了。第二，带你走的帅哥，包括以前发生的事情，到从现在开始发生的事情，明天速速招来，不得有一句欺瞒。”

聂双无奈地笑笑，想不出回什么，按了“……”发过去。

第二条是蒋小光发来的：“聂双，今天加班，早饭自己解决吧。”

她回了个“好”。

第三条是季橙的，只有三个字：“睡了吗？”

她把手机攥在手里，漫不经心地把玩着，犹豫着要怎样回复。这工夫，丁丁显然对聂双回复的几个点非常不满意，已经按捺不住，直接把电话打了过来。

“我的亲姐，你今天都没来上班？啊，天啊，难道是昨天，你们……”声音突然压低，“稍等，楼道里有人出来，我去外面说。”

周围嘈杂的声音安静下来，手机那端丁丁的声音已经不能用兴奋来形容：“真不愧是新时代女性，难道你们昨天就直接春风一度啦？哎，蒋小光肯定会伤心的，他对你那么好……”

“喂，你想多了。昨天季橙只是送我回家，我不过是晚上没睡好，睡过头罢了。”聂双有些哭笑不得。

“这样啊……”丁丁有些失望，“哎，你老了你老了，新时代的女性，怎么可以这么迟钝，看你见到他，一副小龙女跳崖多年后与杨过再度重逢的样子，就差泪眼婆娑扑上去拥抱了，居然只是简单地送你回家？”叹了一口气，“你迟钝也就罢了，怎么他也那么迟钝啊？”

“……”

“你更喜欢谁一点？是旧情人季橙，还是蒋小光？我个人觉得呢，好像还是季橙更帅一些，就是太酷了，哎，可能不太好打交道。可是这样说，似乎对蒋小光不太公平。不过呢，你也不要急，对于旧情人，不要一腔热血毫无保留地就陷进去，青少年时期的恋爱，多半是凭借外表以及对爱情的一腔热血，谁真正了解过谁？过了这么多年，大家早就不是当年的那根葱了。或许变得势利、肤浅、虚荣……哪天把你卖了都不知道，一定要严加审核。”

丁丁一副爱情专家的架势：“对于蒋小光嘛，你也不要觉得这辈子就是他了，否则男人，会骄傲的。你要给季橙表现的机会，全方面、多方位考验……总之一句话，你要广泛撒网，重点选拔！”

“呃，丁丁，你知道，”聂双停顿了下，“我牙还没刷呢……”

“你又不用牙谈恋爱，”丁丁不理她，“不管不管，你明天来公司，要好好交代，以后有任何进展，都要详细一一向我汇报。还有，怎么着也要请我吃一顿大餐吧，要是没我昨天死拉硬拖你去酒吧，你能有这么好的桃花运？”

已经是虚弱的声音：“好……”

丁丁在电话里继续唠唠叨叨，足足有十分钟。聂双硬着头皮不断“嗯嗯”，她才意犹未尽地挂断电话。

放下手机，聂双在客厅里呆坐了一会儿，推开窗，竟然是难得的好天气。

蓝得纯粹的天空，只有靠近东北角的位置突兀地有一大片云朵，层层叠叠地蔓延着，像是花期到了的花，肆虐地炸开，有种让人想要摘下来的冲动。

真请了假，闲下来，反倒不知要做些什么。

干脆打开电视，卡酷动画卫视正雷打不动地播《喜羊羊与灰太狼》，于是懒懒倒在沙发上看。

最开始看这部号称“老少皆宜”的国产动画片，并不是真觉得它有多么好，而是相比较其他电视台没完没了的广告，以及恶俗的电视剧和娱乐节目，它更纯粹些。尤其是，广告非常之少，聂双懒得来回换频道，静下来看了一阵，居然慢慢迷上了。

电视中的红太狼甩出去几个平底锅，纷纷打在不断求饶的灰太狼的头上、身上，红太狼毫不留情，嘴里愤愤骂着：“还不快去抓羊！”

灰太狼鼻涕眼泪齐流，无比可怜又无比愤怒地说：“我讨厌卖平底锅的！”

聂双大笑。

手机又响。

是周浅易。

“干吗？”聂双发觉自己对自己的哥哥，说话越来越没好气了。

“一大早的，干吗啊？谁又招你了。”

“没事。快点说，我忙着呢。”

“你今天中午有时间吗？出来吃个饭。”

“吃饭？”聂双将电视的声音调低，“好端端没事，吃什么饭。”

“苗言东从济南来燕城出差，想聚聚。”

“我跟他又不熟，就不去了。你们吃吧，玩得开心点。”

“切，你以为我那么想要你去啊，还不是苗言东千叮万嘱要我叫你过来。”周浅易被惹恼了，同样的没好气。

“他，请我？没搞错吧。”聂双把脚伸在茶几上，“你确认你没听错吗？”

“得了得了，别废话了，你到底来不来吧？”

“行，”打定主意，反正在家里没什么事，她倒要看看他葫芦里卖的什么药，“去就去，有什么大不了的。”

“行。中午十二点，在火锅城，别忘了。”

聂双痛快答应：“知道了。”

“哦，对了，我得跟你说一声……”周浅易有些犹豫，拿不定主意到底是说，还是保持沉默。

“嗯？你说。”

“季橙……回来了，你……知道吧？”

昨晚两人相聚时的场景在脑海里突然闪现，聂双的脸火辣辣地烧起来，明知周浅易看不到，还是心虚地捂了捂脸：“呃，是……是吗？”

“不知道他晚上来不来，要是来了，你表现得好些，千万别丢人。季橙在的话，叫小光来，就不太方便了，所以我的意思……”

“就按你说的办好了。”

“好，就这样，一会儿见面聊。”

挂了电话，聂双看下时间，十一点。急匆匆地去洗手间洗漱，拿出面膜开始敷脸，再把衣柜的衣服一股脑扔出来，一件件在身上反复比试，“衣到用时方恨少”，谁说女人的衣柜里永远少一件衣服？

少的何止一件。

比来比去，没有一件让人满意。

看着镜子中被面膜覆盖住的脸，聂双有些恍惚，时光仿佛倒退十几年，她仍站在那年他们曾经深深相爱的时间荒野里，为了见深爱的少年，为了穿什么衣服而焦躁不安、急得团团转。

当日清爽的短发已经留长，清汤挂面式的长发，斜斜刘海遮住半边眉。眼睛因为多年戴隐形眼镜的缘故，得了慢性结膜炎，再塞不进任何隐形眼镜，只得戴上黑色的镜框镶银边眼镜。翻出抽屉里的隐形眼镜，想起若干年前季橙夸自己的眼睛大，强忍着疼，不甘心地把隐形眼镜塞进去，待了几秒，涩涩的疼迟迟不见消失，只得作罢。

什么让人彻底、瞬间丧失自信？

——当你不能确定，你深爱的人，是否同你一样满腔热血地一门心思地奋不顾身地爱着你。

保湿水、保湿乳液、隔离霜、淡粉……脸上涂抹了好几层，再刷上加黑拉长卷翘睫毛膏，散上淡淡咖啡色眼影。在鼻翼两侧、沿着脸颊扫上阴影粉，整个脸部的轮廓突然立体、鲜明起来。最后，涂上流光闪耀的唇彩。

聂双满意地看着自己，犹豫再三，挑了那件飘逸、大裙摆的波希米亚长裙穿上，白底、青色碎花点缀其间，淡咖啡色的裙底，雪纺料子显得整件裙子飘逸又不失优雅。

……会不会有点过于隆重？

太随意了，担心体现不了自己的好。

过于隆重，又疑心会假借衣服遮掩自己的露怯。

看着散乱地摊在床上的衣服，聂双翻了半天，找出一件黑色的西服领小披肩，嗯，效果好像好多了，左看右看，抬头再看表，还有一刻钟十二点，这才急匆匆地提上挎包冲出了家门。

路上堵车，司机在聂双的催促下带着她横穿了几个小胡同，停在火锅城的时候已经十二点二十。聂双大步走进去，闪身进了火锅城的洗手间，对着镜子照了半天，重新刷上唇彩，这才故作轻松地进了订好的包间。

包间里只有周浅易和苗言东，两人点了密密麻麻一桌子菜，火锅腾腾地冒着热气，映得两人满面红光。

他俩正兴高采烈地聊着什么，见到聂双进来，苗言东一愣，掐了手中的烟，“聂双，女大十八变啊，你可越来越漂亮了。”

周浅易还是一如当年，瞧不出自己妹妹一点儿好，不以为然地撇撇嘴，“哪儿好看啊，你呀，准是见到的女人少了，现在随便逮一个就夸人漂亮。”

“去你的！”没见到季橙，聂双有些失望，不过，不来也好，适才绷紧的神经此时有些放松，不免心中嘲笑自己，是不是过于如临大敌了？

苗言东温和地笑：“聂双，喜欢吃什么，你现在点。今天我做东，千万别客气。”

这几年过去，苗言东倒是变得平易近人了。

“随便，我啊，有肉就行。”

周浅易不满：“什么你做东，骂我呢吧，跑到我们的地盘上，说你做东。少废话，别逼我跟你急。”

“成成成，你做东就你做东，你小子准是发财了，瞧这财大气粗的劲儿！”

聂双研究着手里的菜谱。

“聂双。”苗言东看了看周浅易，神情有些尴尬。

“嗯，你说。”

“那个……我就直来直去吧。那个，你现在同白木珊……还有联系吗？”

“白木珊……”聂双心里一惊，千想万想，没想到他是为白木珊而来。

想起白木珊之前寄给自己的杂志，想起周浅易、苗言东对白木珊所做的种种，对他俩的不满袭上心头，当下冷冷回道：“你问她做什么？”

男生追求女生，是勇敢，是MAN的代名词，会得到广大群众的各种支持，或鼓励或怂恿，或出各种各样的馊主意，以帮其达到目标。

女生追求男生，是无耻、不要脸、道德败坏的代名词，是见不得光的东西，会得到莫名其妙的各路人马的鄙夷、轻视和侮辱，不达到众人泄愤的目的，决不罢休。

周浅易在桌底下轻轻踢了聂双一脚，暗示她收敛些，她毫不客气地踢回去，别的事情还好说，这件事，免谈。

“呵，那本杂志，浅易后来寄给了我。只是当时，我没法相信，你知道，”他叹口气，“男人遭遇爱情这场劫的时候，哪里还有脑子。我知道你跟白木珊的交情，也知道你一直都怪我。我没别的意思，只是后来发生了一些事情，让我突然醒悟。你知道，”苗言东的脸色有些黯然，“我和吴棋，分手了。”

“哦。”聂双想，难怪，原来是吃到苦头了。

“五年了吧？白木珊还好吗？当时对她做了那么过分的事情，一直不安。”

这是那个经常僵着一张黑脸的苗言东吗？

“我只是，一来，为自己做的事情，想亲自跟她说句对不起。若没这个机会，你能帮我转达吗？二来，希望能解开这个结，不要给她后来的生活带来任何阴影。”他诚恳地看着聂双，脸有微微的红，“你肯帮我这个忙吗？”

周浅易的表情讪讪的，并没有接话。

苗言东扫了他一眼，“还有你哥，浅易当时对我过分信任，彻底站在我这一边，做了那么蠢的事情，我倒还罢了，浅易是她的暗恋对象啊，心上人给自己带来的打击，会有多大的杀伤力，若不是最近发生的事情，我远远无法理解……哎，算了，不提也罢。”

“有联系倒是有联系。我拿不准她的态度怎么样，我试试吧。”解开这道心结，或许也是好的，不论对谁，想到这里，聂双的态度有些好转，“以前，我真的挺讨厌你的，觉得你孤僻、自傲，整天摆着一张臭脸，对谁都带搭不理的，牛哄哄的要干吗？尤其是后来知道你对白木珊做的事情后，更是讨厌你。”

见他不安地搓着手，聂双又把话题转回来，“今天我挺高兴你能这么说，就当大家当年不懂事，忘了好了。”她拍下周浅易的肩：“你呢，怎么想的？那份杂志给你寄出去，问你好几次到底怎么想的，总是岔开话题。”

“呃……”周浅易支支吾吾，“不是寄给了言东嘛。”

“我没问这个，就问你怎么想？”

“……能怎么想，确实挺对不起她的。要是有机会……”

“怎样？”

“……也诚挚地跟她道歉，请她原谅，这总行了吧？”

“这就完了？”聂双失望的神情溢于言表，“如果没有那些误会，你会不会对她动心，哪怕，只是那么一点儿？”

苗言东嘲笑道：“说不好，那时候他的眼里只有柏灵，恨不得为对方上刀山下油锅。男人啊，总要吃亏了，受伤了，才会成长。”

“我只是在想，”周浅易的手指敲着桌上的啤酒瓶，“其实，女朋友谈得多了，会慢慢变得，不知道哪种感情才是我真正想要的爱情。”

苗言东高举双手，“饶了我吧，怎么觉得，哲学的意味这么重呢……我今天来可不是跟你探讨哲学问题的。”

聂双咕咕笑：“没事，他是该好好反思反思了，不然错过生命中最好的姑娘都不知道。”

周浅易的眼睛盯着眼前不断翻滚的火锅，缓缓说道：“过了这么久，想想，还是年少时的爱情，最真挚。”

气氛有些感伤，一时无人说话。

聂双低头，把白木珊的手机号码分别发给苗言东和周浅易，“这顿饭吃的，怎么这么让人难以下咽呢。得了，我把白木珊的手机号码发给你们了，你们看着处理吧。”

苗言东掏出手机，正要查看，手机亮了，激昂的来电铃声响起来。

“嗯，季橙，怎么样，到家了吗？”

聂双全身的神经，在听到季橙两个字时，瞬间绷紧。

“哦，行，你先忙你的，咱们改天再聚。对了，替我问候阿姨。嗯？”他低低地看了聂双一眼，“嗯，她也来了，你要和她说话吗？……哦，好的，行，下次聊。”

挂断电话，见聂双一副明明想问却又故意做出一副无所谓的神情，苗言东暗笑，主动说道：“季橙本来要过来的，但今天是他爸爸的祭日，所以带上他妈妈回兰城了。哦，他说让我问候你。”

聂双的脸白了又红，想起苗言东的前半句话，愣住，“他爸爸的祭日？什么时候的事情？”

“你一点儿都不知道？”

“我们……很少联系的。”

“我听说，你现在和小光在一起了？”苗言东想了想，说，“小光是个好孩子。只是，聂双，你并不知道季橙当初……”

“嗯？季橙怎么了？”

苗言东等这个机会，等了太久，话匣子一打开，再也收不住。

季橙被爸爸季国成不惜以开除聂双威胁后，不得已转去了A中。但在G中两年的高中生活，基本已经奠定了季橙的学习水平。更让人郁闷的是，虽然转学过去，正值高三刚开学，但一向以高升学率闻名的A中，早在高二的下学期，就将高三全年的课程都讲完了。季橙过去的时候，人家已经开始进入自由复习阶段。

季国成深知自己的儿子考上重点大学无望，本来想再动用自己的力量，找找关系，但面对半年后就要退休的季国成，原来一个个打了包票、笑得谄媚无比的众人，态度变得含糊起来。隔着很远的距离，见到季国成，开始躲着走；打手机不接，打座机不小心接到个个都说自己有紧急会议要马上开……

季国成长吁短叹后，听了一个朋友的建议，送季橙去了澳大利亚留学。夫妻俩把季橙送到澳大利亚安顿好，在当地玩了一周，或许是劳累过度，或许是那段时间过于郁郁寡欢，季国成在一个晚上熟睡后，突发脑溢血，第二天季橙的母亲发现时，身体早就僵了。

季橙和母亲在澳大利亚将父亲的遗体火化后，又连夜坐飞机回兰城，将父亲安葬。后来，索性将家中的房产变卖，带上母亲一起去了澳大利亚。季国成并不是贪官，家里虽然有些积蓄，但并不多，季橙开始勤工俭学，去中餐馆打工、教当地人汉语、在超市帮人卖零散货……他的英语不好，工资很低，隔三差五被老板骂，好在能当天结算，就这样熬了下来。

这也是季橙这么多年，一直没有回国的原因。

拿到毕业证书后，原本季橙还在犹豫，要不要就在当地定居，是季橙母亲语言不通，一直无法适应，念念不忘回国，刚好季橙赶上了股市的好时机，狠心咬牙把家中所有积蓄投进去，竟然狠狠大赚了一笔。

有了这笔钱打基础，季橙也就没有任何顾虑地带着母亲回了国。

……

“今天不过两个多小时的讲述，却把季橙几年的生活都囊括了。聂双，我嘴笨，讲不出更多。可是我想，你应该知道他吃了多少苦。那时季橙和谁都没联系，包括浅易。QQ上很少见到他，是我跟他急了，打了十几次电话，总算逮到他，这才知道他的情况。”苗言东掏出烟盒，摸了一根烟出来，刚点着，想起来什么，“你不介意吧，聂双。”

聂双摇头。

“当时他和你分手的原因，连浅易都不知道。季橙叮嘱我，一定要烂在心里，对谁都不能说。那时候我一直不明白，有什么不能说的呢？让聂双明白，为什么不可以呢？说出来，或许有解决的办法。”

苗言东吞了一口啤酒，“聂双，这么多年了，你不知道他有多爱你。我一直记得季橙的原话，他说如果告诉你，不外乎两种选择，一是你不同意分手，和他一起为了这份前途未卜的爱情，牺牲掉彼此的学业和前途，彼此都撞得头破血流。与其这样，不如让你恨他。他说他是男生，可以不介意这些，但是，一想到你作为女生，所要负载的来自学校、家长、亲朋好友等各方面的压力……就想也不敢想了。”

“如果你作出另外一个选择，默认分手，他会欣慰，这的确是最明智的选择。可是同时，也会失落……我记得那么清楚，季橙说，或许，他更害怕的是，你并没有他想象中的那么爱他。”

……

苗言东看着眼睛通红却强忍眼泪的聂双，问：“聂双，聂双，你在听吗？”

* * *

周浅易不论看书，还是看碟，总是迫不及待地想要知道结局。

如果是看书，他的阅读习惯，一般是先看前面十几页，把握全书的脉络，领会作者想要表达的主题和用意后，慢慢进入情节，然后迅速翻到最后几页，查看结局。

最后，再从头翻看，一页页读下来的同时，不断推理，猜测着到底是什么样的原因，让主人公采取了何种方式，其间经历了怎样一番或惊天地泣鬼神或荡气回肠或出乎意料或动人心魄或叹为观止的周折，最后得来那样的一种结局。

看碟也是。

周浅易那时的舍友因此对他极为不满。不是每个人都有着这样的欣赏癖好——书，或者是碟，不论什么样的故事，一旦知道结局，哪里还有什么看头。

前期所有被调动和蛊惑的好奇心刚刚积攒起来，还没有变温热，便在他的操作下，一盆水浇过来，兴趣索然。

其实周浅易的人缘极好，为人热情、坦诚，又极重兄弟义气，包括小学，中学、高中、大学……在内的同学中，不论男生或者女生，在多年后的同学聚会中提起他，依然念念不忘他的好。

唯独这一点，叫人无法接受。尤其是，发展到后来，有舍友得到什么好书或者影碟，大家商量好了，趁他不在，聚在一起偷偷看，看完了才告知他，且振振有词：人生最可怕的事情，就是早早知道结局。

他们不知道从哪里翻出来一本书，翻到某一页让周浅易看。那篇名为“一个包厢服务员的报复”的文章，作者是谁早就忘记了，但故事的内容他记忆犹新：

> 刚刚抵达某座城市的“我”听说当晚将有一场引起全城轰动的侦探剧《公园街谋杀案》上演，堪称空前绝后、惊险绝伦、悬念重重，城市的男女老少纷纷出动，想要一睹为快。但可惜的是，临至终场时，还没有人能弄明白究竟谁是谋杀者。“当幕布徐徐落下的一刹那，也就是在您刚刚从那仿佛身临其境、叫人提心吊胆连大气都不敢出的紧张气氛中稍稍有所恢复的时刻，您才会恍然大悟，茅塞顿开。这无疑将是个您意料不到的答案。”
>
> 深深喜爱侦探剧的“我”从黑市上拿到了一笔比票面价高出二十倍的钱，得到了包厢席中的一个席位，准备“一开始就凝神屏气，神智保持十二万分的清醒，不放过每一句可疑、值得推敲的台词，从一开始就弄个水落石出，弄清楚究竟谁是凶手”。
>
> 而与此非常不和谐的是，包厢的服务员几次三番向“我”推荐包括节目单、水酒、巧克力、香槟、面包……不胜其烦的“我”忍无可忍，冲着服务员大发雷霆：“不，不要，我什么都不要！见鬼，快滚远点！”
>
> 意识到在“我”这里赚不到一分钱的包厢服务员，给了“我”最直接也是最致命的报复：“他深深地向我鞠了一躬，然后伸手指着舞台上，凑近我的耳朵，压低了嗓音，深恶痛绝地说：瞧，那个园丁，他就是凶手！”

等到周浅易看完，舍友们大笑。

“现在你知道你有多可恶了吧？”

“众兄弟今儿实实在在地告诉你，你就是这可恶的包厢服务员！”

“不，你比他可恶多了，我们又没大骂你！”

“总该知道我们有多恨你了吧。”

看着舍友们盯着自己，或埋怨或大笑或愤恨的样子，周浅易困惑地问了一句：“这算什么报复？”

……

众兄弟彼此对望了几秒，接着全都默默了。

同不懂何为侦探剧、何为悬念的人讲这样一个故事，的确，是他们的错误啊……

从此以后，众兄弟再不在他面前对此事进行抱怨，惹不起，咱躲得起。

事实上，连周浅易本人，也不知道自己为什么会有这样的癖好，或许自己是急性子，做什么事总是急于知道结局？或许，是因为有着“能够提早知道结局”的条件，只需要随手一翻，点一点，就知道了，为什么不呢？

别人无法理解为什么自己要这样做，之于周浅易，他同样很难理解别人为什么不这样做。

他是在很久很久之后，才想通的。

弗洛伊德说，梦是愿望的达成——那么，对于周浅易来说，提前翻看结局，是每个急于求到结果的人的愿望的达成。

生活中，除了书或者影碟，还有什么能够让我们跨越所有，直接过渡到最想得到结果的那一站？

你爱上一个人，想要付出所有，不惜牺牲一切，做出一系列感天动地的事情感动他，你不会想要回报？你不会介意他最终是否接受你的爱，同你甜蜜牵手？

不想是假的。

你大学毕业，历经千辛万苦得到一份从最底层做起的工作，你摩拳擦掌整天熬夜加班奋发图强，你没想过到底自己的能力会不会被领导赏识，给你更大空间继而升职加薪？

不想是假的。

你看中几只专家极力推荐的潜力股，不惜投入自己的全部血本，每日每夜盯着电脑看曲线图，眼睛都是绿的，你没想过到底能涨到多少，自己可以赚到多少银子？

不想是假的。

很想很想很想很想。

可是你，无法跨越那一段历程和时光，只能慢慢地痴痴地傻傻地等。

周浅易从来没有想过，有一天，会有一个那样的女生，使他，慢慢地，痴痴地，傻傻地，等。

那晚同苗言东聚会归来，周浅易躺在床上，一直睡不着。

脑海里反复想着的，一直是苗言东的话。

“当时对她做了那么过分的事情，一直不安。”

“浅易是她的暗恋对象啊，心上人给自己带来的打击，会有多大的杀伤力……”

“不要给她后来的生活带来任何阴影……”

自然而然地，想起白木珊写给自己的信。

每周两封的频率，等到后来，已经积攒了足足有两大纸箱的来信，被他像个宝贝似的堆在床底下，加了封条，看书复习时，没有动力时，心烦时，烦躁时，焦虑时……不时翻出来看，它们有着不容忽视的力量，起着强心剂的作用，又像是挂在前方的胡萝卜，它们是周浅易生命中不可或缺的存在。

得知白木珊便是信中署名“左左”的女生，给周浅易带来的冲击着实不小。

开始是愤怒，他一直以为左左是自己的初中同学，对左左的真实身份做过上千次上万次的猜想，甚至拿着班级的合影照一张张排查。走在校园里，看到以前初中的女同学时，会暗地里打量、琢磨……

万万没想到，居然是她。

那时的他，整日里听着苗言东讲述白木珊的种种劣迹，校园并不大，到哪里，都能遇到她。正值兄弟义气排第一位的年纪，从未想过对苗言东的话进行分析，选择了全盘相信，由此对这个看上去文静、清秀的女生产生了极大的厌恶感。

去班级的路上，相遇时不过两三米的样子，身边的苗言东甚至用手指着她大骂：“骚货，没人追她，就知道挑拨离间。”

周浅易淡淡的目光瞄过去，看到逆着光的白木珊身体一僵，像是被巨石击中般身体摇晃着，但她只是默默地站立了一会儿，接着便迈着从容的步伐，离开了，像是刚才苗言东用那么狠毒的语言咒骂的，并不是她，而是不认识的路人。

下了课间操，远远地看着白木珊走过来，苗言东对着周围的哥们儿，手指指向她，“看到没？就是那个骚娘儿们，也不知道安的什么心，动不动就挑拨我和吴棋的关系……”

“哟，她还有这本事呢。”

“看不出来。”

……

最初还有些怜悯这个女生，但在苗言东日复一日辱骂她的过程中，周浅易渐渐麻木，是从什么时候起，慢慢变得像苗言东一样厌恶她？

厌恶她倔犟地抿着嘴，厌恶她在得到那么大的侮辱后毅然做出的“事不关己”的表情，厌恶她看到他和苗言东时摆出的一副黑面孔。

似乎身为女生，她的确有点恬不知耻，周浅易想。

所以生日那天，当白木珊怯怯地站在自己教室的外面，手里拎着礼品袋，结结巴巴地解释说自己便是左左时，惊诧、愤怒、被欺骗、失望……那么多的因素在他混乱的大脑里来回搅拌着，几乎是下意识地，给予了她冷冰冰的回复：

“你经常，像现在这样，送礼物给陌生的男生吗？”

“我曾经听苗言东说起过你。我想你搞错了，我已经有女朋友了。”

他至今还记得自己看向白木珊时恶毒的目光和厌恶、鄙夷的神情。

真的是条件反射吗？

事后也是无意中，漫不经心地同苗言东说起，一直给自己写信的左左，便是白木珊。

苗言东的反应远远超出他的预料。

“哈，我可真是低估了她，她还有这种不为人知的勾引男人的本事啊。”

“……呃。”有想过说些解释或者维护的话，可是那些话噎在嗓子里，顿了顿，说不清什么原因，终于没能说出口。

后来事态的扩大，远远超出周浅易的控制，苗言东辱骂白木珊的话，自此又有了新的材料，攻击方向开始转变为“身为女人不检点，居然屡屡勾引周浅易”之类。

男生追求女生，是勇敢，是MAN的代名词，会得到广大群众的各种支持，或鼓励或怂恿，或出各种各样的馊主意，以帮其达到目标。

女生追求男生，是无耻、不要脸、道德败坏的代名词，是见不得光的东西，会得到莫名其妙的各路人马的鄙夷、轻视和侮辱，不达到众人泄愤的目的，决不罢休。

最后一次见到白木珊，是高考前一天。周浅易吊儿郎当地骑着单车陪蒋小光去认考场，在车棚里停好车，转过身，刚好看到白木珊一个人推着自行车找车棚里的空地。她的背影越发清瘦，好在，她并没有见到他，只是安静地停车、锁好，背上书包，眼睛盯着手里的一张纸，四下打量。

周浅易心虚地看着白木珊，说不清楚，内心居然涌上一股酸涩的味道。坦白说这个女生，并未做过任何一件伤害自己的事情，不不不，怎么能这么说，是她，曾经给予过自己那么大的抚慰、鼓励和信心，让一度厌学的他，又回到起跑线。

终于觉得，或许自己对她未免有点不公平。

这样想着，目光越发锁紧白木珊的背影。

或许是察觉到什么，白木珊的动作陡然停止，警觉地转身，周浅易急忙闪进墙后，他看到白木珊微微惊诧，迷惑地看了看四周，又走开。

此后的此后，便再也没有见面了。

收到聂双快递来的那本杂志，给周浅易的内心带来巨大的震荡。

有很长一段时间，他想要联系白木珊，想站在她面前，诚恳地说上一句“对不起”，或者，“谢谢你”。

……终究是觉得虚弱、无力。

如果一个人的自尊，被自己深深喜欢的人严重伤害，要过多久，才能够彻底复原？

若真的站在她面前道歉，该如何展现自己的诚意，确保不会重新带给她更大的伤害？

若是她已经复原，你偏偏自讨没趣地跑过去，重新揭开人家的伤口，是不是更加过分？

这样踌躇着，摇摆着，暗自懊悔着，却没有一星半点的行动。后来，大学生活带来的新鲜感以及丰富多彩的生活，让周浅易把这个念头抛却脑后。

但，对于白木珊的愧疚之情，或许，或许还有打死周浅易都不会承认的，对这个一直为自己默默付出的女生的朦胧爱意，并没有随着时间的流逝而逐渐消散，它们像是埋藏在他内心深处的雷，只待有朝一日被人触动，瞬间爆发。

苗言东恰恰是触动它的人。

封锁在心口最深处的歉意，终于找到了突破口，山洪暴发般涌出来，那一晚，周浅易的脑子里，全部都是白木珊。

她一个人孤独地在校园里走。

迎上他们的目光，听到苗言东大声辱骂时，低低垂下眼睛，脸部坚硬的线条绷紧。

听到周围甚至不相干的人对她指指点点，说着刻薄的话，瘦小的肩膀有着说不出的坚定力量。

有风吹过时，静静地整理被风吹乱的头发，步履坚定、目光坦然地走过偷偷打量她的人群。

……

竟然全部都是她。

*　　　　*　　　　*

接到周浅易的电话时，蒋小光还在公司加班。

燕城是有一些不错的公司的，但正所谓“外来的和尚好念经”，越是本地公司越看不起本地大学毕业的学生，招聘的时候，本地大学毕业生连面试的资格都没有。

蒋小光找工作就折腾了两个多月，高不成低不就的，眼见周围的朋友兄弟陆续开始朝九晚五的生活，沉不住气的他只得匆匆选择了一家小公司，算上经理，不过十五个人。工资少到不好意思对外人讲不说，每到五点快下班时，那“地方支援中央”的秃头经理，便会皮笑肉不笑地召集大家开会，一开开到八九点，着实叫人憋屈。

可是又能怎么样？

人总是要学会妥协的。况且，他曾在心底暗暗发誓，要给聂双幸福安定的生活。

既然当初选择为了聂双而留在这座城市，那也就没什么好抱怨。

每当觉得自己快要熬不下去时，蒋小光便这样安慰自己。

可是支撑所有这一切的信念，在接到周浅易的电话时，几乎彻底坍塌。

“小光啊，你做好心理准备，有件事我想告诉你。你先别急，其实没啥大不了的，那个，那个……季橙来燕城了。”

敲键盘的手陡然停住，蒋小光离开办公桌，走到楼道僻静处：“浅易哥，别开玩笑了。刚和聂双在一起时，你就老拿这个吓唬我。再说了，我这几天虽然因为加班，没去找聂双，但电话也通了无数个啊。没听她说起啊。”

“……或许她还没想好吧。这次，是真的。听说季橙还在燕城开了个酒吧，前几天聂双跟同事去那里玩时遇见了。”

居然，怕什么来什么。

一桶凉水从头浇到脚，血液瞬间冲上头顶。蒋小光只觉窒息讲不出话，从口袋里掏出一支香烟，颤抖着点了几次几次终是没打着火。这么多年过去，他依然没有吸烟的习惯，放在口袋里，也多半是为了应酬。

“他们已经见过面了？没听聂双说过……我，我这就回去找她。”回到办公桌前匆匆关了电脑，看到黑面经理不满地瞪着自己，他连解释的心情都没有。

五年了。

季橙之于自己，始终是一个插在心脏深处却始终也拔不出的利刃，关于聂双可以彻底放下季橙，和自己谈一场全身心投入的恋爱——这样的梦，偶尔他也会做一做的。

但，原来，有些美好的梦，到醒的时候是必须要醒的，由不得你说不。

“这样好不好，聂双，如果季橙回来，不论他什么时候回来，只要他回来，我就退出，我保证我走得干干净净彻彻底底，绝不犹豫绝不拖泥带水，成全你们，行吗？”

若说他的心里没有存着“或许季橙永远不会来”的侥幸心理，绝对是骗人的。

那插在心脏上的利刃，终究到了要拔出来的时候了？

到了聂双家的楼下，适才恨不得飞过来的蒋小光却犹豫了，若是季橙在，要说些什么？若是季橙不在，聂双和自己彻底摊牌，他又该如何？

这样徘徊着，犹豫着，竟未察觉已经过去了一个小时。

“聂双吗？”或者打个电话更好些，至少，至少可以让那绝望来得缓慢些，蒋小光听到自己颤抖的声音，“你吃饭了吗？你想不想吃羊肉串？”眼睛瞥过附近的烧烤店，没来由地问了这么一句。

聂双的声音略带沙哑，像是几天几夜没睡觉，疲惫之极。

“你还好吗？”

“……呃，抱歉，稍等下。”蒋小光听到她压低的声音，“护士小姐，点滴快打完了，麻烦您过来拔下针。”

“你在医院？出了什么事？”

过了大概三十秒，蒋小光才听到聂双的回答，好像走到了楼道里，依稀可以听到有人走动的声音，以及有人说话的空旷的回声。

“不是我，是……我哥。”

“浅易哥？不会吧，他刚和我通电话啊。”

“嗯。他出了点……出了点车祸，在市二院。”隔着玻璃窗，聂双看到护士拔掉周浅易的针头，熟睡中的周浅易没有一丝察觉，甚至很舒服地吧唧了下嘴。

聂双叹气，完全不顾亲人的担忧，他自己未免有点太舒适了。

“我马上过来。”

“好。”

挂了电话，聂双走进病房，拿起床头柜的CT鉴定报告，“脚底骨粉碎性骨折”几个字赫然引入眼帘，压得她心口一惊，想起适才双亲大人在病房里哭哭啼啼的样子，不禁眉头紧锁。

医院打电话说周浅易出了车祸的时候，她正在公司忍受着“八卦之神”丁丁的百般垂询。挂了电话，打了一辆出租车就往医院开。医院里太吵，对方并没有跟她说清楚，伤势情况如何，只说他手机中的紧急联系人是她，尽快到医院交费，没等到她再询问，就把电话挂了。

又不敢给父母打电话，他们年纪大了，万一周浅易有什么事情，再把他们惊出什么毛病来。一路上急得直跺脚，终于到了医院，告知手术已经做完，没有生命危险，病人正在休息，还没来得及去看望，就被人抓着交费，等交完费从二楼上到六楼病房，这才见到周浅易。

那时的周浅易已经睡着。肋骨断了两根，绑了肋骨固定带。脸上有几处擦伤，做了紧急处理，脑袋上缠着纱布，腿上绑了石膏，看得聂双触目惊心。

主治医生的话再次回响在聂双的脑海：

“肋骨不碍事的，年轻人，好好休息，按时吃药，过一阵就能好。关键是他的右脚，脚底被重物压过，是粉碎性骨折。虽然做了手术，但我们也不敢保证能恢复原状。有可能会落下残疾……当然，也不是就彻底没治，年轻力壮，做做物理治疗，也许能长好。”

到这地步，已经没理由不打电话给爸妈。

爸妈得了消息急匆匆往医院赶，在楼道里就听到聂双母亲的痛哭声，周浅易被哭声惊醒，不满意地皱皱眉，睁开眼，刚好看到哭得鼻涕、眼泪齐流的母亲大人。

“哎呀，妈，你这是干吗，我又不是死……”话还没说完，吓得母亲一把捂住他的嘴，“你个小王八羔子胡说什么？”

周浅易嘿嘿傻笑：“没事没事，你们别这样，就是出了个小车祸，肇事司机醉酒驾车，负全责。不过是伤了骨头，过一阵就好了。”

父亲只是叹气，他刚刚看过那份鉴定报告，怕现在说出来，吓到自己老婆，眼下见周浅易没有大碍，说：“我去找主治大夫聊两句。”随即推开门出去。

母亲坐在床边，跟摸小狗似的，把周浅易全身摸了个遍，一边摸一边问，这里疼吗，那里疼吗？

周浅易疼得直咧嘴，强忍住，倒抽一口凉气，“不疼不疼。”

“妈，我在这里陪哥哥，你回去给他熬点汤什么的，给他补补营养。伤筋动骨一百天嘛，人家医生都仔细检查过了，您就别担心了。”

这话提醒了母亲，她慌张地站起来，“你瞧我这记性，就是就是，我回去熬排骨汤，聂双，好好陪你哥，想吃什么，你去给他买。我煲完汤就马上过来。”

母亲出了门，楼道里传来父亲和母亲说话的声音，没一会儿，父亲推开门，叮嘱聂双：“聂双，你先照顾你哥，我跟你妈回去给你哥准备点吃的。”

“好。”

周浅易感激地看了妹妹一眼。

聂双坐下来，麻利地削着苹果皮，切开小瓣，递到周浅易的嘴边，问道：“怎么会想起突然去北京？”

周浅易嚼苹果的嘴巴骤然一顿：“什么？”

“还想瞒我？你是在从北京到燕城的高速公路上发生的车祸，说吧，好端端的，去北京干吗？”

“哦，去看望个朋友。”漫不经心的语气。

“别告诉我，你这朋友姓白，叫白木珊。”

“……”谎言被人拆穿，周浅易懒得再去解释，索性闭紧嘴巴。

聂双扬起手中的手机，“医院的人给我的。无意中看到居然有白木珊的短信，你们什么时候联系上的？”

周浅易干脆闭上眼睛，一副要睡着的样子。

“问你话呢。”一巴掌打在周浅易的腿上，周浅易“嗷”的一声，吓得聂双用手来回摸，嘴里叫着“伤到哪儿了”。

“我出车祸没事，倒是差点叫你给拍死了。”周浅易咧着嘴。

聂双缩回手，嘿嘿直笑，“你是我哥，命大得很，才不会有事。”

空气突然像是停滞流动了一般，安静的病房里，只有消毒水的味道。

聂双想，或许他并不想提这件事，索性由着他吧，不信他以后也不说。

像是思索了很久，周浅易说：“聂双，我，前几天……去看白木珊了。”

“啊？你，去看白木珊？”她跳起来，“什么时候去的，你们见着面了？”

“你要是再大呼小叫，我保证一句话都不讲。”

“……你说你说，我保证老老实实听你讲。”

*　　　*　　　*

三天前。

周浅易在网上闲逛，阴差阳错，进了在聂双所在班级的校友录，刚好看到有人在议论白木珊的近况。

因为苗言东的缘故，白木珊的人缘在班级中一向不好。毕业后，即便以优异的成绩考入北京的一所大学，在同班同学中的口碑，也未见好转。周浅易冒着虚汗，几页看下来，多半持续了高中时期一边倒的风格，真真没有一句好话：

——谁知道白木珊那个贱人最近怎么样？

——她？你脑子进屎了，居然有工夫关心她。

——嘿嘿，没准是你看上她了，求求你，眼界能高点吗？实在不行哥哥给你介绍个。

——六班的王林不是也在北京吗，说有次在地铁里见到白木珊，打扮得跟个老姑婆似的，一身黑不说，还带个硕大无比的黑色镜框眼睛，看一眼都叫人后悔自己出生，瘆死个人。

——何止啊，我男朋友的妹妹大学同她在一个学院，听说她拒绝任何男生的追求，也从不和任何男生讲话，每天独来独往的，像个修女。

——这样说是不是有点不公平，人家白木珊没怎么着我们，现在想想，我觉得大家太刻薄了。

——你不刻薄，你不刻薄有本事你娶她啊……

——……

唾沫星子淹死人，不是没有道理的。

这一切，怕是至少有一半，是自己的功劳吧。

思来想去，鬼使神差般，居然有一股去北京找白木珊的冲动。这冲动，在反复想起白木珊的那些信、反复想起白木珊在校园中的身影、反复翻看着校友录中一边倒的恶毒留言，达到了顶峰，于是周五那天，周浅易头脑一热，开着车就奔了去北京的高速公路。

白木珊的手机号自从聂双给了自己，他早早就存在手机里，一路狂奔，几次拿出手机想要拨过去，又犹豫。不知道白木珊听到是自己，会如何应对。而自己，又要以怎样的声音和语气，将几乎要从身体里冲出来的愧意压抑住，暂且用正常的语调回应她？更重要的是，周浅易一直觉得，道歉的话，站在这个人的面前讲，最有诚意。

好在是知道白木珊的工作单位的。一个电话打过去，周浅易谎称是白木珊的好友，有急事联系她，但手机关机，询问对方可知道白木珊的住处。报社恰好有人值班，几个电话转过去，兜兜转转，被白木珊的一个同事百般刁难，周浅易熟练报出白木珊的手机号，凭借高中通信时对白木珊的了解，讲了几点白木珊的喜好，好话说了一箩筐，终于取得对方信任，拿到白木珊的住宅地址。

三个半小时后，周浅易站在白木珊所在小区的楼下，电梯上了五楼。他深吸一口气，按了门铃。

一个留着BOB头的女生开了门，见到周浅易，脸微微有些发红，“你是？”

“请问白木珊……在吗？”

女生的脸上的表情突然变得极为古怪，她敞开门，把手中的抹布扔在客厅的茶几上：“她有事出去了。”用手一指，“那是她的房间。我现在正在搬家，客厅有些乱，你要么在客厅里等，要么去她房间。”

“哦。”周浅易想了想，进了客厅。

房间很是狼藉，堆了好几个编织袋，鼓鼓的装满了东西。靠近茶几的一角，摞叠了几个大纸箱，打着封条，标注着“杂物、书、电视”之类的字眼。沙发斜在一旁，上面堆满了饰物、面膜罐、洗衣粉……

地上更是杂乱，纸张散了一地，橡木色的木制地板上，划出几道黑印，通向女生所在房间的路上，摊开着坏了伞柄的伞，破了口子的锅，浑身脏兮兮的玩偶……

周浅易站也不是，坐也不是。

女生好奇地打量了他一眼，“你是白木珊的朋友？”

“呃，算是吧……”

“她居然还有朋友？”见周浅易诧异的表情，她有些犹豫，说：“我没有恶意，你别多心。白木珊和我合租了一年多，我们说过的话，有限，不超过三句。平时她也多半一个人闷在房间里，就算是在客厅看电视，也好像我不存在似的，一句多余的话都没有。”

“哦……”

“平时基本上没什么人找她。如果找，一定是手机关机，报社通知她去加班的。所以，今天你的出现，太让我意外了……”

女生不顾周浅易的反应，自顾自说着，这时，门铃突然响了。女生一路小跑着去开门，周浅易的身形一顿，莫非是白木珊回来了？

——并不是。

眼见着女生身后尾随了几个搬家工人进来，周浅易有些失望，意识到自己绷紧的神经，又自嘲着，松了一口气。

女生开始指手画脚地指挥搬家工人搬东西，折腾了半个多小时后，客厅和她卧室的东西慢慢空了。

女生抽出空来，对周浅易说：“我实在受不了这诡异气氛了，已经找好地方，这就搬走。帅哥，你自己一个人等吧，她应该很快就回来了。”

女生说完带上了门。

周浅易环顾左右，正犹豫着要不要打扫下，门又被打开，女生露出好看的笑容：“对了，帅哥，如果你真的是她的朋友，好好劝劝她，干吗呀，一副全世界都伤害了她的样子。她是个好人，只是，没必要这么防备人家呀。祝你好运！”

房间终于安静下来。

虽然觉得不是很礼貌，周浅易还是忍不住打量了下白木珊的房间。

二十平方米的卧室，挂着黑色厚重的窗帘，像是常年见不到阳光，房间里的湿气极重，进去后便觉得全身都湿乎乎的，全身都泛着潮。

房间的布置很简单，一张单人床，铺着洁白的没有任何图案的床单，一条格子被子。床的旁边有个写字台，一把椅子。写字台上竖着一个小小的书架，码放了一些书，多半是新闻学理论的书，周浅易拿起来翻看下，又放回原处。

写字台上有一个黑色的笔记本电脑。插着电源。化妆品若干，镜子一个。

除此之外，再无他物。

周浅易小心地退出白木珊的房间，看着杂乱的客厅，从厨房里翻出一把扫帚，仔细地打扫着。先是将之前女生丢弃的杂物统一放到垃圾袋里，准备下楼时拿去丢掉。再将客厅中的家具，如沙发、茶几之类复位，然后到卫生间涮好拖布，一遍遍地拖起来。

眼见着房间一点点变得干净、整洁，周浅易累出一身汗，伸手在脸上抹了一把，突然听到钥匙开动的声音。

白木珊穿着一套黑色礼服裙，踩着高跟鞋迈进了客厅，见到周浅易的刹那，她的脸上一惊，随即退出去，像是查看了下门牌号，一会儿，又推门走进来。

周浅易看到白木珊黑着一副面孔，不动声色地盯着自己，淡淡问道："你怎么在这儿？"

Chapter·11

我曾经，曾经那么卑微地几乎像是膜拜神一样地爱着你，可是，我所付出的一切，只是卑微，却并不卑鄙。

“……听说她拒绝任何男生的追求，也从不和任何男生讲话，每天独来独往的，像个修女。”

想到校友录上的留言，周浅易见到白木珊的刹那慌了神儿，抿抿嘴唇，木讷地不知道如何开口，打好上千遍的几乎可以背诵下来的草稿在见到白木珊后，忘得干净又彻底。

“我……那个，呃，我是说，左左，可以先洗把脸吗？”周浅易语无伦次地解释，“看在我在这里劳动了半天的情分上，就算是你要赶我出去，好歹让我洗把脸。”

——这一声“左左”叫得白木珊有片刻的失神，纵然现在的她戴着厚实无情的面具，也不由得身子一僵。

中学曾经憧憬过无数次周浅易喊她名字的场景，从未曾想到，这声本该掀起她心湖涟漪的称呼，竟然迟到了这么多年。

她指指洗手间的方向，没有说话，在沙发上坐下来。

等到周浅易洗过脸来，她依然保持着之前正襟危坐的姿势。

她压抑太久，终于缓缓说道：“我不知道你从哪里知道我的住址，来找我想做什么？周浅易，过了这么久，你对我的羞辱还不够吗？你对我的伤害，比你想象中的还要深。深到……完全不需要你，大老远地从燕城过来，再重新对我的尊严进行践踏。你，或者你朋友想要达到的目的，已经远远达到了，甚至，会持续更久。”

她转过身去，背对周浅易，“从上大学开始，到现在，已经有五年的时间吧？我常常做噩梦，梦里会有你，会有苗言东，会有很多的陌生人，你们把我团团围住，用难堪得我都无法启口的语言，孤立我，辱骂我……醒来的时候，就算是夏天，也时常惊出一身冷汗。这些年，我把自己彻底封闭起来，也不过是这个原因。纵然现在已经离开了校园，成为上班族，那些噩梦，依然不肯放弃我。我像是过街老鼠一样，过着一个人独来独往的生活。除非万不得已，从不同任何男生打交道，更谈不上说话或者聊天。所有这一切，都是拜你们所赐。我应该感谢你，感谢你们，让我丧失了爱的能力，丧失了跟任何异性沟通的勇气。我也无法相信任何人，会对我产生爱意。”

“左左，其实我……”

她没有理会周浅易，继续说：“可我经常不甘心地想，我到底做错了什么呢？会让你们如此对我？好吧，就算是我交友不慎，说了不该说的话，影响了苗言东和吴棋的爱情进展。可是，周浅易，聪明的你，请你告诉我，我有做过哪怕一分伤害你的事情吗？我想了很久，很久……我承认，我曾经，曾经那么卑微地几乎像是膜拜神一样地爱着你，可是，我所付出的一切，只是卑微，却并不卑鄙。”

周浅易默默站在客厅沙发扶手的一角，心中深受震荡，他怯懦开口：“左左，我想说，其实我今天来，是想要郑重地向你道歉。”

白木珊迅速地瞥了他一眼，满脸惊讶。

他鼓起勇气，继续说道：“我不敢祈求得到你的原谅，我只是希望你不要再封闭自己。你是那么好的一个女孩，不要再因为当年我们犯下的无知错误而伤害自己。我知道，可能我说这些，迟到太久。可是，我想要你在以后的能够过得很好。那时，我不懂事，所做的事情，很大程度上影响了你的生活，甚至更多。是我太无知年少，拿着兄弟义气当饭吃，动不动就热血沸腾，跟炮仗似的，别人一点就着。我并不懂得……并不懂得那时你对我的情意，当我懂得的时候，已经太晚。”

白木珊背对着他的身体此刻慢慢转过来，默默直视他的眼睛，似乎想要对他说的这些话一探真假。

“我知道这么说不合适，但，你可能不会想到，在看到聂双寄来的那篇文章后，我内心的愧疚，不会比你现在所受到的重创要轻。大学毕业后，工作了，我常常会想，最没有心机最随心所欲最坦诚相处的时光，恰恰是那时的学生生涯。每个人，年少的时候都会说错话、办错事，或许也都伤害过他人，但不是每个人都能有道歉的机会。若是今天我的到来，和我说的这些话，能够解开你的心结，那比什么都值。”

房间是长时间的静默。

周浅易紧张得大气也不敢出，他不知道他说的这些话，白木珊能听进去多少，又能相信多少。

偏偏在此时——咕噜。

没吃午饭晚饭的周浅易非常尴尬地听到自己的肚子不争气地抗议着。他用手遮住嘴巴，咳嗽了两下以作掩饰。

咕噜。咕噜。

真够丢人的。又是两声。

白木珊忍不住笑，释然道：“你先坐一会儿，我看下厨房有什么吃的。”

“呃……”

她撇下他，走进厨房，在厨房里叮叮当当忙碌一番后，桌上摆了一大盘酱油鸡蛋炒饭。鲜菇炒肉和蒜蓉苦瓜的香味在客厅里飘荡，他不由得咽了下口水。再抬头，白木珊像变魔术似的端着一锅玉米排骨汤出来。

见他惊愕的表情，白木珊歉意地解释：“排骨汤是我昨天晚上吃剩下的，但是还没有坏，你不会介意吧？”

他摇摇头，坐到餐桌旁。

喷香的酱油鸡蛋炒饭扔到喉咙里，恨不得把舌头也吞下，排骨的劲道刚刚好，他从来没有吃过炖得如此熟烂又不油腻的排骨。鲜菇和肉的味道混在一起，苦瓜带些甜，又有微微的苦，他顾不上斯文，大口地吃起来。

周浅易风卷残云般吃光桌上的饭菜，末了抹抹嘴巴，心满意足地拍拍肚皮，嘴里还意犹未尽地叫着"好吃好吃"。像是知道她已经肯原谅自己，周浅易的表情坦然极了，甚至毫不客气地斜倚在椅子上，同她开起玩笑："有没有考虑当个厨师？"

她摇摇头："餐费两百元，另外，时间已经太晚了，你可以住在我隔壁，反正小琦搬走了，空着也是空着。"

原来那个女生叫小琦。

她从房间拿出一套被褥，对着发呆的周浅易问："住宿收你多少呢？"像是有些为难，"嗯，就按个标间算吧，算上餐费，加一起，五百块，没问题吧？"

周浅易牢牢盯住她的眼睛，深褐色的眸子清凉如水，表情平静自然，没有半点做作之感："左左，谢谢你……"

白木珊听出他的肺腑之言，所谓的谢谢，当然不止是这顿饭，而是这么多年的心结终于放下，能够坦然面对对方时的轻松。

……

病床上的周浅易讲完，聂双问："后来呢？"

"后来，就是她陪我去转了北京的几个旅游景点，吃了北京的小吃。"

"我不是问这个啦……"

"哦……你不都知道了吗，领导打来电话，要我务必参加第二天的会议，我急匆匆往燕城赶，路上收到她的短信，正看着，就出车祸了……"

聂双急得直跺脚，"你怎么就不明白我啥意思呢，我是说，你们俩，就没擦出点啥小火苗来？"

"坏了坏了……"周浅易大叫，聂双不知道他是不是故意岔开话题，"我还没给她回短信呢，千万别让她多心，赶紧把手机拿过来。"

聂双啧啧笑着，把周浅易的手机递过去，他快速地动了几下，随即把手机放到床边的桌子上。

“浅易哥，浅易哥！”

门被粗鲁地撞开，蒋小光一身汗，拎着沉甸甸的两大包东西，东撞西撞地走进病房：“伤哪儿了，给我看看！刚才给我打电话干嘛不告诉我。”

“小事一桩，有什么可说的。你怎么知道的？”周浅易淡淡问道。

“聂双告诉我的。”他摸着周浅易腿上的石膏，在包里摸了半天，掏出一支碳素笔，刷刷两笔，签上自己的大名，接着倒退两步，满意地点头，“话说我的签名，是越来越漂亮了！”

……兄妹俩非常默契地对视了一眼，对眼前的这个活宝着实不知道要说什么。

“你想吃什么，我来得急，就在超市里一胡噜，不过，应该够你吃，燕窝成吗？”

“现在不饿，哎，多大事儿啊，还这么晚的，还让你跑到医院来。”

蒋小光拉过聂双的手，见她没有挣脱，当下心中有所安定，“咱兄弟俩，说这些干吗？”

“多大的事？”季橙突然出现在门口，

或许只有蒋小光注意到，聂双便是在这时讪讪地抽出自己的手，怕蒋小光多心，又尴尬地捋了捋头发。

季橙淡淡瞥过聂双，完全忽视蒋小光的存在，“都粉碎性骨折了，还嘴硬，你要不好好保养加锻炼，都能进残联了。”他的身后跟着一个年长的医生，见大家看他，微笑着转过头对周浅易说，“这是我爸爸的好友，白院长。白院长，这是我的发小，您千万得多照顾照顾。”

被称作白院长的男人笑呵呵地看着一屋子的年轻人，和蔼地说道：“季橙，放心吧，我看过了，问题不太大，年轻人，火力壮，后期再好好理疗，什么都好长。残联他是肯定进不了的。”

“太感谢叔叔了。”

送走了白院长，季橙回到病房，拉了一把椅子，在周浅易的右侧坐下来，刚好跟聂双隔着一张床面对面而坐。

周浅易有心调节房间内的气氛，“看来我人缘真是好啊，真到了紧要关头，还是有兄弟惦着的。不过，季橙，你怎么知道我出车祸？”

季橙从聂双身上收回自己的视线，说：“正好去交警大队找个哥们儿办点儿事，听他们聊起，开始还以为同名同姓，一查，没想到真是你，就赶紧过来了。”

“哦……”周浅易若有所思地看着聂双，再看看季橙，又看看蒋小光，纠结着再说些什么会比较好。

终于，聂双坐不住了，“哥，那个，季橙，小光，你们先聊。我回家看看，帮妈妈打下手，一会儿再过来。”

“我送你。”

“我送你。”

——季橙和蒋小光站起来，几乎是异口同声地说出这句话，让聂双越发尴尬，“不用了，我打车挺方便的。”

季橙坚持道：“还是我送你吧。”

蒋小光落了下风，没再坚持。

场上比分已经是2：0了，他看到聂双眼中燃起的充满爱意的熊熊火焰，那是自己和她在一起时从来没有过的。

终场哨即将响起，蒋小光明白，自己这次，或许又被淘汰了。

季橙略有所思地看着沉默的蒋小光，转过身，十分自然地牵过聂双的手，“走吧。”

聂双没想到季橙会在这样的场合突然走过来牵自己的手，想要使劲挣脱，他像是猜到她会这么做，当下不动声色地用了力，因此在周浅易和蒋小光的眼里，两人的手只是在空中晃了一下，却抓得越发得紧了，像是恋人间在耍小脾气，又甜蜜地和好。

——呵，原来……原来……

蒋小光心中酸涩得像是被人强行灌进了十几瓶醋，沿着胃至肠道不断向上翻涌，他艰难开口：“聂双，你和季橙好久没见了，他去也好，你们好好聊聊。”

说完又后悔，蒋小光啊蒋小光，你不是应该主动争取才对吗？

周浅易恨铁不成钢地瞪了他一眼。

“小光，其实我……”见蒋小光这般如此，聂双内心深处的愧意全都写在脸上，“我……”

蒋小光故作大方地摆摆手，“去吧，去吧，等你回来。”

周浅易若有所思地盯着三人，难道老情人又重归就好？小妮子挺会藏心事的，连我都瞒着，还套了我半天话。回头一定好好审审她。

他没有留意到蒋小光呆滞得如同死灰般的眼神。

* * *

夜风有些凉。行人稀少。宽阔的柏油路上只有几个小贩不紧不慢地收着摊，偶有几辆汽车驶过，给这座平时温温吞吞的城市平白添加了几许落寞。

这是第二次坐在季橙的车里，聂双提防地把手塞在背后，担心季橙再做出什么出格的举动来。

医院距离聂双家并不远，汽车驶出十几分钟后，前面就是聂双父母所在的小区。季橙想起蒋小光虎视眈眈的表情，鼓起十万分的勇气，问道：“聂双，我们，我是说……”他艰难开口，“可不可以重新再来？”

说完这句话，一辆三轮车对红灯熟视无睹，疯了似的冲过来。

他踩了急刹车，汽车拐个弯，险些撞到护栏上。

聂双惊呼了一声，差点从副驾驶座位弹出，这时捂着胸口，右手抓住车内上方的把手，说：“开慢点儿。”

“大小姐，这真不怪我，现在的三轮车太疯狂，没牌照，见着红灯就乱闯。”

季橙以为她忘记了刚才自己问的话，正思量着要不要再问一句，那端，聂双突然用他几乎听不到的声音，低低说道："季橙，或许你已经知道，我，我已经和蒋小光在一起了。"

季橙略微惊讶的神情映过她的眼底，她沉住气，继续说："就算我没有同蒋小光在一起，你觉得我们还有可能在一起吗？我承认，不止我们这次重逢，甚至是与你分手后的这么多年，我都曾经想过，我们会不会重新在一起。可是，我们中间隔了那么多的人和事，就算我们俩的缘分没有尽，注定我们会重逢，可是处在现在这段时间点的我们，还是最初我们相爱时那段时间点的我们吗？"

季橙盯着前方的路面，皱皱眉。

"我听苗言东说，你在国外的那几年的生活，过得……"她艰难地吐出几个字，"过得很苦。我很遗憾不能与你共同度过。可是现在，季橙，你不觉得我们远离彼此的生活太久了吗？这些年，我也经历了很多，现在的我们，还能找到彼此相爱时的最佳契合点，像当初那样毫无保留地全身心付出地在一起吗？"

她抬起头，果不其然，眼睛是湿润的，她刚才哭过了吗？

"季橙，现在的你，了解我吗？我，又了解你吗？你现在做什么工作？业余喜欢做些什么？喜欢吃酸还是吃辣？中餐还是西餐？你都买哪些牌子的衣服？用什么牌子的洗发水？性格可有转变，会不会突然喜怒无常？我呢，你是不是依然把我当成以前那个什么都不懂，为了爱情勇猛向前冲的无知少女？可是，现在，不一样了。现在的我，上班时受了老板的气会用尽最恶毒的语言咒骂他，被同事暗地里算计也会骂粗口，睚眦必报整日里想着如何找补回来。我动不动就发神经，逮谁跟谁发脾气。逛街的时候喜欢去外贸店，对鞋子和背包的要求最高，宁可衣服廉价些，鞋子和背包的档次也绝对不能降下来……我说的这些，你都了解吗？"

汽车到了小区楼下，聂双拉开车门，"季橙，现在的我们，都是成年人。你确定，你现在想要重新开始的，是我和你之间的爱情，"她加重了"我们"两个字的语气，"而不是你对当年单纯、简单爱情的执念？或许，和我无关。你想过吗？你现在想要找回的，到底是当年的爱情，还是当年那份爱情的爱情对象？"

她暗暗攥紧拳头，"就算这些我们全都可以越过，可是，蒋小光又怎么办？他对我……一直，一直很好。我，我是不会伤害他的。”

她不等季橙回应，跑到楼里，迅速带上了门。

回到家里，母亲刚好煲完汤，装在保温瓶里，于是一家三口锁好了门，而下了楼，聂双呆住，她没有想到季橙并没有走。

“哦，叔叔阿姨，你们要去医院吧？正好坐我的车。”

聂双心虚地别过头。

初高中时，季橙是常到家里去的，虽然几年没见，聂双父母还是很快认出了他，夫妻两人彼此对视了下，看到女儿没反对，痛痛快快地上了车。

一路上，季橙大献殷勤。

“叔叔，您放心，浅易没事的。那家医院的院长，是我们家的世交。浅易的腿，没有那帮医生说得那么严重，院长说只要咱们好好保养，恢复没问题。”

聂双的父亲松了一口气：“哎呀，那敢情好，到时候你跟院长说说，多照顾照顾。”

“您放心吧，我来之前就交代过了。”

“你这个孩子，什么时候回来的？我听说，你出国了？吃了不少苦头吧？”

季橙愣了一会儿，黯然答道：“前一阵回来的。”

聂双的母亲看看聂双，又带着看准女婿的神情反复打量季橙，抿嘴笑个不停，直到下车，才对季橙说：“太晚了，阿姨就不和你多聊了。改天来家里玩啊，阿姨给你做好吃的。”

季橙乖巧地点头，“那行，叔叔，阿姨……聂双，我先回去了。明天我再来看浅易。”

聂双假装没听到，加快脚步，进了医院的住院部。聂双的母亲捧着保温瓶，捅捅丈夫的胳膊，“老头，瞧出什么问题没？”

聂双的父亲木然答道：“问题？什么问题？”

“你还当爸的呢，没瞧出聂双和季橙之间，有点啥？”

“有点啥？”聂双的父亲有点转过弯来，“啊，你这么一说，还真有点。他们认识的啊，咋一句话都不说呢。”

“你没看到季橙看聂双时，啧啧，那可怜的小眼神？”

“……你个老家伙，就你能，这都能看出来。咱闺女跟小光不是挺好的吗，我还打算年底让他们把婚事办了。”

“小光那孩子是不错，可我总觉得太孩子气，不那么成熟。闺女嘛，就这一个，多挑挑总没错。我看，季橙这孩子就比小光强。要真能成，聂双不知道哪里修来的福分。”

“你什么时候观念这么与时俱进了？别这么胡说八道，人家小光可对你不错，‘阿姨阿姨’地叫着，吃的用的没少给你买。不带这么喜新厌旧的。”

聂双母亲像是没听到，眼睛只顾看着季橙远去的汽车，嘴里叨叨着：“嘿嘿，我看，有门。”

因为有心事，聂双第二天起床的时候，几乎是惊叫着连拖鞋都顾不上换，急匆匆地从楼里出来，正是上班高峰，没有一辆空出租车，急得直跳脚时，一辆黑色的牧马人越野车停在前面，车窗摇下来，季橙手托着腮，“送你一程。”

“你怎么……”

“虽然早就算过你会睡过头，但没想到会这么久。”他看看表，“大小姐，我已经等了半个小时了，还不上车？”

迟到一分钟，罚款五十块。

聂双毫不犹豫地拉开车门，系上安全带。

季橙从后座拿过鸡蛋煎饼和一杯豆浆：“我记得，你喜欢加一点儿辣椒是吧？不加辣不好吃，太辣的话，你又有咽炎，应该刚刚好。我刚吃过了，味道还不错。”

“哦……”聂双接过来，想起昨晚自己的话，心中某个地方被什么东西咬了一小口，打开纸袋，鸡蛋煎饼的香味溢满整辆车，她默默地大口吃着。

一路无话。

到了公司大楼，季橙冲她摆摆手，“一会儿见。”

———一会儿见？谁跟你一会儿见？

聂双顾不上回应，急匆匆上了电梯，打完考勤卡，好险，差两分钟。

一上午忙忙碌碌，连喝口水的时间都没有，抽空上个洗手间，赶上客户急着要配音效果，还在洗手间就被老板紧急召唤出去。

中午吃饭的时候丁丁跑完客户回来，拉着她去楼下新开的火锅店，刚走到楼道，就看到季橙笑眯眯地靠在墙边等她。见聂双走过来，头向左一歪。“吃日本料理吧？选自助的话，哈根达斯无限量供应。”

丁丁大叫：“哪儿啊？我怎么不知道有这么好的地方？”说完捂嘴，“咳咳，不好意思，你看，我老是不识相，我就不当电灯泡了哈，下次我找朋友去。”

聂双拉住她，“没事没事，真不是电灯泡。”

“嗯，没事，就算你是电灯泡我也可以做到视而不见的。”

聂双已经渐渐恢复了神志，见不得季橙这般厚脸皮，当下给了他致命一击：“……我男朋友，是蒋小光。”说完看到季橙黯然的表情，又后悔自己如此这般打击他。

丁丁注意到季橙讪讪的神情，非常识相地说：“你们聊啊，我突然想起还有点事，需要加班，需要加班。”

说完，丁丁摆手拐进了胡同的快餐店。

聂双想要对季橙说些什么，刚一张口，便被他打断：“聂双，今天不说别的事情，只是想看看你在我面前大口吃美味的样子。你还记得我们上学的时候吗？兰城的美食，几乎都带你吃过了。”

聂双黯然，也就无话，安静就餐。

下午五点多，下班时间，同事三三两两地结伴往外走，季橙见到聂双，手一挥，大喊：“聂双，聂双，这边！”

真真是生怕别人看不到他。

好事的同事看到，不论男人女人个个一副八卦之神的样子，耳朵竖得比兔子都尖，眼睛瞄了又瞄，却故意做出一副“不耽误你们好事”的姿态，路过他们身边时反复上下打量，暧昧地冲聂双挤眼睛。

聂双想季橙一定是故意的，是的，他的确是故意的。

她一向不习惯成为众人视线的焦点，不敢再耽误，上了车，嘴里愤愤喊道："开车！"

车子驶入宽阔的柏油路，聂双歪过头，"季橙，你到底想干什么？昨天我说的话，你没听到是吗？没听到的话，我不介意再说一遍。"

看着她恼羞成怒的样子，似乎真急了。季橙不由得暗笑，有多久没看到她这样了？真怀念啊。

"再不说，我下车了。"

"哎，你听我说。这样吧，我们先去吃饭，饭桌上聊好吗？回头我要是一分神，像你哥那样出车祸，你得多心疼啊。"

"季橙，我真看不出来，脸皮什么时候变得这么厚的？不是说，你国外的几年生活，什么苦都吃了。没想到，你还练出一副厚脸皮来。"

这句话，或许说得有些重了。聂双看着季橙失神的神情，再次后悔。

眼前的人，不是你几年来一直朝思暮想的人吗？为什么偏偏又假装做出一副毫不在意的样子，折磨对方也折磨自己？

是因为太过在意，所以怕轻易得到后又再度失去？

是因为曾经得到过，所以怕失去后又再度承受更深度的重创？

还是因为，其实你对这份能够"失而复得"的爱情，并没有信心和勇气？

……

不知道过了多久，季橙把车停在路边不急不缓地说道："聂双，你和蒋小光，不是还没结婚吗？"

看到聂双因惊讶而张得可以塞进去一个桃子的嘴巴，季橙满意地笑笑，"所以，凭什么我不能重新追求你？"

他的目光瞥过繁华街头的一对情侣，继续说道："我寄给你的那些明信片，你都有收到吗？还喜欢吗？"

"聂双，在澳大利亚的这几年，我从来没有停止过想念你。苗言东给我打电话，说把一切都告诉你了，可是，最初的时候，我还是无法鼓足勇气站在你面前。你一定不知道，我一直为当年跟你提出分手而懊悔不迭。你一定特别恨我吧？”

并不理会聂双没有回答，自顾自说下去，“在澳大利亚，的确很苦，我这里的苦，并不是指打工时身体上吃的苦，而是远离家乡，在异国他乡远离亲人远离朋友，因为语言不通，面对一切都像个傻子似的无能为力，那种心灵上精神上的苦。我不跟你隐瞒，其实，熬不下去的时候，我接受了一个玩命追求我的女生，只是，不过持续了三个月。”

终于有骨气直视聂双的眼睛，“那是个很有个性的女生，来自温州。呵呵，是她先提出分手的。她说爱情不是乞讨，她不愿意做一个爱情乞丐。”

想起女生分手时，在夜色下讲的话：“季橙，其实，我知道的，虽然我们在一起的时间不过只有短短的三个月，但我知道，你的心里，一直没有我。我努力了，尝试了，我以为我可以改变你……”

那时的他，只懂麻木地看着对方。

“我明白，一个人不爱你，终是不爱你。与其乞讨一场敷衍的爱情，我宁愿主动放弃。”她忍住眼泪，嘴角微微上扬，努力微笑着，“不过，季橙，你要记得，是我先甩了你哦。”

他揽过女生，把头埋在女生的肩窝里。

“季橙，要保重哦。如果一直爱着那个人，那你就努力好好争取。做一件事情最大的困难是什么？不是没钱、没时间、没机会、没勇气……而是，当数不清的借口来临时，毫不置疑地打倒它们。”

“我会一直记得我们相处的时光。而我，你也不用担心，会很快找到爱我且珍惜我的人。”

女生说完这些，退后两步，冲着他摆摆手，大步离开。

……

季橙回过神，用手遮住聂双的眼睛，“聂双，别用这样带着审讯的焦灼眼神看着我。我的话，没有一句说谎。”

“老实说，这次回来，我自己也没有信心，能不能得到你的原谅，能不能重修旧好，能不能再次牵你的手，就像当初牵过后再不想松开——我了解的，隔在我们中间的，有太多的人和事，更多的，是时光在我们身上烙下的印记。可是，我一直记得那个女生说的话，她说，做一件事情最大的困难是什么？不是没钱、没时间、没机会、没勇气……而是，当数不清的借口来临时，毫不置疑地打倒它们。聂双，我想继续和你在一起，不论有什么困难，我都会毫不置疑地打倒它们。”

他的眼眸漆黑闪亮，“如果，你担心蒋小光那里不好交代，那么，没关系，我可以去说。如果你一直介意我们之前的分手，那么，没关系，我想……我想，我可以重新追求你。”

“……重新，追求我？”聂双使劲向上睁大眼睛，期待眼泪尽快挥发，不要从眼内流出来从而泄露自己的软弱，“我想你记错了，你从来没有追求过我，是我一直一相情愿地追求你，抛弃所有自尊地追求你。既然没有过，哪里来的重新追求？”

季橙把车停在路边，拉过聂双在自己的怀里：“聂双，我承认，年少时的我，对于爱情过于被动。可是，随着阅历的增长，一个人，对于爱情，对于爱情观，对于身边的好姑娘，会越发明白，自己要的是什么。你记得吧，你们好多女生，总说‘男人不坏，女人不爱’。是真的坏吗？不是的。在我看来，这里所说的‘坏’，不是说这个男人人品有多败坏，是指男生对待爱情的主动和大胆，所以它才会受到女生们如此大的欢迎。聂双，过了这么久，和你在一起的日子，是我所拥有的最美好的时光。你是我，一直以来最想留在身边和想要珍惜的人。”

他把头埋在她的肩窝里，“如果说以前，对于爱情，我不懂得掌握主动，或者说是我情非得已，那么，现在的我，决不放弃。”

* * *

白木珊的电话，是晚上打过来的。

聂双想，她也应该打电话来了。

“聂双，最近还好吗？”

“嘿嘿，应该是我问你，好不好吧？”

“……什么跟什么，”白木珊不打自招，“不就是你哥过来看我一趟吗，犯得着这么阴阳怪气的吗？听你的声音，好像我俩有什么奸情似的。”

“还说没奸情？”聂双不满，“他什么时候对女生那么卑微过？千里迢迢的，开车去看你。为了看你的短信，还出了车祸。他的腿，要是好不了，没人嫁他，你可得对我哥负全责。”

电话那端好久才传出白木珊惊讶的声音，“你哥，出车祸？什么时候的事情？”

“啊，我哥没告诉你么？那天从北京回来，高速公路出口的时候和一个醉酒司机撞上了。做完手术，我还看到他给你回短信……”

“严重吗？现在在哪家医院？你哥，只说顺利到家，下次再来北京看我。”

“呃，可能他怕你担心吧。肋骨断了倒还好说，只是脚底有些麻烦，医生说是粉碎性骨折，有可能会……”聂双故意把病情说得严重些，反正最初那个医生也是这么说的。

白木珊果然上当，刹那间慌了手脚，“聂双，对不起，都怪我。我……我这就收拾行李去看你哥。”

“好啊好啊，你来吧，我天天忙着上班，我爸妈又报了去青岛的旅游团，机票没法退，都没人照顾我哥，他很可怜的。”

挂断电话，聂双从包里拿出份档案袋，窝在松软的沙发里，仔细翻着。

档案袋里有一叠打印好的纸和一个不知道装了什么东西的信封，是那天晚上和季橙吃饭的时候，他拿给自己的，要她务必回家再看。

《关于季橙和聂双重新在一起的可行性报告》。

聂双乍一看题目，还以为是他大学的毕业论文，她从水果盘里抓过一个桃子，狠狠地咬上一口。

报告共六页，分为四大点，分别是季橙其人全面剖析、聂双其人全面剖析、两人在一起的可行性分析，以及在一起共创美好生活和未来的家庭梦想和家庭计划。

该报告全面介绍了当前状态下季橙和聂双的性格、爱好、脾气、工作……专业和全面性几乎可以同侦探社的报告相媲美。

他的还好说，没有人比他更了解他。可是自己的呢，过了这么多年，他居然连自己上班路上穿平底鞋、到公司之后会换上高跟鞋，喜欢吃大闸蟹，骂人的时候喜欢说“滚”……都一清二楚。

聂双放下这份报告，掏出那份信封，赫然是十二张手工制作的卡片。

在一起时那年的圣诞节，季橙就曾经送过她这样一套他亲自手绘的十二张“言出必行”卡。分手后，她把它们锁进了抽屉里。

大学四年，每年的生日，陆续收到他画的明信片。

没想到，他居然又画了一套。

这是和季橙送给聂双的那套“言出必行”卡一模一样的一套卡片。

原来，他画了两套。

指尖划过卡片，抹花了卡片的一角，聂双心疼得用湿纸巾轻轻擦拭……不对，这一套，应该是最近才画的。

同样是季橙和聂双的卡通像，十二张代表十二个月，十二张热恋时的季橙和聂双。

两人在校园寂静的小树林中亲吻，聂双微微闭眼。

季橙揽她在怀，另一只手托起她的下巴，深情拥吻。

两人去吃面，聂双把汤汁溅在季橙脸上，两人开怀大笑。

并肩骑着单车，聂双清爽的短发在风中飞舞，季橙深情地望过来。

一模一样的画面和色彩，一模一样的时间和地点。

卡片的背后，清清楚楚季橙清晰的笔迹，字的内容，与那套卡片略有不同：

季橙与聂双共同承诺： 唯愿，此后，所有的时光，彼此共分享。

签字盖章有效：季橙 聂双

在两人的签名处，有一行刚劲有力的小楷：

聂双，我已经替你签过字了，你是没办法反悔了。季橙。

聂双的目光瞥过安静的没有一个来电一条短信的手机，说不上是悲是喜。

自从医院见过蒋小光后，他便再没有出现过。

打电话，只说工作忙，要加班。聂双说过去看他，又被拒绝，说顾不上。聂双心知肚明，他是故意的，以前的他，再忙，也会抽出时间和自己见面，晚上加班哪怕熬个通宵，隔天早上还会发短信叫自己起床。

季橙那边，她并没有做出任何表示。很大程度上，她不得不承认，并不是自己不爱，而是，始终无法对蒋小光做出交代。

纵然她多半是出于感动才和蒋小光在一起，但五年的时光，她对他，也并非全无感情可言；纵然他曾经说过只要季橙出现，他便彻底退出，自己却不能真的做到那般无情。

这些天，她要季橙答应自己不联系不见面，要静下心来好好想一想，也不过是为了让自己变得清醒些，再清醒些。她没想到的是，蒋小光居然也选择了和自己不联系不见面。

他，是在等自己作出选择吗？还是说，他知道自己的选择已定，已决意刻意疏远，逐渐淡出？

聂双终于沉不住气，换好衣服，决定打车去蒋小光家里，不论两人见面要说些什么，只要能见面，只要能说说话，她的心里，也会踏实些吧。换了拖鞋刚锁好门，手机来了条短信。

她从包里摸出手机，发信人正是蒋小光，只有一句话：聂双，我往你的QQ邮箱发了一封邮件，请查收，小光。

往邮箱里发邮件，聂双呆住，他很少用这样的语气同自己说话，脑袋"嗡"的一声，她打开门，跑到卧室打开电脑：

聂双：

这几天，你还好吗？有没有变瘦？好吧，其实我更想问的是，你有没有在想我？我希望你会笑着摇头，说当然的啊，当然会想你。

你要是这么说的话，哪怕现在的我，心里有太多的酸涩，我也愿意扬起笑脸，想象着你此刻的样子。

“当你看这封信的时候，我已经坐上了去深圳的火车……”这句话，真俗套。

可是，没想到，我也真的这么俗套地做了。

你会比我更知道，做出这个决定，到底有多难。

整整七天的时间，我告诉自己，不要见你，不要想你，不要联系你。可是，我的意志和思想似乎背叛了我，我的脑袋，全部都是你。

看电视的时候。

在公司写软件的时候。

上班乘公交的时候。

……还有，上厕所的时候。

聪明的，可爱的，温柔的，漂亮的，你，聂双，请你告诉我，你是从什么时候彻底操控我的思想和意志的？

好吧，我对自己说，给我七天的时间，如果聂双义无反顾地跑来见我，那么至少说明，她的心里，是有那么一点点，舍不得我的，舍不得我的孤独，舍不得我的难过，舍不得我一个人思念她的寂寞。

那么，我就彻底放弃去深圳的决定。

你看，我一直这么傻。

我早该知道，你是那样深深地爱着季橙。正如我那样深深地爱着你。渴望得到、渴望对方手心里的温度、渴望拥抱时在一起感受拥有彼此的存在感，都是一样的吧？这样想来，我就会有些释然。

那家门户网站的经理，在我拒绝他们加入他们公司后，曾以私人名义给我发过一封邮件，他说年轻的时候很多东西不懂放弃，更不懂得到。任何时候，我想要放弃或者想重新得到，随时可以找他。

聂双，就当我是为了梦想而离开的吧。

或许有一天，我会回来。

我会回来的。

聂双，我……

我爱你。

你都知道的。

小光

Chapter·12

所有和你有关的一切,都是我的信仰。

“祖传……针灸？真的假的？”周浅易咧着嘴，看到白木珊不满地瞪了自己一眼，赶紧识趣地闭紧。

“放松，假装什么事都没有，只要你放松，这针扎进去，就不会疼。一会儿等针深入进去，觉得酸了、胀了，你告诉我一声，我就不再行针了。”

“我……现在就胀了……”

“胀什么胀，我还没扎呢。”

“……呃。”

“还有，如果你太紧张的话，肉就会把针缠上的，到时候别说我没法深入行针，取针的时候，有可能疼或者流血，你可别怪我。”

“不是吧……”

不顾周浅易的大呼小叫，白木珊从包里掏出一本书，居然是一本毛评本的《三国演义》，“你要是实在紧张，就看书。”她拍拍周浅易的脚，“别使劲绷着，放松。”

周浅易拿过书：“你怎么知道我喜欢《三国演义》？”

白木珊一愣，“有吗，我只是包里经常带着这两本，凑巧罢了。”

周浅易没吭声，强迫自己把所有注意力集中在书上，但偏偏大脑跟他背道而驰，他察觉白木珊取了针，在他的脚背、脚底消毒，握紧的拳暗暗使着劲儿，这时，忽然听到白木珊在问：“当年我写给你的信，还在吗？”

没料到白木珊突然问这个问题，周浅易想起家中的两个大纸箱，犹豫了一会儿，说：“嗯，都在家里。”

白木珊的语气突然变得柔和，“……我也一直没舍……没扔。”

房间里弥漫着一种暧昧的气氛，周浅易不知道要怎样接下去。

白木珊又说：“你知道吗？浅易，上学的时候，曾经，所有和你有关的一切，都是我的信仰。”

周浅易傻傻地躺在床上，整个人沐浴在幸福的甜蜜中，晕得几乎找不到北。这时，忽然听到她说：“好了，五根针已经都扎进去了。现在我帮你插上电，效果会更好。”

——周浅易有些失望，原来刚才，是怕他肌肉紧张不好扎针，故意岔开话题。

人家也说了，上学的时候。

曾经。

曾经而已。

他默默地翻着书，插上电后，脚上的针开始颤动，有种说不出的舒服。

“看来，真是一点都不紧张了。”白木珊打趣道。

他不解地看着她。

“这书都翻页了，能疼吗？刚才你紧张得就盯着某一行了吧？”

眼前的笑脸在眼前灿烂地盛开，周浅易几乎听到自己心脏跳动的怦怦声，让他想起学校里盛开的大片大片的合欢花，那时，怎么就从来没有注意到她这么清爽的笑脸？

周浅易在出院后，才知道白木珊辞掉了北京的工作，回到燕城，应聘到《燕城都市报》的副刊部做了一名编辑。

那时的他，除了脚，其他部位已经好了大半，只余理疗。

白木珊的工作不需要坐班，每天早上赶到周浅易的住处，给他按摩，扎两次针灸。顺带做一日三餐。周浅易的父母见到白木珊的第一眼就喜上眉梢，不住上下打量，外出锻炼时还担心她照顾不好自己的儿子，眼见白木珊把儿子照顾得百般周到，索性又恢复了跟团旅游的行程。聂双的母亲，临行前特意偷偷附在自己儿子耳边：“放心吧，爸妈绝对不打扰你们。”

周浅易哭笑不得。

急的是聂双。

聂双坐在客厅里，听白木珊和周浅易讲话：

“今天脚好些了吗？”

“嗯。”

沉默。

周浅易：“你来燕城，还适应吗？”

“嗯，还行。”

“中午想吃些什么？”

“你定吧。”

沉默。

“要吃苹果吗？我给你削皮。”

“好。”

沉默。

……

聂双受不了，“你们俩，是在冷战啊，还是老夫老妻没话啊？进展太慢了吧，就不能说一句有用的吗？”

白木珊红着脸，“都……很有用啊。”

周浅易斜眼瞄了妹妹一眼，“你呢？你跟季橙进展神速了？”

一语讲到聂双的要害之处，她转移话题，“哈，你把季橙和白木珊相比较，这么一说，就是承认对白木珊有意思了？”

周浅易想否认，看了眼白木珊，又不好意思地闭上嘴。

白木珊假装没听到，耳朵却敏感地竖起来，那一刻，她是多么害怕周浅易会急于否认。开心的是，他并没有否认，不甘的是，他也没有承认。

聂双跟着白木珊进厨房，用手捅她的手肘，“喂喂，我哥这么好的男人，你还等什么？”

“有些事，要看缘分的。”白木珊咬着嘴，“纵然我有心，也要他有意啊。”

“他哪里没意啊，他要没意怎么可能你一走，就整个人不自在，跟屁股上长了草似的。”

“有吗？”白木珊难为情地削着苹果，“我怎么知道。”

“哎，你们都急死我了，要不然，我去跟他说？”

白木珊吓得拉住她的手，“聂双，别捣乱。顺其自然吧，我想，我们俩，都想让对方的心慢下来，慢下来，才知道自己想要的是什么。”

“……哎！”

季橙的脑袋探进来，“聂双，皇上都不急，你个小太监急什么？”

聂双忽视掉他意味深长的目光，“你……什么时候进来的，怎么一点动静都没有？”

“来了一会儿了，净听你们姐妹俩跟这儿彼此推心置腹呢。”

白木珊抿着嘴，“行了，你俩聊吧，我去看看浅易。”

“你们俩都出去吧，今天我过来，是为了展现厨艺的。”他扬起手中的大包小包，“让你们见识下本少爷的厨艺。”

“你？”白木珊质疑地看着他，“你会做鸡蛋炒鸡蛋吗？”

“少侮辱我的厨艺，今天就让你们开开眼。”他将两人推出厨房，“不要待在这里耽误我干活。一会儿好了，我叫你们。”

白木珊去了周浅易的房间，聂双几次跑到厨房偷看，都被季橙赶了出来，百无聊赖之际，打开电视打发时间。

不知道过了多久，聂双只觉自己已经把所有的台转了几个来回，突然感觉清新而浓郁的香味在整个房间飘荡，迅速占领了她的嗅觉。她走到厨房，赫然看到餐桌上摆了一大份慕斯蛋糕，一盆酸菜鱼，一份可乐鸡翅，一盘蔬菜沙拉。

聂双问："这是什么搭配啊，中西结合吗？"

季橙正从烤箱中端出一盘烤好的羊腿，像个七星级酒店的大师傅一样搓搓手，"管它是中还是西，留神一会儿别把自己的舌头吞了。"

饭菜都熟了，聂双走到卧室，想要叫白木珊和周浅易出来吃饭，刚走到门口，看到白木珊伏在周浅易的腿上，已经安静地睡着了。

周浅易把手放在嘴边，对着白木珊做了个"嘘"的手势，摆摆手，示意聂双不要吵醒她。

聂双暧昧地笑，转过头，却意识到什么似的重又转过身，赫然发现伏在周浅易床边的白木珊，右手正被周浅易紧紧握着。

是的，没错，紧紧握着白木珊手的周浅易，此时，侧躺在床上，正笑得像个傻瓜。

她悄悄退出卧室，看到背对着自己的季橙正在摆弄餐桌上的盆盆碗碗，似乎注意到背后的目光，他转过头，眼角带着笑。

那笑容，让她想起在G中时的季橙，那时的他，在自己面前有多嚣张，此时就有多卑下。

她想起季橙同自己第一次讲话，踢球后一脸疲态的他一边用袖子抹着湿漉漉的头发一边上下打量自己，他说："就冲妹妹这大眼睛，我觉得，咱就应该多踢那孙子两脚。"

她想起放学后每天都雷打不动地跟在自己身后的蒋小光，那时的他可怜巴巴地看着她，每天重复着："聂双聂双，今天的答案，和昨天一样吗？"

她想起自己在几何课的笔记本上写满了季橙的名字被老师罚站，又愧疚又悲愤的表情让同学经过时假装视而不见。

她想起学生时代的周浅易躺在床上和自己推心置腹，时刻担心妹妹恋爱会吃亏的周浅易说，我们积累更多的人生阅历之后，对所喜欢的人的标准会渐渐变得不一样，所以，当你陷入并拥有一段感情时，好好享受就是，但不要坚定地认为此生就是他，唯一只是他。

她想起季橙看到自己哭得红肿的脸，揽她在怀，叫她“傻姑娘”。

她想起自己和季橙分手的那天，到茶餐厅的收银台前埋了单后，推着单车不顾路人诧异的目光放声大哭。

她想起自己和白木珊在一个有月亮的晚上讨论什么叫爱情。她记得白木珊说：

世上的人那么多，谁会是爱我、我也爱，我们彼此又非常适合的那一个。

我们不知道如何去爱，不知道怎样避免伤害。

当我爱的人不爱我，就像迷路的小孩始终能够找到回家的路，在爱情之路走失的我，如何找到通往我真正的爱人的方向？

当我的恋人不爱我，如何像关掉台灯一样关掉我对恋人生生不息而沸腾的爱情之火？

当我爱的人主动表白，怎样打败自己的羞怯、内向、不安等种种困扰因素去回应我对他同样热诚的爱？

当我爱的人始终不能知晓我的心意，如何冲破层层阻碍又不失女生的自尊，准确到位地传达我这满腔热情的爱？

那晚的白木珊站在月光下，像个哲学家一样讲着那么一堆颇有哲理的话。

那晚的月光，就像今天这样皎洁这样亮。

"所有和你有关的一切，都是我的信仰"

送给爱的人贴心承诺，让我们用行动直接表达！

参与"浪漫爱情宣言在行动"，赢取苏小懒为你独家定制祝福签名书！

你的爱人是独一无二的，值得你独一无二的爱！

是不是曾经因为不敢开口，失去了对你爱的人表白心声的良机？

是不是某个时刻你想和TA携手一生，却因为害羞而不敢开口？

是不是也曾遭遇"三个字"的魔咒，而与所爱之人擦肩而过？

是不是羡慕极了那些勇敢而善言的兄弟/姐妹？

是不是恨极了自己的害羞、胆怯与笨嘴拙舌？

是不是在两人坚定牵手时想要让彼此铭记也让时光铭记你们的幸福时刻？

……

或者，在你的生命中，总有一些对你意义深重的人你想要对他们表达？

哈哈，你有福气啦！现在我们不仅送你苏小懒《流经存在的邂逅》限量试读本，让你把精彩部分先睹为快，更有独家制作的精美"言出必行"卡一并送给你们。

这个世界上最能打动一个人的莫过于：**言出必行**。

看过了小懒《流经存在的邂逅》的精彩摘选，你应该已经知道这个明信片是怎么用的了吧！没错，现在就动笔写下你最浪漫的爱情宣言吧！然后将它送给你爱的人。所有**你想过但不敢说**的，所有你**要说却羞于出口**的统统写下来吧！！也许你爱的人就在等你这一句话~！也许你们微妙的"质"的飞跃就差这一句~！也许你们感情更进一步就靠这一句话~！（当然你写的可是为了表明自己"言出必行"的决心哦~）

当然你不仅仅可以赢得你的爱情，更可以赢取苏小懒为你们独家定制的祝福版《流经存在的邂逅》签名本！

具体参与办法：

1、请尽管直抒胸臆把你想说的能做的最浪漫的事统统写出来送给你爱的人吧！！然后记得签下你们彼此的姓名。嫌签名不过瘾的同学可以印手印哦~（“卖身契”雏形哦~XD）

2、嗯嗯~现在“低碳”“环保”大行其道，为了表示强烈的支持我们不需要邮寄，只要把你们完成的“言出必行”卡用照相机或手机等拍下来，发到自己新浪微博（http://t.sina.com.cn/）上（你还没“围脖”你就OUT了……）。一定要记得~图片要清晰，我们需要看清楚你写的内容哦！（如果实在图片质量有限，也要除了贴出肺清晰版本外把你上面的文字再写在微博里哦。千万别因为看不到内容而耽误了这个机会~）

最最重要的是：**你还要让我们找得到你**~记得在发布的时候在最开头输入：@苏小懒。这样小懒才能通过强大的微博看到你，才能够让我们找到你，你才有机会拿到苏小懒为你们独家定制的祝福版《流经存在的邂逅》签名本！

范例：

@苏小懒：这是我的“言出必行”卡——××，我要我们永远在一起。（贴上你拍下来的送给爱人的明信片图片）

3、活动时间：2010年9月15日——2010年11月15日

小懒届时会挑选出最令她感动的五十张“言出必行”卡，并在微博上（http://t.sina.com.cn/suxiaolan）公布出你的ID，而我们就会和你取得联系，把写满你想要小懒祝福你们的话（200字内）的全世界独一无二的《流经存在的邂逅》签名本递到你的手中，也送出苏小懒对你们美好爱情美好生活最真诚的祝福！

快快行动起来吧！

你爱的人是独一无二的，值得你独一无二的爱的礼物！